谢冕精选集

谢　冕◎著

人民日报出版社

北　京

图书在版编目（CIP）数据

谢冕精选集 / 谢冕著 . — 北京：人民日报出版社，2024.6
ISBN 978-7-5115-8304-8

Ⅰ.①谢… Ⅱ.①谢… Ⅲ.①文艺评论—中国—文集 Ⅳ.① I206-53

中国国家版本馆 CIP 数据核字（2024）第 104280 号

书　　　名：谢冕精选集
　　　　　　XIE MIAN JINGXUAN JI
作　　　者：谢　冕

出 版 人：刘华新
策 划 人：欧阳辉
责任编辑：谢广灼
装帧设计：新成博创 XIN CHENG BO CHUANG

出版发行：人民日报出版社
社　　　址：北京金台西路 2 号
邮政编码：100733
发行热线：（010）65369509　65369527　65369846　65363528
邮购热线：（010）65369530　65363527
编辑热线：（010）65369521
网　　　址：www.peopledailypress.com
经　　　销：新华书店
印　　　刷：北京盛通印刷股份有限公司
法律顾问：北京科宇律师事务所　（010）83622312

开　　　本：710mm×1000mm　　1/16
字　　　数：212 千字
印　　　张：19.75
版次印次：2024 年 7 月第 1 版　　2024 年 7 月第 1 次印刷

书　　　号：ISBN 978-7-5115-8304-8
定　　　价：78.00 元

目 录

永远的校园*

一颗蒲公英小小的种子，被草地上那个小女孩轻轻一吹，神奇地落在这里便不再动了——这也许竟是夙缘。已经变得十分遥远的那个八月末的午夜，车子在黑幽幽的校园里林丛中旋转终于停住的时候，我认定那是一生中最神圣的一个夜晚：命运安排我选择了燕园一片土。

燕园的美丽是大家都这么说的，湖光塔影和青春的憧憬联系在一起，益发充满了诗意的青趣。每个北大学生都会有和这个校园相联系的梦和记忆。尽管它因人而异，而且也并非一味的幸福欢愉，会有辛酸烦苦，也会有无可补偿的遗憾和愧疚。

我的校园是永远的。因偶然的机缘而落脚于此，终于造成决定一生命运的契机。青年时代未免有点虚幻和夸张的抱负，由于那个开始显得美丽、后来愈来愈显得严峻的时代，而变得实际起

---

* 此文刊于《散文选刊》1988 年 9 月号。

永远的校园 /

001

来。热情受到冷却，幻想落于地面，一个激情而有些飘浮的青年人，终于在这里开始了实在的人生。

匆匆五个寒暑的学生生活，如今确实变得遥远了，但师长那些各具风采但又同样严格的治学精神影响下的学业精进，那些由包括不同民族和不同国籍同学组成的存在着差异又充满了友爱精神的班级集体，以及战烟消失后渴望和平建设的要求促使下向科学进军的总体时代氛围，给当日的校园镀上一层光环。友谊的真醇、知识的切磋、严肃的思考、轻松的郊游，甚至失魂落魄的考试，均因它的不曾虚度而始终留下充实的记忆。

燕园其实不大，未名不过一勺水。水边一塔，并不可登；水中一岛，绕岛仅可百余步；另有楼台百十座，仅此而已。但这小小校园却让所有在这里住过的人终生梦绕魂牵。其实北大人说到校园，潜意识中并不单指眼下的西郊燕园，他们大都无意间扩展了北大特有的校园的观念：从未名湖到红楼，从蔡元培先生铜像到民主广场。或者说，北大人的校园观念既是现实的存在，也是历史的和精神的存在。在北大人的心目中，校园既具体又抽象，他们似乎更乐于承认象征性的校园的精魂。

我同样拥有精神上的一座校园。我的校园回忆包蕴了一段不平常的记忆。时代曾给予我们那一代青年以特殊的际遇，及今思来，可说是痛苦多于欢愉。我们曾有个充满期待也充满困惑的春天。一个预示着解放的早春降临了，万物因严冬的解冻而萌动。北大校园内传染着悄悄的激动，年青的心预感历史转折时期的可能到来而不安和兴奋。白天连着夜晚，关于中国前途和命运、关于人民的民主和自由的辩论，在课堂、在宿舍、在湖滨，也在大小膳厅、广场上激烈地进行。

这里有向着习惯思维和因袭势力的勇敢抗争。那些富有历史预见和进取的思想，在那个迷蒙的时刻发出了动人的微光。作为时代的骄傲，它体现北大师生最敏感、也最有锐气的品质。与此同时，观念的束缚、疑惧的心态、处于矛盾的两难境地的彷徨，更有年轻的心因沉重的负荷而暗中流血。随后而来的狂热的夏季，多雨而湿闷。轰然而至的雷电袭击着这座校园，花木为风雨所摧折。激烈的呼喊静寂以后，蒙难的血泪默默唤醒沉睡的灵魂。他们在静默中迎接肃杀的秋季和苍白而漫长的冬日。

那颗偶然落下的种子不会长成树木，但因特殊的条件被催化而成熟。都过去了，湖畔走不到头的花荫曲径；都过去了，宿舍水房灯下午夜不眠的沉思，还有轻率的许诺，天真的轻信。告别青春，告别单纯，从此心甘情愿地跋涉于泥泞的长途而不怨尤。也许即在此时，忧患与我们同在，我们背上了沉重的人生十字架。曼妙的幻想，节日的狂欢，天真的虔诚，随着无可弥补的缺憾而远逝。我们有自己的青春祭。从这个意义上说，这校园与我们青春的希望与失望相连，它永远。

燕园的魅力在于它的不单纯。就我们每个人说，我们把青春时代的痛苦和欢乐、追求和幻灭，投入并消融于燕园，它是我们永远的记忆。未名湖秀丽的波光与长鸣的钟声、民主广场上悲壮的呐喊，混成了一代人又一代人的校园记忆。一种眼前的柔美与历史的雄健的合成；一种朝朝夕夕的弦诵之声与岁岁年年的奋斗呐喊的合成；一种勤奋的充实自身与热情的参与意识的合成；这校园的魅力多半产生于上述那些丰富的精神气质的合成。

燕园有一种特殊的气氛：总是少有闲暇的急匆匆的脚步，总是思考着的皱着的眉宇，总是这样没完没了的严肃和沉郁。当然也不尽然，广告牌上那些花花绿绿的招贴，间或也露出某些诙谐和轻松，时不时地出现一些令人震惊的举动，更体现出北大自由灵魂的机智和聪慧。北大又是洒脱的和充满了活力的。

这真是一块圣地。数十年来这里成长着中国几代最优秀的学者。丰博的学识，闪光的才智，庄严无畏的独立思想，这一切又与先于天下的严峻思考，耿介不阿的人格操守以及勇锐的抗争精神相结合。这更是一种精神合成的魅力。科学与民主是未经确认却是事实上的北大校训，二者作为刚柔结合的象征，构成了北大的精神支柱。把这座校园作为一种文化和精神现象加以考察，便可发现科学民主作为北大精神支柱无所不在的影响。正是它，生发了北大恒久长存的对于人类自由境界和社会民主的渴望与追求。

这里是我的永远的校园，从未名湖曲折向西，有荷塘垂柳、江南烟景；从镜春园进入朗润园，从成府小街东迤，入燕东园林荫曲径，以燕园为中心向四面放射性扩张，那里有诸多这样的道路。年复一年，日复一日，那里行进着一些衣饰朴素的人。从青年到老年，他们步履稳健、仪态从容，一切都如这座北方古城那样质朴平常。但此刻与你默默交臂而过的，很可能就是科学和学术上的巨人。当然，跟随在他们身后的，有更多他们的学生，作为自由思想的继承者，他们默默地接受并奔涌着前辈学者身上的血液——作为精神品质不可见却实际拥有的伟力。

这圣地绵延着不会熄灭的火种。它不同于父母的繁衍后代，但却较那种繁衍更为神妙，且不朽。它不是一种物质的遗传，而是灵魂的塑造和远播。生活在燕园里的人都会把握到这种恒远同时又是不具形的巨大的存在，那是一种北大特有的精神现象。这种存在超越时间和空间成为北大永存的灵魂。

北大学生以最高分录取，往往带来了优越感和才子气。与表层现象的骄傲和自负相联系的，往往是北大学生心理上潜在的社会精英意识：一旦佩上北大校徽，每个人顿时便具有被选择的庄严感。北大人具有一种外界人很难把握的共同气质，他们为一种深沉的使命感所笼罩。今日的精英与明日的栋梁，今日的思考与明日的奉献，被无形的力量维系在一起。青春曼妙的青年男女一旦进入这座校园，便因这种献身精神和使命感而变得沉稳起来。

这是一片自由的乡土。从十九世纪末叶到如今，中国社会的痛苦和追求，都在这里得到集聚和呈现。沉沉暗夜中的古大陆，这校园中青春的精魂曾为之点燃昭示理想的火炬。一代又一代的中国学者，从这里眺望世界，用批判的目光审度漫漫的封建长夜，以坚毅的、顽强的、几乎是前仆后继的精神，在这片落后的国土上传播文明的种子。近百年来这种奋斗无一例外地受到阻扼。这里生生不息地爆发抗争。北大人的呐喊举世闻名。这呐喊代表了民众的心声。阻扼使北大人遗传了沉重的忧患。于是，你可以看到一代又一代人的沉思的面孔总有一种悲壮和忧愤。北大魂——中国魂在这里生长，这校园是永远的。

怀着神圣的皈依感，一颗偶然吹落的种子终于不再移动。它期待并期许一种奉献，以补偿青春的遗憾，并至诚期望冥冥之中不朽的中国魂永远绵延。

诗歌，写人民的真情*

——对于当代诗歌的探索之一

一八四二年，海涅写过一首诗，叫《倾向》，他告诫德国的
诗人们——

> 不再像维特那样呻吟，
> 他的心只为绿蒂燃烧——
> 你要告诉你的人民，
> 钟声敲起来的警告，
> 舌锋像匕首，像剑刀！

> 不再是柔和的笛箫，
> 不再是田园的情调——

---

* 此文刊于《宁夏文艺》1980 年第 2 期。

你是祖国的喇叭，

是大炮，是重炮，

吹奏、轰动、震撼、厮杀！

时间过了一百三十余年，他的诗句还是这样新鲜、这样有力量。海涅的号召并未过时，它对我国的新诗依然是巨大的启示。我们刚刚迎接了一个时代，这个时代崇高而光明。屈辱和悲哀的阴云消失了。我们的头顶，的确是艳阳万里，但并非一切都如花的美好。我们面临的，是一场浩劫之后的物质的和精神的断壁残垣。反顾来路，余悸在心；瞻望前途，万千险阻。诗歌，肩着何等的重负！

在这样的现实面前，再一次重复闻一多不朽的名言，也许不无意义："这是一个需要鼓手的时代，让我们期待着更多的'时代的鼓手'出现。至于琴师，乃是第二步的需要，而且目前我们有的是绝妙的琴师。"的确，人民需要优美的琴师；但人民更需要激愤的鼓手。在我们的今天，也许不只是需要播鼓的人，恐怕还如海涅所说，需要把每一首诗变成大炮和重炮，在变革的现实生活中"吹奏、轰动、震撼、厮杀"！

中国新诗，在当前，问题是很多的。读者不满，诗人自己也不满（当然也有对不满的不满）。一些愤世嫉俗的年轻人，甚至在惊叹"新诗的末路"。问题是存在的，但并没有那么严重。在"四人帮"长达十余年的压迫摧残下，新诗的确害病了（当然也有长期郁积的原因）。新诗的病，首先是它的失"真"。生活的真实面貌，人民的真实情感，在诗中得不到反映。前些年，那些不着边际的"豪言壮语"，被理所当然地当作"浪漫"主义来肯定；那些粉饰现实的"为现实斗争服务"的诗篇，被看作是履行了诗的神圣使命；甚至有些诗作还被直接地纳入政治上的阴谋活动之中。人民厌恶这些伪善和虚假的诗。人们把它看作是假诗，而呼吁真诗。但是，在那些年里，说真话本来就难，写真诗，更是谈何容易！这一切，当然会降低诗的声誉。强为之辩，甚无谓也。问题在于，我们必须善于总结"四人帮"祸乱革命以来留给诗坛的许多教训。新诗不能代人民立言，人民在诗中听不到自己想说而不能说，或是不敢说的话，这就使新诗从根本上脱离了人民。诗要是不能为人民呐喊，人民还要诗干什么？这种情况，在丙辰清明时节，得到了根本的改变。这一历史性的改变，应当归功于诗的真正主人——人民。人民用自己无畏的呐喊，挽救了诗的生命。只要想想，那个寒冷的天安门广场，诗的烈火如何地燃烧着人民的热血，就不难了解在过去，诗到底害了什么样的病症。天安门诗歌的生命，在它的真爱、真恨、真骂、真哭！它的真的价值，奠定了它的美的价值。

从一九七六年起，迄今三年，诗歌是在大踏步前进着。我不同意那些悲观的估计。我以为，诗是充满希望的。我们正在扫除那些虚假的诗。悼念敬爱的周总理，诗歌真挚地哭泣，如柯岩的《周总理，你在哪里？》、李瑛的《一月的哀思》；粉碎"四人帮"，诗歌真诚地欢呼，如贺敬之的《中国的十月》、光未然的《革命人民的盛大节日》；歌颂天安门前的英雄，艾青的《在浪尖上》、公刘的《星》，是发自深心的真歌；痛惜党的优秀女儿张志新，雷抒雁的《小草在歌唱》、朔望的《只因》，是和着血泪的真哭。一个真字，如血液之流通，诗的生命复生了。我不止一次地为《小草在歌唱》的真情所动：

> 我是军人，
>
> 却不能挺身而出
>
> 像黄继光，
>
> 用胸脯筑起一道铜墙！
>
> 而让这颗罪恶的子弹，
>
> 射穿祖国的希望，
>
> 打进人民的胸膛，
>
> 我惭愧我自己，
>
> 我是共产党员，
>
> 却不如小草，
>
> 让她的血流进脉管，
>
> 日里夜里，不停歌唱……

人民终于在诗中看到了自己的形象，听到了自己脉管中的鲜血流淌之声。而这已经不是个别诗作，个别诗人所拥有的倾向，它已是一个潮流。三年的拨乱反正，诗歌也取得了不容忽视的成果。在论及它的成就时，值得充分肯定的，仍然是这个字：真。

多少年来，许多诗歌评论一直不提倡，甚至反对诗写真情，尤其反对诗人在诗中写出个人的真情。他们害怕"我"，他们把抒情形象的"我"，等同于个人主义、个人突出。他们的主张戕杀了诗的个性。久而久之，我们的诗歌只留下众所周知的"一致"和"共同"，而失去了个性化的真情和实感。基于这个原因，《小草在歌唱》值得充分重视。他写张志新，不仅是大家共同看到的张志新，而是具有雷抒雁才能写出的张志新。他在张志新的形象中，融进了自己的情怀；他的诗，真情动人。

诗歌的不真，使诗歌脱离了群众。如今，"真"回到诗中来了，这是中国当代诗歌的希望所在。生存的树，不能离开泥土；有生命的诗歌，不能离开人民的真实生活以及由此产生的真实的情感。真实的、人民的诗，应当是代人民发言的诗，是勇敢干预生活的诗。我们的生活，存在着光明和希望，也存在令人厌恶的腐朽，诗人不能在光明和希望面前闭上眼睛，也不能在那些发臭发霉的垃圾面前闭上眼睛。诗的干预生活，不应只理解为暴露，但也不应只理解为歌颂。如同海涅所说，我们的诗歌，应当成为"祖国的喇叭"。喇叭可以为勇士们庆功，也可以向敌人发起攻击。人民的创造，党的事业，祖国的希望，我们要真诚地歌颂它！但是，敌人的残暴和阴险，生活的逆流和黑暗，我们也要切实地暴露它。既然人民把诗人的桂冠戴到你们的头上，这就是战士披上了甲胄，你的任务只有战斗，而没有别的。

三年来的诗歌之所以给人希望，正是由于它在生活前面的勇敢冲杀。当然，不全是充满火药味的诗，也有只写鸟语花香的诗，我们不能歧视它。但代表诗歌主流的，应当是勇敢冲杀的诗，起着喇叭和大炮作用的诗。现在，主要也还是这类的诗，在推动着生活向前发展。在对敌斗争的战场，一首短短的"扬眉剑出鞘"，曾使"庞然大物"的"四人帮"为之失魂落魄。这寥寥二十个字，抵得上一门重炮。在实现我国社会主义现代化的伟大进程中，我们需要扫除前进路上的障碍（诸如官僚主义、特殊化、走后门、无政府主义等）。在人民内部，要开展批评，也要进行斗争。为此，诗歌不要推卸自己的战斗责任。假使所有的诗歌都能触及时弊，触及一些人的神经，使一些人为之恼火，更多的人为之雀跃，那么，它肯定是有战斗性的。

　　面对新诗创作的这一现实，那些认定新诗已走向末路的青年人，是会改变自己悲观的看法的。

在新的崛起面前 *

新诗面临着挑战，这是不可否认的事实。人们由鄙弃帮腔帮调的伪善的诗，进而不满足于内容平庸形式呆板的诗。诗集的印数在猛跌，诗人在苦闷。与此同时，一些老诗人试图作出从内容到形式的新的突破，一批新诗人在崛起，他们不拘一格，大胆吸收西方现代诗歌的某些表现方式，写出了一些"古怪"的诗篇。越来越多的"背离"诗歌传统的迹象的出现，迫使我们作出切乎实际的判断和抉择。我们不必为此不安，我们应当学会适应这一状况，并把它引向促进新诗健康发展的路上去。

当前这一状况，使我们想到五四时期的新诗运动。当年，它的先驱者们清醒地认识到旧体诗词僵化的形式已不适应新生活的发展，他们发愤而起，终于打倒了旧诗。他们的革命精神足为我们的楷模。但他们的运动带有明显的片面性，这就是，在当时他

---

* 此文刊于 1980 年 5 月 7 日《光明日报》。

们并没有认识到，历史是不能割断的。尽管旧诗已经失去了它的时代，但它对中国诗歌的潜在影响将继续下去，一概打倒是不对的。事实已经证明：旧体诗词也是不能消灭的。

但就五四新诗运动的主要潮流而言，他们的革命对象是旧诗，他们的武器是白话，而诗体的模式主要是西洋诗。他们以引进外来形式为武器，批判地吸收了外国诗歌的长处，而铸造出和传统的旧诗完全不同的新体诗。他们具有蔑视"传统"而勇于创新的精神。我们的前辈诗人们，他们生活在一种无拘无束的自由开放的艺术空气中，前进和创新就是一切。他们要在诗的领域中扔去"旧的皮囊"而创造"新鲜的太阳"。

正是由于这种开创性的工作，在五四的最初十年里，出现了新诗历史上最初一次（似乎也是仅有的一次）多流派多风格的大繁荣。尽管我们可以从当年的几位主要诗人（例如郭沫若、冰心、闻一多、徐志摩、戴望舒）的作品中感受到中国古代诗歌传统的影响，但是，他们主要的、更直接的借鉴是外国诗。郭沫若不仅从泰戈尔、从海涅、从歌德，更从惠特曼那里得到诗的滋润，他自己承认惠特曼不仅给了他火山爆发式的情感的激发，而且也启示了他喷火的方式。郭沫若从惠特曼那里得到的，恐怕远较从屈原、李白那里得到的为多。坚决扬弃那些僵死凝固的诗歌形式，向世界打开大门吸收一切有用的东西以帮助新诗的成长，这是五四新诗革命的成功经验。可惜的是，当年的那种气氛，在以后长达半个世纪的时间里，没有再出现过。

我们的新诗，六十年来不是走着越来越宽广的道路，而是走着越来越窄狭的道路。二十世纪三十年代有过关于大众化的讨论，四十年代有过关于民族化的讨论，五十年代有过关于向新民歌学习的讨论。三次大讨论都不是鼓励诗歌走向宽阔的世界，而是力图驱赶新诗离开这个世界。尽管这些讨论曾经产生过局部的好的影响，例如三十年代国防诗歌给新诗带来了为现实服务的战斗传统，四十年代的讨论带来了新诗中国作风、中国气派的新气象等，但就总的方面来说，新诗在走向窄狭。有趣的是，三次大的讨论不约而同地都忽略了新诗学习外国诗的问题。这当然不是偶然的，这是受我们对于新诗发展道路的片面主张支配的。片面强调民族化群众化的结果，带来了文化借鉴上的排外倾向。

当我们强调民族化和群众化的时候，我们总是理所当然地把它们与维护传统的纯洁性联系在一起。凡是不同于此的主张，一概斥之为背离传统。我们以为是传统的东西，往往是凝固的、不变的、僵死的，同时又是与外界隔裂而自足自立的。其实，传统不是散发着霉气的古董，传统在活泼泼地发展着。

我国诗歌传统源流很久：诗经、楚辞、汉魏六朝乐府、唐诗、宋词、元曲……几乎每一个时代都有自己的诗的骄傲。正是由于不断的吸收和不断的演变，我们才有了这样一个丰富而壮丽的诗传统。同时，一个民族诗歌传统的形成，并不单靠本民族素有的材料，同时要广泛吸收外民族的营养，并使之融入自己的传统中去。

要是我们把诗的传统看作河流，它的源头，也许只是一湾浅水。在它经过的地方，有无数的支流汇入，这支流，包括外来诗歌的影响。郭沫若无疑是中国诗歌之河的一个支流，但郭沫若却是融入了中国古典诗歌、特别是外国诗歌的优秀素质而成为支流的。艾青所受的教育和影响恐怕更是"洋"化的，但艾青却属于中国诗歌伟大传统的一部分。

在刚刚告别的那个诗的暗夜里，我们的诗也和世界隔绝了。我们不了解世界诗歌的状况。在重获解放的今天，人们理所当然地要求新诗恢复它与世界诗歌的联系，以求获得更多的营养发展自己。因此有一大批诗人（其中更多的是青年人），开始在更广泛的道路上探索——特别是寻求诗适应社会主义现代化生活的适当方式。他们是新的探索者。这情况之所以让人兴奋，因为在某些方面它的气氛与五四当年的气氛酷似。它带来了万象纷呈的新气象，也带来了令人瞠目的"怪"现象。的确，有的诗写得很朦胧，有的诗有过多的哀愁（不仅是淡淡的），有的诗有不无偏颇的激愤，有的诗则让人不懂。总之，对于习惯了新诗"传统"模样的人，当前这些虽然为数不算太多的诗，是"古怪"的。

于是，对于这些"古怪"的诗，有些评论者则沉不住气，便要急着出来加以"引导"。有的则惶惶不安，以为诗歌出了乱子了。这些人也许是好心的。但我却主张听听、看看、想想，不要急于"采取行动"。我们有太多的粗暴干涉的教训（而每次的粗暴干涉都有着堂而皇之的口实），我们又有太多的把不同风格、不同流派、不同创作方法的诗歌视为异端、判为毒草而把它们斩尽杀绝的教训。而那样做的结果，则是中国诗歌自五四以来没有再现过五四那种自由的、充满创造精神的繁荣。

我们一时不习惯的东西，未必就是坏东西；我们读得不很懂的诗，未必就是坏诗。我也是不赞成诗不让人懂的，但我主张应当允许有一部分诗让人读不太懂。世界是多样的，艺术世界更是复杂的。即使是不好的艺术，也应当允许探索，何况"古怪"并不一定就不好。对于具有数千年历史的旧诗，新诗就是"古怪"的；对于黄遵宪，胡适就是"古怪"的；对于郭沫若，李季就是"古怪"的。当年郭沫若的《天狗》《晨安》《凤凰涅槃》的出现，对于神韵妙悟的主张者们，不啻是青面獠牙的妖物，但对如今的读者，它却是可以理解的平和之物了。

接受挑战吧，新诗。也许它被一些"怪"东西扰乱了平静，但一潭死水并不是发展，有风，有浪，有骚动，才是运动的正常规律。当前的诗歌形势是非常合理的。鉴于历史的教训，适当容忍和宽宏，我以为是有利于新诗的发展的。

我们需要探索*

中国新诗走过了六十年的长途，它业已取得伟大的成绩，它无愧于诞生它的时代。六十年前，新诗从没有路的地方踩出了一条路。我们的前辈是勇敢的拓荒者，他们是在不断探索中前进的。六十年后，新诗面临的是崭新的现实：祖国社会主义现代化的序幕已经揭开，新生活在我们面前跳动着耀眼的浪花，时代要求新诗传达出它那震耳的声浪，适应它的强大生命力律动的节拍。

肩起时代的使命，为生活的主人呼唤心灵的声音，这对于诗，从来都是没有止境的探索。那种认为已有天才或先知给我们规定了道路，我们不必思考，也无须探索的想法，那种认为一切存在的全都完美，我们不必再有探求，我们的任务仅仅在于遵循已往存在的规范摆动的想法，是迂阔的。唯有探索，方能前进。在探索中前进，在前进中探索。探索之无止境，正与前进相同。

---

* 此文刊于《诗探索》1980 年第 1 期，署名本刊编辑部。

这是已为生活发展的历史，也是新诗发展的历史所昭示了的。要是有一天，我们的诗人和诗评家竟然停止了探索，诗，也就停滞不前了。

不存在永恒的完好，诗也如此；即使有，我们也不能满足于这种"完好"。五言诗到了六朝，是很完好了；七言诗到了唐代，是很完好了，要是我们的古典诗人停止了新探索，那就不会有中国古典诗歌一浪高于一浪的向着高峰的发展，它的生命早就终止了。不满足于现实的"完好"，于是才有探索，才能前进。我们深深祈愿这种探索的精神永存。正是因此，当我们考虑给这个诗歌理论批评刊物定名的时候，我们一致选择了这一深刻而富有时代气息的字样：诗探索！

我们需要探索，不仅过去，不仅现在，而且更着眼于将来。我们愿意生活更加美好，我们才需要探索，我们愿意诗更加美好，我们才需要探索；墨守成规永不会有创造。诗人在用诗探索人生和人的心灵。我们，则探索诗，探索诗人从事这一精神生产所达到的和未曾达到的思想与艺术的境界。探索的精神，就是一种思想解放的精神。不满才有改变，改变乃是一种催促前进的动力。我们不是怀疑论者，也不是虚无主义者，我们珍惜一切前人的，包括我们自己的劳作的结晶。但我们不愿守成不变，我们愿意永远地处在这种不断探索的追求之中。

我们追求诗之与时代、生活在思想艺术上的合理的适应，我们只有这个目的。我们认为这种适应，将是广泛的、多样的、丰富多彩的。道路不会只有一条，条条道路通罗马。对于艺术，对于诗，情形尤其如此。艺术的探索不存在禁区。应当允许各种各样的、多种道路的探索。对于已经进行过的，例如探求在民歌或古典诗歌基础上的发展，还可进行下去，以使此种实践更见成效；过去未曾涉及的，我们可以大胆探求，这是一种新的探索。一切艺术都贵乎创新。应当鼓励人们勇于探索，让人们在探索的过程中辨真识伪、推陈出新、标新立异。

《诗探索》坚持新诗创造性地为人民服务、为社会主义服务。为了探索新诗继续繁荣发展的道路，我们将通过积极而及时的诗歌评论以总结推广诗人创作的经验；我们将开展诗歌基本规律的探讨以促进诗歌理论的建设；我们将加强对于诗歌史的研究以增进诗歌发展的知识；我们也将鼓励更多的人向诗歌美学的广度和深度进军。我国古典诗论的遗产十分丰富，我们还来不及用马克思主义的观点加以系统的研究并使之服务于当前；对于外国诗论我们所知甚少，对此也有更广泛地介绍之必要。《诗探索》无疑将以适量的篇幅来刊登这方面的文章。我们希望把诗的理论批评搞得切实些，一切理论，或直接或间接，均将以于新诗的发展有所助益为评价的标准。我们不愿充当老古董或洋货的收藏家。我们深愿《诗探索》是一个始终充满了首创精神的充满了青春与朝气的探索者。我们将时刻警惕，不使其因脱离今日诗歌的实际而"老化"起来。诗在中国这个古老的国度，有悠久而丰富的传统。人类文化的紧密交流，更是当今变得很小的世界的必然现象。对于传统和外国的东西，我们都要借鉴，取其精华，弃其糟粕，以利于今日中国的诗歌。

我们生活在现代，我们是作为现代的中国人，在写现代的中国诗。我们认为新诗要有时代感，我们同样认为诗的理论批评也要有时代感。我们站在当代生活的坚实土地之上，我们深深地感到了时代赋予的庄严使命。

诗歌之有专门的理论批评的刊物，在我国，似乎还是第一次。事情虽然起始于一九八〇年在南宁召开的全国当代诗歌讨论会，但究其缘由，到底还是为诗本身的发展规律所决定。中国当代的文艺复兴，包括诗歌繁荣的成绩。全国文艺报刊都刊登诗歌。《诗刊》再生之后，《星星》《海韵》，据说还有若干种专门的诗刊物相继涌现，客观的形势呼吁着诗评论专门刊物的应运而生。本刊编者担起了这样的责任，当然是为当前这一兴盛局面所感奋，同时，也基于下述两点实际存在的事实：有感于诗歌评论园地的狭小；有感于诗歌批评队伍的贫弱。上述两点，与诗创作的现状极不相称。我们设想，也这么希望：《诗探索》的出现，也许将有助于略加改变这一明显的比例失调。

在文艺评论的队伍中，最薄弱的是诗评论。要改变这一状况，首先要团结现有的作者。南宁诗会作为一次壮举，恐怕主要在于，它第一次把中国的大多数诗评的力量聚集了起来，第一次把原先各自为战的、分散而互不联系的专家汇集而为可观的队列。但现有的这支队伍毕竟太小。我们深知，要改变这一状况，没有青年的加入是不可能的。因此，我们寄希望于青年。没有青年，便没有未来；没有青年，我们的一切探索，都是徒劳的。《诗探索》决心从创刊开始，就重视来自青年的有生气的、敏感的和尖锐的文章。我们把发现、培养、提高新人的工作，郑重地放在自己的肩上。我们已经有了一支相当宏大的青年诗人的队伍，我们也应当有一支与之相当的青年的诗评家的队伍。而事实证明，后者的建立远较前者艰难得多。

这是一个学术性、理论性与知识性并重的刊物，我们愿意它是适应多方面需要的和雅俗共赏的。我们不愿因它的"雅"而脱离了现实的需要，我们也不愿因它的"俗"而失去理论的深度。在学术性和理论性之外，还要有一个知识性，因为，我们有责任关心青年的兴趣和成长，愿意为这批有希望出现新的人才的广大的读者群，做些力所能及的工作。

长期来，在艺术和科学的领域，党所制定的"双百"方针没有得到很好贯彻。今天，这种情况正在改变。这为我们的探索，提供了良好的条件。我们将通过自己的实践，在诗歌战线上，为维护艺术民主，为促进实现"百花齐放，百家争鸣"而努力奋斗。我们认为，凡是好诗，不应当只是一个样子的。应当允许读者各有不同的嗜好，诗人也有各具个性的创作风格。我们将不怀成见地重新评价中国新诗发展的历史，只要在思想或艺术上有一定价值的诗人诗作，就给以适当的地位。我们将不忽视那些有自己的独创性而长期受到歧视的不同流派的诗人。

《诗探索》的主张，可以简单地概括为三个短语：自由争论、多样化、独创性。自由争论是艺术民主的前提，在学术面前，权威和普通读者是一律平等的。真理总是越辩越明，而且只有用无拘无束的自由争论，才有可能达到多样化并鼓励独创性。我们将在《诗探索》上体现各种不同观点的交锋，我们将欢迎并发表对本刊文章，以及本刊以外的文章，包括本刊编委的著述在内的讨论、批评。我们鼓励说理的批评，更鼓励说理的反批评，我们希望经常保持一种不同意见自由论战的热烈局面。我们想让大家都习惯于生活在这样一种艺术自由民主的空气中。从而确认这是一种正常的秩序。本刊声明：为了贯彻自由争论，来稿凡是说理的和有见解的，而文风又是好的，均将予以发表。一切文章，当然不代表编辑部，即使是本刊编委的文章，也只是代表他个人在发言，文责自负。我们想，这样做，将在一定程度上增加一点艺术民主的气氛。

诗人的失去个性，长期成了公开的危险，引起了人们的警觉。而评论家的没有个性，情况则更为严重。我们希望本刊的文章能加强同新诗发展实际的联系，杜绝那种徒做隔岸观火的空论，少一点教条气、经院气和八股味，而多一些新鲜的语言、活泼的思想。文风必须改革。

人们的主观意愿，对于一件事业的成功，化为条件，可以是重要的，但却远非是决定的。以《诗探索》的出现而言，尽管这是诗人以及广大诗爱好者长期的愿望，但也仅是愿望而已。愿望而能成为现实，离开了十年浩劫之后的整个事业的兴旺，离开了国内政治气氛的改善，离开了一系列制度的改革，离开了党为我们创造的这一良好的学术环境，像这样一个颇为专门、属于分工细致的学术刊物的创办，是难以设想的。试想当年，我们怎能不感激这个新生的时代所照临的灿烂阳光！

　　正是由于时代的热情感召，我们愿意充当诗歌为人民、为社会主义服务的探索者。我们的刊物将与广大作者和读者携手，共同为加强诗歌研究，活跃诗歌批评，发展诗歌创作，壮大诗歌队伍，为繁荣发展我国多民族的绚烂多彩的诗艺术和诗评论而作出自己的贡献。

论中国新诗传统（节选）*

它写着两个大字：创造

中国的诗传统，无可争辩的，是一条浩瀚的长河。上下三千年间，它滔滔流逝。其间纵有变革，总不曾离了旧日宽阔的、然而又是淤积的河床。只有到了二十世纪初叶，它仿佛一匹惊马腾起了前蹄，在突兀而起的无形的巨坝之前，顿然失去了因循的轨迹——河流改道的历史性时刻来到了。

这是一个灿烂的时代：封建主义的漫漫长夜已经宣告结束。新时代召唤着新文学，新文学召唤着新诗。而新诗的建立，注定要有一个持久的痛苦挣扎的历程。这是因为：在中国旧文学中，旧诗词是发展最充分、最健全、因而也最稳固的品种；而作为新文学的新诗，它不仅天然地有着旧诗词这样强大的对立面，而客

＊ 此文选自谢冕《共和国的星光》，春风文艺出版社 1983 年版。

观的事实也是，较之白话为文，白话赋诗存在着更大的困难。朱自清说过，"给诗找一种新语言决非容易，况且旧势力也太大。"[①]当白话的散文终于战胜古文并站稳脚跟的时候，对于白话诗的怀疑乃至攻击依然是激烈的。

胡适是新诗最早的开拓者之一。他在提出"文学改良"的主张之后，几乎立即着手创立白话诗的试验。他一开始就朝着打破旧诗词最顽固的语言形式桎梏的方向冲击。"若想有一种新内容和新精神，不能不先打破那些束缚精神的枷锁镣铐"。[②]他把这种努力概括为"诗体的大解放"。他认为，唯其有了诗体的解放，"丰富的材料，精密的观察，高深的理想，复杂的感情，方才能跑到诗里去"。[③]在历史的某一特定时期，文学形式严重阻碍了文学的发展，对于形式的革命必将大有作用于新内容之引进与包孕。对于胡适诗体解放的主张，一律判以"形式主义"，恐怕未见妥切。朱自清在总结新文学第一个十年的新诗运动时说过，"新诗运动从诗体解放下手"[④]，也肯定了这样的战略方向。

胡适为这一开创性的"尝试"，很经历了一番曲折。他有感于旧诗词对于中国社会、历史的深远而顽强的影响，有感于当日知识界对旧诗词普遍存在的恋旧情绪，他"认定一个主义"，"非

---

① 朱自清：《中国新文学大系·诗集·导言》。

② 胡适：《谈新诗》。

③ 胡适：《谈新诗》。

④ 朱自清：《中国新文学大系·诗集·导言》。

做长短不一的白话诗不可"①，很表现了对于旧诗形式之整饬僵硬的愤懑。这当然是不尽适宜的矫枉过正，但即使是这样一种低限的目标，在旧诗词的森严壁垒面前，想要撞开一条通道，仍然困难重重。

当年的开拓者们的工作并不限于此，他们刻意于创立新诗。而新诗的创立，最重要的，乃是在诗中彻底扫荡旧诗词的痕迹，而即使这一点，也要付出沉重的代价。据胡适的叙述，当时试验白话诗的新诗人中，"除了会稽周氏弟兄之外，大都是从旧式诗词曲里脱胎出来"。胡适显然并不肯定这种放大了小脚式的"脱胎"，他重在创造。他自己的创作，也经历了这种不能摆脱旧日桎梏的苦恼。他认为《尝试集》里就记载了他的诗作"从很接近旧诗的诗变到很自由的新诗"②的过程，这就是：由"实在不过是一些刷洗过的旧诗"，到有了某些变革但仍"脱不了词曲气味与声调"，再发展为有了较大突破的"自由变化的词调时期"，最后才过渡到"'新诗'的地位"的确立。当他终于写出了摆脱了旧诗桎梏的属于自己"久想做到"的自由诗，回头对照最初"尝试"的结晶，如"到如今，待双双登堂拜母，只剩得荒草孤坟，斜阳凄楚"那样的诗篇时，他不禁感喟："真如同隔世了。"

新诗创始期就开始了与旧传统决裂的恶战。当然，当时的战略方向是诗体的解放，而诗体的解放之标志，乃是对于旧诗词的框架的彻底打破。在初期，由于新诗人们的艰苦奋斗，终于有

---

① 胡适：《尝试集·自序》。

② 胡适：《尝试集·再版自序》。

了明显的战绩：自由体的白话诗已经诞生，而且地位得到了巩固——它和旧诗词划清了界限，不再留有用白话来写旧诗的痕迹，它失去了那种虽用了白话却仍然依附于旧诗的奴颜而卓然自立！

终于在旧诗词的沉重闸门之下涌出了一条新鲜的"小河"。周作人写于一九一九年的《小河》的出现，可以看作是新诗创始期奋斗之实绩的概括。这首完全独立于传统的旧诗词之外的崭新的诗，获得了胡适、朱自清等的充分肯定。一条微不足道的"小河"获得了自己的生命。活泼、流动、自然，代替了滞涩、僵硬和淤塞。也许它还只是浅底、细流，毕竟只是小河，但它将发展。新诗历史的第一页便是庄严的，它写着两个大字：创造。

创造是新诗创业期虽然未曾明确确认，但却实际存在的根本宗旨。它的目标是异常明确的，那便是对于中国数千年的诗传统的反叛。（半个世纪之后，有些人居然在理论上提出并实践着实际上是向着旧诗词妥协的主张，而且美其称为"革命"，当年的创业者有知，该作如何想！）初期的白话诗的创立，当然只是长久的变革的一个序曲。这支序曲的历史性功绩在于证明：利用白话不仅可以为诗，而且可以为崭新的完全区别于旧诗的新诗。它实现了诗体大解放的宏伟目标。诗体解放的事业，始于胡适，而完成于严肃地实践着"文学为人生"主张的文学研究会诸诗人。

一九二一年以郭沫若为旗帜的创造社成立，当时称之为"异军特起"。中国新诗的天幕之上，顿时出现了明亮的星云。这时，涌现了一批立志于创造的诗的女神。他们唱着创造之歌，从事于"开辟鸿荒"的伟业。他们宣称："他从他的自身，创造个光明的世界”，而且欣喜地望见：“无明的浑沌，突然显出光来”①。创造社的成员并不满足于新诗最初数年的开创性工作所已获得的成就，他们立志于从事新的创造。他们不再单纯着眼于诗的形式的创新，他们把目光投向“缺陷充满的人生”。

创造社的主要诗人，尽管不曾直接参加过以《新青年》为核心的文学革命运动（他们中不少人当时留学日本）；也不曾与当日的文学革命启蒙者有过直接的师友关系，但他们承继并发扬了五四先驱者的创造精神。创造社兴起的时候，新诗已经成功地取代了旧诗。创造社诗人的使命已经不是对于旧诗的否定，而是对于新诗缔造者们开创性工作的总结与发展。诚如郭沫若所分析的，“前一期的陈、胡、刘、钱、周主要在向旧文学的进攻，这一期的郭、郁、成却主要在句新文学的建设，他们以‘创造’为标语，便可以知道他们的运动的精神。”②

郭沫若自己的诗歌创作更是这种创造精神的典型体现。他的诗作一开始便超越了早期新诗人们的最高水准线：个性解放以及对底层人民的同情心。钱杏邨对郭沫若精神气质作了透辟的总结，认为在他的作品中，“确实表现了毫无间断的伟大的反抗的力。……一以贯之的反抗精神的表演”（《诗人郭沫若》）。闻一多则以高度的历史感评价郭沫若的出现，“郭沫若君底诗才配称新呢，不独艺术与旧诗词相去最远，最要紧的是他的精神完全是时代的精神——二十世纪底时代的精神。”（《〈女神〉之时代精神》）

① 郭沫若：《创业者》。

② 郭沫若：《创造社的回顾》。

新诗发展到郭沫若，有一个创造性的突破。他几乎无视胡适等人所作的追求，也不墨守他们的战绩，而从思想上和艺术上把新诗推向一个崭新的境界。

一九二〇年当郭沫若把《凤凰涅槃》那首不仅在当日，而且在今天也仍然显得"古怪"的诗，从日本寄给《学灯》时，宗白华当即肯定了他的创造的成果。宗白华复函给他："你的诗意诗境偏于雄放直率方向，宜于做雄浑的大诗。所以我又盼望你多做像凤歌一类的大诗，这类新诗国内能者甚少，你将以此见长。"（《三叶集》）这时的郭沫若，确实是写着前所未有的"大诗"：

> 无数的白云正在空中怒涌，
>
> 啊啊！好幅壮丽的北冰洋的情景哟！
>
> 无限的太平洋提起他全身的力量要把地球推倒。
>
> 啊啊！我眼前来了的滚滚的洪涛哟！
>
> 啊啊！不断的毁坏，不断的创造，不断的努力哟！
>
> 啊啊！力哟！力哟！
>
> 力的绘画，力的舞蹈，力的音乐，力的诗歌，力的
>
>   律吕哟！
>
> ——《立在地球边上放号》

这里展现的，已不是小河的轻歌，而是大海汪洋的力的震荡与狂暴。这种力，表现为足以推倒地球的伟大气魄。一种不断摧毁旧的和不断创造新的、蔑视传统秩序的力的节律，给我们展示了时

代的，还有诗歌的美好前景。它无疑是当时的时代强音，而且也是历久弥新的新诗。这种诗，是五四早期所不曾有过的。

六十年后重读《女神》，仍然惊慑于它那前无古人的创造精神。从《小河》到《立在地球边上放号》，新诗短暂的生涯，迈过了一个多么奇伟的变革！这种精神激励着后来的新诗探索者，不断地在前人的基础上去创造超越前人的新业绩，从而使新诗在它的长期发展中形成并不断生长着波澜起伏的创造的传统。

一九二八年创刊的《新月》，他们是一支新的探索与创造的生力军。从胡适开始，迄及"小诗运动"，包括写了《春水》与《繁星》的冰心，新诗的奋斗目标就是摆脱旧诗词羁绊的自由化。郭沫若虽有《地球，我的母亲》一类形式较为整齐的诗篇，但其主要倾向也是走向内容和形式的无拘束的狂歌。新月的兴起，艺术上明确地提出为新诗"创格"的主张，这当然是对于前段自由化的一个大胆的和有力的反拨。闻一多完整地提出了节的匀称，句的均齐，以及诗的音乐美、绘画美、建筑美的主张。《死水》是这种主张的集中体现。尽管他们的思想达不到创造社诸诗人的高度，但他们在艺术上却雄心勃勃，要对前一时期诗歌发展的现实进行变革和创新。

对于新月诗人，一般人易于看到他们在新诗的律化方面的实绩，往往忽视了他们引进外国诗歌的经验并使之与中国的民族传统精神之融合方面所作出的贡献。闻一多习惯于把"霭霭的淡烟笼着的菊花，丝丝的疏雨洗着的菊花"以及"鸦背驮着夕阳"这些东方情调的形象，融入他那节奏新颖而整饬的、绝对区别于旧体诗词的新格律诗中来。朱湘的格律诗甚至讲究对仗与平仄的谐和。正因为他过于拘泥旧有的声律原则，因而尽管他的诗篇朗朗可诵，但却失之过于"精美"而少了点生气。徐志摩比闻、朱都放得开。他的诗有着浓烈的现代生活的色彩，但又不乏民族风情的诗之韵调。他的诗具有回环往复、一唱三叹的特点，他的复沓流动着优美的诗韵——

> 轻轻的我走了，
> 　正如我轻轻的来；
> 我轻轻的招手，
> 　作别西天的云彩。

这是《再别康桥》的开头。变换了几个字，变成了这首诗的结尾——

> 悄悄的我走了，
> 　正如我悄悄的来；
> 我挥一挥衣袖，
> 　不带走一片云彩。

徐志摩把这种荡气回肠的功夫用在表达感情的微妙曲折方面，达到精湛的程度。到了这时，新诗不仅以其思想之吻合于时代潮流方面超越了旧诗，而且也以精妙的可供反复吟咏的诗艺术与旧诗进行了明显的较量。徐志摩创造了以精美的语言，流畅的韵调抒写人的心灵之和谐曼妙的声音（有时则是充满哀怨悲愁的）。当然，他缺少的是郭沫若的气魄，但精致华美却胜过了郭沫若。这种各有短长，但却不断创造的竞技般的推进，形成了新诗创立以来的源源不绝的潮流。

这种勤于创造、勇于探索的精神，不仅造出了中国新诗史上六十余年绵延不绝的创造传统，而且浸透到具体诗人的创造活动中来。某些卓有成就的诗人，总是勇于创新，又勇于否定。他们的作品因而总是处在变革的状态之中。戴望舒以《雨巷》的问世而赢得了声誉，他并不因而停止了新的创造性的探求。据记述，"望舒自己不喜欢《雨巷》的原因很简单，就是他在写成《雨巷》的时候，已经开始对诗歌的他所谓'音乐的成份'勇敢地反叛了"。① 杜衡指的就是戴望舒继《雨巷》之后写出的《我的记忆》对于前者那种"青鸟不传云外信，丁香空结雨中愁"的中国旧词韵味，以及那些"彷徨""惆怅""迷茫"的华美音响的扬弃。《我的记忆》造出了与《雨巷》截然不同的新诗——当时让人觉得有点"古怪"的新诗。

戴望舒被称为中国早期新诗取法象征派的代表人物之一。"他也注重整齐的音节，但不是铿锵的而是轻清的；也找一点朦胧的气氛，但让人可以看得懂；也有颜色，但不像冯乃超氏那样浓。他是要把捉那幽微的精妙的去处。"② 朱自清的这些概括，主

---

① 杜衡：《望舒草·序》。

② 朱自清：《中国新文学大系·诗集·导言》。

要是根据《我的记忆》之后的创作倾向作出的。《雨巷》当然在诗史占有地位，但《雨巷》之后的《我的记忆》，乃至于身经离乱之后写出的《元日祝福》《狱中题壁》诸作，不仅体现了这位诗人思想渐趋于成熟练达，而且也体现了他在诗歌艺术上的不断求索，不断创新的进取精神。戴望舒的经验，融入并丰富了中国新诗的光荣的创造的传统的长流。

新中国成立之后的三十余年间，新诗虽历尽坎坷曲折，但中国新诗的创造女神并未停止创造。她的竖琴在新中国的艳阳之下，仍然颤动着美妙的音弦。五十年代中期，贺敬之以前人所不曾有的形式，写出了气势恢宏、一泻千里的长篇抒情诗《放声歌唱》。他的具有民族传统风格的"楼梯诗"是一种新的创造，他的长篇政治抒情诗的体式，也是一种新的创造。贺敬之的创造性实践是新中国诗坛的一大盛事，它给新诗在新时代的发展带来了美好的信息。

郭小川在新中国成立后是以《投入火热的斗争》《向困难进军》等富有革命激情，而又充满鼓动性的诗篇而赢得了普遍注意的诗人。他也写中国式的"楼梯诗"。较之他早期的作品如《草鞋》等，这种以重大的政治题材为内容，并以现场鼓动为预期效果的抒情诗，确是一种创新——这是一个获得了解放的人民在亢奋前进的时代的战歌。它理应得到历史的肯定。

但是富于创造性的诗人，并不以此为满足。他在为新中国成立十周年编选的《月下集》序言中，令人意想不到地发出了沉重的声音："在我写了一些那样的东西之后……有时真想放弃这个工作，去做自己还能够做的事情。实在的，我是越来越感到不满足了，写不下去了，非得探寻新的出路不可了。"（《权当序言》）这位诗人的形象简直就是一个永无止境，也永远不知疲倦的探求者。由于他的不自满，也由于他明确的创造的意识，使他能够成为当代诗歌史上最富于创造性的诗人之一。

正如戴望舒写出了蜚声一时的《雨巷》又立即扬弃了它一样，郭小川也是在他的《致青年公民》等诗引起巨大反响之时，说出了上面引到的那些话的。由于这个勇敢的否定，他的创造闸门一旦开启就再也关不住了：《甘蔗林——青纱帐》式的极度铺陈排比的"现代赋体"；《林区三唱》式的由纯粹的短句构成的"现代散曲"；《将军三部曲》式的讲究意境以表现战争年代高级指挥员内心世界为对象的多部制抒情长诗；《雪与山谷》式的以明净的线索刻画人物心理活动为特点的抒情性的叙事长诗；直到《团泊洼的秋天》以高昂的乐观的奋斗精神宣告了这位诗人用毕生精力贡献于不断创造事业的终结。

新诗六十年间走过的路，每步都是对旧的否定，每步都是对新的追求。它每向前跨出一步，就把陈旧的因袭留在了身后。由于它的不懈怠的创造，使它离开延续了数千年的旧体诗词而获得了独立的生生不息的生命。整个的诗潮如此，影响所及，那些富有朝气的诗人也如此。江山代有才人出，各领风骚五十年。每一代的"才人"，当然都从他的前辈那里取得了发展的基础，但他们又各自独立地创造着。唯有敢于突破并决心超越前人的人，唯有能够独立创造的人，他才有可能在推进历史发展的事业中留下名字。

传统诚然值得珍惜和骄傲，中国诗歌的传统尤其如此。我们每一代诗人的笔下都流淌着民族诗歌传统的乳液。传统诚然神圣，但又非不可变易。所谓的"反传统"，并不可能真把传统反掉。若是为了排除传统的骨骼中日益增多的石灰质，并且寻求输入新鲜的因素，即使叫作"反传统"，也不应当为之反感。

传统的保持与发展有赖于创造。不断的创造，就是不断的革新。艾略特说的"新奇的东西总比反复出现的好"，一种习惯的势力总是条件反射式地把"新奇"（或他们称之的"古怪"）的东西，看作是异端，看作是与传统（他们认为的传统总是凝固的化石）对立的东西。他们总是怀着神经质的警惕乃至敌视的心理，"关注"着这些闯入者。五四前的那批声称"拼我残年极力卫道"的人，就是当年的"传统"派。在他们眼里，陈独秀、李大钊、鲁迅当然是一些"数典忘祖"的"妖魔"。新诗的历史早已对此作了结论。今天那些口口声声高喊维护传统，而对着一批青年的新探索叹气、摇头、跺脚的人，他们难道不应当从历史的发展进程获得某些知识？

在论及传统时，钱锺书讲过一段很通达，也很冷静的话。它对于我们今天的新诗讨论将有助益：

> 一时期的风气经过长时期而能保持，没有根本的变动，那就是传统。传统有惰性，不肯变，而事物的演化又使它不得不以变应变，于是产生了一个相反相成的现象。传统不肯

变，因此惰性形成习惯，习惯升为规律，把常然作为当然和必然。传统不得不变，因此规律、习惯不断相机破例，实际上作出种种妥协，来迁就事物的演变。

——《中国诗与中国画》

现在的现实是：一部分人看到了传统的惰性，更多一些人看不到或是自觉地维护这种惰性。而改变了闭关锁国与世隔绝之后的形势，使这种惰性迎受到巨大的清新空气的压力，它凝滞着，不愿流动，但又不得不有所妥协。当前的形势：貌似强大的"讨伐"是众多的；而悄悄的，但又是缓缓的让步，却也在进行。把常然当成必然乃至永恒的情况，当然不会长久维持下去。对于新诗在新时代的新突破和新创造的呼声，已经起于四野，我们对它在未来的发展怀有信心。

地火依然运行*

从单一向着多元的推进

伴随着令人纷扰的挫折，诗歌似乎显得平静，甚至有点沉寂了。但一场受到深刻的历史必然性鼓舞的艺术革新，是难以为外界条件的影响而止息的。如同地火，炽热的岩浆的喷突，不会因一时的风雨而窒息。一些人感到了整个中国文学艺术悄悄进行的"绿色革命"。这一革命始于诗。它以原有艺术的极限为始发点——当然不是从零开始的重新铸造，它无疑继承了传统的有益养分。但整个气氛是以不驯的挑战姿态，向着趋于固化的传统诗艺。它旨在更新不适应时代的那些艺术方式和艺术技巧。艺术发展的规律向人们作如是启示：任何一场认真的艺术变革，不包含有对于原有艺术模式的批评成分是不可想象的。诗歌在进入社会

---

* 此文选自谢冕《地火依然运行》，上海三联书店 1991 年版。

发展新时期以来的失去平静，其动因盖在于它敏感于艺术变革的不可不进行，以及进行这种变革对于原有艺术状态的必然的质疑。

全民性的思想开放，为诗歌的变革提供了有力的支持。中国固有的传统艺术因自身在发展的特定阶段产生的歧异而受到怀疑。人们通过向世界开启的窗口得知世界诗歌发展的现状，于是再也不能满足于原有的艺术封闭状态。"用横的眼光来环视周围的地平线"或"新诗也要头点引进"这些不准确的概念是在这样的氛围中提出来的。其实质在于中国新诗再一次向着民族文化本源之外寻找"充氧"的机会。新诗敏锐感应了二十世纪中西方文化的又一次大融汇的时代气氛。在新的历史时期，文学和诗的目标首先是改变与世隔绝状态而走向世界，取得与世界诗歌的同向发展。这一阶段诗歌的骚动不宁，原系受到世界性现代诗歌潮流的鼓动而产生的变革要求所驱策。改变诗歌的单一结构而向着艺术的多元化发展，这是当前诗歌运动的关键性要求。

诗歌真实生命的回归

开始的时候，人们的注意力被诗的懂与不懂所吸引。尽管由此引发的争论，涉及诗歌观念的巨大差异，但这显然不体现当前诗歌变革的实质。诗歌变革始于谴责历史倒退而来的深刻反思。公刘和白桦亢进的激愤的呼喊，无疑是当代的强音。随后，诗的主题有了明显的倾斜。人们由于对神的弃绝而关注于人的存在及其价值。凝聚了时代悲欢的普通人的命运和追求，一时间成了最动人的题目。

从艾青的《鱼化石》的写作到曾卓的《悬崖边的树》的发表，突如其来的灾难造成的悲剧性命运使这些普通人成为抒情诗世界的合法公民。从那里我们看到扭曲的年代给予平凡心灵的投影。有的诗人并不直接写"我"，但那些花鸟，那些虫鱼，都深深地传达出人间的悲欢。邵燕祥的《燕子的歌》，其实就是"我"的歌：燕子带着伤痕歌唱春天的喜悦以及喜悦中流露的隐忧，寄托着他所体察和拥抱的人生。更多的诗人则直接地写入自身坎坷曲折的身世。这类诗如冀汸的《回响》《回答一个不知道名字也不曾见面的少年》，都是离乱之后对于召唤的回答："你也不必为我的死担心，即使我变成了一束枯草，只要还剩下一粒草籽就永远蕴藏着青春的消息。"许多诗篇都传达着这种悲凉中奋起的激情。顾城的著名诗句："黑夜给了我黑色的眼睛，我却用它寻找光明"。这是年轻的"一代人"经过黑夜之后执着的寻找，其不甘于沉沦的信念与他们的前辈相同。

最集中，也最充分地展现了苦难而扭曲的心灵的，是流沙河的"归来"之作。《故园九咏》《故园别》均是以凄楚的心境怀想那些艰辛的岁月的。有一段相当长的时间，诗歌排斥了诗人的自我抒情，愈是"他人的"就越是"健康"的。如今的自我复归，正是对于诗的反常秩序的矫正。在新时期文学中，诗最早实现了普通人形象的占领。当然，作为普通人就不会是完人，但却是真实的、摒弃了虚假的人。流沙河的受屈辱者的委曲求全，那种宁肯被儿子"当马骑"免在外面受人凌辱的"弱者的自强"；梁南的《我不怨恨》的那种鲜花遭马蹄践踏并无怨恨反而"抱着马蹄狂吻"的扭曲心灵，都是作为活生生的人而在诗中存在。北岛的《青年诗人的肖像》《履历》中所包含的嘲讽和揶揄，都合理地包含了诗人自我的不完善。这些与过去要求抒情形象的高大完整形成的背逆，体现了诗歌真实生命的回归。

这一特异现象的革命意义在于，诗歌的觉醒是与现阶段全民意识的觉醒谐调一致的。人的觉醒是诗的觉醒的精魂。舒婷在青春诗会发出的要求人的彼此了解的呼唤，"人们迫切地需要尊重、信任和温暖，我愿意尽可能地用诗来表现我对'人'的关切"，可以认为是诗在新时代价值转换的最简明的宣言。她的著名诗篇《致橡树》是这一创作思想的实践和体现，作为树而不是作为攀缘的草和另一棵树并肩而立。诗中凛然凸现的是不可侵犯的人的自尊和自立。诗在经历了至少十年的变异之后，宣告了一个人性的复归，这是诗歌对于自身产生的异变的战胜。它衔接并丰富了五四"人的文学"的传统。它体现了我国诗歌在历史的偏差之后沿着正常轨道的伸展。

自我否定与自我更新

当人们的心灵在长久的封闭之后自由开启，传统的规范化艺术思维便失去了约束力。在不违背人民根本利益的前提下的无拘束的多种情感的多种方式的抒发，便成为引人注目的诗歌景观。诗歌以追求人的内心真实性和丰富性而向着长久封闭的艺术世界索取自由。这也许是对于传统诗歌的最鲜明的逆反和冲击。这种受到开放性的社会现实鼓舞的诗歌一时所呈现出来的兴盛是五四之后所罕见的。

一部分诗人以自觉的人民性为指导，在现实使命感的驱使下，拥抱着现实并无畏地向着现实发言，这是一些热情的理想的歌者。他们的诗情可以溯源到屈原离骚式的苦恋与追求，他们也合理地继承了五十年代的早春情调的歌唱传统，更多的诗人在多个领域以各种方式进行艺术的"探险"。西北一批诗人立志于西部精神的开掘，他们把现实的执着热情注入充满悲慨雄阔情调的自然场景中，把诗写得粗犷阔大而富于野性美。校园里的无以数计的青年人，用主要是世界现代诗所启迪的方式抒写他们充满幻想的动态的"满不在乎"的心境：一种情节性的带有嘲谑氛围的校园诗，正在为诗歌的多样化作着有益的补充。

热情依然是一种美好的情感，然而冷静甚而平淡也要求得到承认。充满激情的昂扬并没有失去价值，但北岛式的冷峻的思索，舒婷式的美丽的忧伤，乃至顾城式的天真单纯的幻想，都经历了由引起惊异到受到默认甚而引起青年一代的狂热的过程。一种合理的格局已经出现：在诗歌这文艺的一隅，已经没有一种统一的艺术规范可供遵循。多种艺术方式的纷呈杂现构成了诗美天地新的生态平衡，留给人们的只有竞争。要么自然地被淘汰，要么在不断的自我否定和自我更新中充分地发展。

褊狭的批评和欣赏习惯克服以后，人们在如今这样多种选择的诗美面前会感到无所适从。但时间会给人们以机会，让人们学会宽广的包容性和适当的宽容。由于了解和沟通，人们不禁会从舒婷的搁浅的《船》那种大海近在咫尺而不能到达的悲剧性遭遇中唤起人生际遇的共鸣。而且，也不再对北岛《迷途》中那种缥缈的寻找和追求感到意外，一旦人们从外在世界的繁复多样和人的内心世界的广阔自由，推衍到诗的情感的多色调秩序的确认，那么，迄今为止的无数论争都会失去意义。

要是我们把这些诗歌现象加以概括，便可觉察到渴望自由表达的心灵对于久经封闭的世界做着有力的冲击。社会进步了，不能不把前进的身影留给敏感的诗人。当然，诗歌艺术的不断更新是迄今为止诗歌变革中最令人激动的内容。诗歌从过去基本依靠散文式的叙述逻辑的"意义的文学"衍进为着重以超越具象的多层思想内涵合成的立体的象征式建构的确立。诗歌意象化的进程加速了，寻找准确的意象而使人的情绪和情感找到它的合适的对应物，使诗的审美空间得到相当大的扩展。意象之间的自由组合和交叠、时空观念的不确定的转换和有意的模糊化，促使诗向着主题的多义性和情感的多向性发展。从这个意义上看，告别了情感的平面铺排和情节的线状结构的诗歌，它的变得难懂和它的朦胧性乃是艺术内在运动的自然趋势。

横向扫描之后向着东方的纵向追寻

显然，关于个人命运的吟咏并不是现阶段诗争取的最终目标。诗的深入在于通过个人的和家庭的悲剧揭示历史的前进或倒退的真谛。不少的诗篇把思考的触角伸入到久远的民族心理文化结构。他们的历史观念渗入了鲜明的批判色彩。在他们的笔下，长城依然是民族的骄傲，可是当诗人的手"把长城庄严地放在北方的山峦"，却似在"晃动着几千年沉重的锁链"（江河：《祖国啊，祖国》）。北岛的《古寺》，通过一组尘封的没有记忆的意象组合，暗示久远历史的麻木和漠然。至于韩东那首著名的《山民》，已经对于"山外面还是山"的结论感到怀疑，从而确认了海的存在的山民，无疑体现了一种蒙昧中的萌醒。

诗已经实现对于现实摹写的超越，它在相当程度的"超脱"之中却展现出深沉的思考。这种摆脱了单纯的欢乐感所透出的浓重的忧患意识，说明了几代人乃致全民族的成熟。要是从这样的背景下来体察新诗潮涌现的情绪的"低音区"，那么，人们得到的将是了解而不是指责。一个经历了严重挫折的民族，当它从噩梦中醒来，发出的沉重的呼声应当被认为是一种必然。而后，我们才有可能谈论奋起或者振兴。因为这种重新振作的信念是挫折的给予和培育。

诗最先传达了中国文艺变革的信息。尽管历尽艰辛，却仍在坚韧地跋涉。沉寂是表面性的，而地火般运行则是实质性的。诗的触角已不再满足于作实有的生活现象的单纯的描写或直接的抒情。由于切入动乱年代而开始的历史性反思，进入探寻民族心理文化的根源——它的光辉和它的局限，使诗的视点有了一个大的转移。诗变得"古老"起来。许多诗表现了与现实的"间距"和向着传统文化的"贴近"。这一切都在短短的时间内几乎与其他诗歌现象同时产生又同时完成。

其实，在诗歌表现了浓重的走向内心的个人化倾向的同时，一部分诗人正向着无视"小我"的写出人民和时代的"史诗"目标前进。江河是较早提出现代史诗概念的一位，不论是《纪念碑》或是《祖国啊，祖国》。他很早就自觉地致力于诗的"非个人化"。早期的史诗创作有很强的现实感，多半起于现实的感触；近期的史诗，不论是杨炼的《诺日朗》还是江河的《太阳和他的反光》都明显地趋向于超脱化。《太阳和他的反光》一组十二首，均借中国古代神话以写现代人对于世界、自然和人生的思考以及一个并不平静的诗人的内心世界。但表现出来的是冷静和沉稳的当代人的反思，过去那种强烈的公民情绪淡化而为对幽远的民族性格的力度的追求。太阳的光和热作为生命，历史的原动力受到了重视，神话中的民族魂在今日的再生，即使是失败的英雄，也体现一种坚韧和执着的民族性格。他把今日人的反思与原始的生命力的冲动加以结合，造出了令人警策的崇高美。这是《开天》：

> 巨大的黑色的蚌喘息着张开
>
> 黏稠喑哑的弦缓缓拉直开始颤动
>
> 他的胸脯渐渐展宽郁闷地变蓝

苦难似乎是无边的，但痛苦中挣扎而出的是民族精魂的诞生。一种顽健的再生力启迪着这个民族的伟大。诗人把历史低回的哀音包裹起来，展现其不屈的悲壮美。就整个诗坛而言，似乎都在追求新的力度。这，不仅现代史诗的追求者在这么实践，更多的诗歌探索者都在实践。这一经历了"横向扫描"之后向着东方文化的纵向寻求，是探索性的和非排他性的，它将有益于当前诗歌走向丰富。

先锋的使命*

　　人们都注意到诗在中国文学发展中的特殊地位和特殊作用。这种作用也许是由于诗作为最精微的和发展最充分的文学品类在中国有其深远的历史积蕴，也许是由于它作为最丰富的精神方式能够细微地把握世界的一切变幻，总之，诗在中国往往统领和引导时代和艺术潮流而起着某种开风气之先的作用。

　　一九一九年开始的那一场划时代的文学革命是以新诗为先导的。新诗试验的成功带动了整个新文学对于旧文学的战胜。我们从新文学运动文学内涵、艺术方式以及语言革命的深刻演化中，无处不感受到新诗为这一革命所作的贡献。仿佛是天体运动中某一周期性的奇观，新诗的这种贡献在中国文学的另一个转型期再一次出现。二十世纪七十年代末，在一次埋葬中世纪式的文学灾难中，当时的非主流诗以纯粹民间方式悄悄地、同时又是强有力

＊　此文刊于 1992 年 7 月《天涯》总第 85—86 期。

的挑战震撼了中国文坛，这便是当时的朦胧诗运动。

时空迁移，我们将会有可能以更为冷静客观的姿态对二十世纪七八十年代之交的那一次新诗运动——更确切地说，它更是一次全面的文学变革的先声——作出评论？作为对于文学统制和文学禁锢的先锋性冲击，朦胧诗具有的价值无可置疑。从语言革命的角度看，它实行了一套充满人性精神的全新话语来替代夸张的伪浪漫话语；从艺术变革的角度看，它开创了以象喻性为主的、非直述且有多层含义的艺术方式来替代僵硬直露的艺术模式；从内涵拓展的角度看，人性和人道精神的张扬和充实替代了非人化的现代迷信。

这就是中国新文学在新的历史时期一次换血活动的发端。这就是给当时文学界乃至社会以震动的唤醒中国新诗现代精神的新的崛起。围绕着对这一场新的崛起的体认而展开的论争，甚至在历时十余年之后的今日也没有成为过去。这说明这一事件的意义，业已超出诗的范围。它似是一根楔子，打入了权力和准权力构成的非艺术的秩序，从而带来了全局性的松动。自此而后，现代意识逐渐取代非现代意识，人性文学逐渐取代非人性文学，从而纠正了文学向着深渊的滑行。

朦胧诗运动产生在诗歌被极端性逼向绝路之后，在当时，它拥有的反叛旧秩序亦即纠正艺术偏离的意图比建设的意图更为强烈。朦胧诗的出现有它特定时代命运的关切和投入，但最终唤醒的却是属于艺术自身的使命感。魔瓶的开放是一种势不可当的奔决。解除了精神枷锁和艺术桎梏之后，失去约束的自由心态令人兴奋又令人不安。那种混沌不清的非纯净状态是习惯了规范的人们所不习惯甚至不乐于看到的，但却为文学艺术的历史事实所证明这是一种常态。与此相反，我们以往习以为常的单一、拘谨，而且经常表现为可怕的千篇一律的创作却是异常的和失态的。

继新诗潮之后出现的后新诗潮，就其大体运行情势判断，体现了由倾向于现代主义的追求而向着后现代主义倾斜。一些作品明显地采取了后者的价值取向并且留下试验的迹痕。之所以说是"大体运行情势"，是由于中国新诗形态非常复杂，诸多现象的并存杂陈乃是常规，并不存在非彼即此的绝对淘汰。但不论其复杂程度如何，判断中国二一世纪八十年代后半期开始的诗潮主要体现为后现代的倾斜大体符合事实。这就为我们的研究提出了新命题和新的难度。

国内外有关学者认为，后现代作品与一种特殊的思维方式相联系，"它批判陈腐的个性和既定等级制度"。后现代作家经常表现出对无选择性（NON-Selection）技法的偏爱，他们乐于突出那些不登大雅的事物，而且拒绝相信优雅的形式可能带来的抚慰。后现代作家寻找新的表现手段，其目的不在寻求这些手段可能造出的乐趣，而是为了给予那些非典雅的事物以强烈的意义。许多后现代主义的论者都注意到作为一种特定的文化现象，后现代主义只能产生在资本主义物质文明高度发达，以及现代主义文化得到充分发展的地区。中国显然不是这样的地区。但由于中国近十余年来向着世界的开放，由于与西方世界的交通以及信息传达的迅疾，加上中国作家主体意识苏醒所带来的实验自觉，从而使后现代的某些渗透和实践成为可能。

这样的事实我们又从以后新诗潮多数诗人的追求中得到证实。对于表现个性以及等级制度的抗拒；对于贵族倾向的否定以及对于平民意识的张扬；对于文化的冷漠乃至亵渎；艺术观念中非崇高观念的浸漫；以及无序化导致的杂乱无章，都旨在反对核心化或建立规范的任何意图。我们不难从以上那些怪异的呈现中觉察到先锋试验的萌芽。典雅和华贵正成为遥远的梦，与此同时，诗更加疏远社会承诺，也更为体现个体生命的自由意愿，特别是对于生命体验而向着深邃的内宇宙投以文学探询的热情。后现代诗拒绝传统浪漫主义的宣泄，无动于衷以及对于神圣的满不在乎态度，当然会激发传统道德的反感和抗议，但不经意间却造出了前所未有的陌生天空。即使是丑陋和反讽的诗意，对于从来如此的诗的领地，都是一次崭新的进军和占领。

尽管艺术史以珍品的积累而获得丰富，但艺术的发展却因不间断的动态行进而拥有活力。艺术随时世的迁移而不断变革是不可更易的律法。于是我们十分珍贵艺术中异端的贡献。不难想象，要是艺术史和诗史失去了那些在各个时代让人惊骇的奇异的浪花，我们今天看到的艺术之海会是多么乏味和灰暗。对于历史正统的挑战和反叛尽管在当时当世可能为挑战者带来灾难，但公正的历史最终会承认它的合理性，而且积极评价它的贡献。

先锋是寂寞的，先锋甚至是痛苦的。因为它出现在公众认可和接受之前，而且先锋总是站在传统秩序的对面。但先锋为增进和变革艺术付出的代价将在多学而丰富的历史描写中得到补偿。

二十世纪七十年代结束和八十年代开始时，中国诗界曾为诗艺术的变革吁呼。我们当时可能看到的是以一种富于现代精神的诗来取代那种与此相背离的诗的可能和事实。我们囿于当时的识见，无法预料今日诗坛所拥有的无序和空前的"紊乱"。但沙子和珍珠混杂的不纯粹是我们的期待。我们认定纯粹不是艺术发展的说明和条件，况且我们曾在某一时期备尝人为造出的"纯粹艺术"给予我们的全部苦涩。

基于上述认识，我们不曾也不想全部肯定诗的先锋性试验，而且我们乐于认识它所已有和可能有的缺憾。唯有如下一点是坚定的，即这些试验不论其为成功或失败都具有积极意义。中国新诗的发展什么时候出现了停滞或倒退，一定是先锋的试验和实践不曾进行或不被允许进行。那时，艺术的萧条甚至灾难就成为不可避免。

中国新时期诗歌变革的潮流 *

　　新诗潮发展到现在已经有几年了，这几年是我对新的诗歌现象不断理解的过程。我觉得新的时代出现了很多新的现象，包括诗歌现象。因为是新的，是我们所不习惯的，所以就需要了解它。现在常讲代沟，就是不同年龄、不同层次的人不能够相互理解。有些人理解自己熟悉的东西，不理解自己所不熟悉的东西，像我这样的人，可以理解我的师辈，也可以理解我的同辈，我理解他们痛苦的追求，追求的痛苦，但对于我的晚一辈，我的学生就不能够很充分地理解。几年来，我也是在进行着一种很痛苦的接近与理解的过程。我觉得时间是最宽容的最有耐心的，它给了我们很多机会。这几年，有的青年朋友说，谢冕也变得保守了。这的确是，我也有很多事情不能理解，这是很痛苦的。因为我做的是教师工作，我接近的是不断更新的年轻人，我如果不理解他

＊　此文为 1986 年 6 月 29 日在北京作协召开的新诗潮研讨会上的发言。

们的思想、情感、追求，我将无以教人。我在研究中不断发现自己的不足，我愿意把一些情况介绍给大家。

开始，我是满心兴奋的，在反思的基础上，我看到了新的崛起；继而，我想宏观地了解一下中国诗歌从"五四"以来的发展过程；到了去年，我开始在研究生和进修生中就艺术流派和艺术群落问题进行一些具体考察。这也是我的薄弱环节。这项工作进行了以后，我觉得还不够，因为不断有我们不熟悉、不理解的新的诗歌出现。于是今年，我们进行更加微观的研究，十几个人在一起，一首一首地剖析。一首诗，在我们面前展开了一个陌生的世界。理解这个陌生的艺术世界是要花费功夫的。当然在这个过程中，有些问题我们与它有隔膜，甚至不能容忍它，不能和谐地共处，但是我觉得这种互相接近、互相理解的精神无疑是很重要的。许多青年诗人的诗歌，都是这样一首一首地在我们的课堂上阅读、研讨。这样的工作非常需要。不同的艺术观念，不同的文化背景在这个新的时代里互相冲撞，互相折磨，是很痛苦的。我们经受了这种痛苦，就会进入一个新的境界。

再一点是关于新诗潮的概念。这个概念是我比较早地在北大使用的，我不知道别的朋友是否同时使用或在这之前已经使用了。为什么要使用"新诗潮"这个概念？我觉得"新诗潮"是对"朦胧诗"及"古怪诗"概念的一种矫正。朦胧诗的概念不够准确，不够科学。新诗潮的含义，就是新时期诗歌变革的潮流。变革是对不变革的固化状态的诗歌现象而言，因此新诗潮是特定时代的产物。中国社会结束了长期的自我封闭，自我封锁，向着世界开放。外界很多新鲜的东西敲打着中国的窗户。我们正处在"五四"以来第二次非常巨大的中西文化交流的时代。在这样的时代里，我们的文学包括诗歌当然要求和世界取得共同的语言，要求我们的诗歌和世界诗歌取得同向的甚至是同步的发展。可以说开放的时代塑造了诗歌的新形象和新品质。变革的内涵，是从封闭性的文化性格向着现代倾向变革。我同意不用现代主义也不用现代派的概念，"现代倾向"更为恰当。我们还谈不上准确、严格的现代派和现代主义。我们同西方，背景不同，时代也不同，我们是从封闭的文化性格向着现代倾向的一种推进，或说逼近。因此新诗潮主要是针对一种旧有的艺术规范而发的向着现代倾向发展变革的一个诗歌潮流。在这样的含义下，无论诗人是什么年龄，什么风格，属于哪个艺术流派，只要具备了这种逼近和推进的性格，他就自然地加入了新诗潮。

变革又是什么含义？我觉得在广泛而严肃的历史的反思的基础上，变革必然带有很鲜明的批判性，它包含了对阻碍新诗发展的消极因素的否定。有一个趋向应该注意，新诗潮是力图摆脱农业小生产的文化形态，向着现代城市文明接近。现代人的思维方式，现代人对人的思考，无疑是新诗潮现代倾向中非常合理的因素。这样，新诗潮的广泛的包容性就是有条件的，不是无条件的。考虑新诗潮的时代性或时代感时，我们不可忽略一个重要因素，就是十年的社会动乱，以及为了结束这个动乱，人民群众采取的一个大的政治示威运动，即天安门诗歌运动。尽管这个诗运并没有提供诗歌艺术变革的更多的事实，但新诗潮是天安门诗运的直接结果，因为天安门诗运点燃了对以往的虚假诗歌的最早的叛逆情绪，而这恰恰是新诗潮的灵魂和核心。天安门运动改变了中国人民故步自封又自满自足的传统心态，这种心态也在我们的诗歌中表现出来。结束了这种心态，中华民族终于成为一个世界公民，我们在与世界的比较中感觉出自己的可悲的落后与可悲的愚昧，于是我们获得了一个非常广泛的视野，这就是全球视野，全球的文化观念。于是在新诗潮的观念中就理所当然地包含了加入世界诗歌的观念。

概括起来，新诗潮的内涵包括三点：一是时代性，二是现代倾向，三是开放体系。

美丽的遁逸*

——论中国后新诗潮

> 在艺术中异端便是正统
> ——乔治·桑塔亚那

引言

潮流对于岩石的冲撞，乃是持续不断的无情，中国新诗当前承受的新潮的袭击，简直令包括创作者、欣赏者、批评者在内的几乎所有的人疲惫不堪。一个恒定的秩序被破坏了，另一个新秩序尚未建立，接着几乎是不顾一切的"粗暴"的侵入。后新诗潮最令人震惊的后果，是新诗突然变得不美丽，甚至变得很不美丽了。这情景令人怅惘，并连连发出质问：它到底还要走多远？

的确，那些给我们以温馨和慰藉并产生眷恋的美丽正在迷

---

* 此文刊于《文学评论》1988 年第 6 期。

失。究竟是由它去呢，还是习往来路追寻？在这个艺术巨变的时代，每日每时都提供机会折磨我们。我们显然需要以新的生存观念作为依据的思维方式，我们方能得解脱。我们必须确认如下的秩序是正常的：我们的每一个进步，必须以那些曾带给我们以满足的东西的消失为代价。而且事实也不是如有些人担心的那么可怕，迷失不会造成虚空。我们有的是积存，我们是太富有了，我们也许缺乏的正是迷失。我们这个民族的精神积累，不知道哪一天会出现匮乏！

我们的长处是明显的，我们会把原先格格不入的新物改造成我们所愿意看到的样子，而后再把它变成古董加以收藏。我们不仅酷爱古董，而且酷爱制造古董。这个古老而深厚的民族，需要的是颠倒与失衡的强刺激 如今出现的欹斜、破缺、断裂和鄙俗，以及梦呓的模糊不清，对于完整匀称和无尽甜美的有意刺激和完全的惊世骇俗，目的是给它一个震惊的失望。这使传统诗学不得不认真审视一番这个丑物，而后驱赶欣赏的惯性而痛苦地承认一个陌生的事实。

事实上这是一种无可奈何的强迫性行为。日益生长的艺术反抗情绪和日益坚定的自以为是的主张，使第三代诗人进行着我行我素的艺术实践。但他们的艺术行动并没有受到重视。整个诗界的冷淡与他们的创伤狂热、公开出版物的"萧条"与"地下活动"的"繁荣"，构成一个具有讽刺意味的特殊画面。不被认识和承认的事实产生痛苦。处于此种尴尬的境遇，只能采取愤激的态度抗争。如果说当初以"朦胧诗"的方式出现的对于传统诗的抗争，主要是出于对传统艺术方式的厌倦，那么，以后由新诗潮的怪异方式表达的，都是对于传统"内容"的厌倦。诗宁愿捐弃传统的美丽和典雅的内涵，而从艺术圣殿走出；宁弃神圣而与那些"粗野"的现代艺术认同。这一趋向是与一代人对于现实存在的疑虑以及艺术惰性的反抗心理相维系的。

后新诗潮作为新诗潮的延伸和拓展，除了对于前期发展的某些重要因素的疏远与分离之外，它还以本身的矛盾复合乃至对立的艺术现象让人迷惘。在后新诗潮的艺术构架中，艺术的走向的变幻莫测，造成了接受者的严重阻隔乃至逆反的抗拒，艺术的非艺术化加上广泛使用不曾加工的口语，使一部分原先准备接受"高深""晦涩"的欣赏者陷入新的疑阵，在一部分诗人那里，诗不仅深奥而且玄妙，在另一部分诗人那里，甚至最普遍的意象化也被认为是贵族风尚而加以抛掷。

当今诗学最为令人不解的现象是它的不可捉摸的秩序的混乱：一方面，许多有志之士在着力倡导诗的崇高与美，另一方面，一批诗的新生代却确定以非崇高倾向作为追逐的目标；一方面由于纠正毁灭文化的恶行而对文化产生广泛兴趣（这种兴趣改造了诗的素质并形成博学、宏大的夸饰追求，加上全民反思导致文化寻根潮流的兴起），文化氛围的浓重形成诗的贵族倾向，一方面由于人对自身存在的醒悟与怀疑，正在产生对于文化的"嫌弃"；一方面，人们在惊呼诗对于现实生活的漠不关心的远离，一方面，诗人却对此种惊呼表示冷淡，他们潜入内心的隐秘，对生命的神秘产生兴趣；一方面诗歌在追求语言的高雅乃至深奥，一方面却有意地使诗的语言俚俗化……

从来也没有出现过这样极端的背逆，而这正是禁锢诗歌的艺术教条放弃之后所产生的新秩序，"混乱"的秩序宣告了平常艺术生态的恢复。诗可以美丽，但美丽不是唯一和绝对的。丑陋大范围地存在，在现实世界也在心灵世界，自由的诗歌没有理由将它放逐。当前诗歌审美变异的某些随意性是明显的。诸多流派竞起中也杂有故作惊人之语的宣言大于实践的倾向，但诗歌毕竟能够先锋地出现这种无拘束的、并不在乎舆论评价的局面——它传达的是一种自由的生存状态与生存意识。这种荒诞怪异所带来的神经刺激，也许就是一种刻意的追求。我们不能为其中的每一个流派预卜未来，历史的严酷性肯定将落在它们身上，有些流派的出现也许就意味着消失。但无妨，这种存在的本身便体现一种价值。

一个逆反：平民意识及非崇高倾向

曾经有过对于诗人的"居高临下"的厌嫌，这种情绪不单产生在青年人中。谎言的充斥再加上"真理"宣讲人的混合身份构成的不和谐，给人以恶感并不值得奇怪。直到最近，一位有影响的诗人在读者提问诗人的最大失败是什么时回答："不知道教导别人如今是一种恶习"。这代表一种相当普遍的认识。

部分诗歌实践对于崇高之规范的拒绝，它为诗歌从传达神谕的先知到充当道德的和知识的说教的全知，经历了一个完整的过程，对英雄式的自我或具有强烈的群体意识的自我理想的幻灭过

美丽的遁逸 /

程，造成了普通人对于自身处境的彻悟：随着感恩心境的消失，虚幻的幸福感亦随之消失，凸现出来的是孤立无援的自我。一种见解认为，离开了现代人的内在孤独感来谈创作动机，几乎是不可能的。

后新诗潮对于它的前一阶段的审美变异，取决于这种创作主体的"身份"的变动。一个无地位，也无特殊身份的普通人代替以往常见的抒情主体。这个普通人能够感受到日常生活的困顿，以及作为普通人的不可避免的烦扰。一种对于艰难处境的深刻理解，使这部分诗作对于高贵、博学和典雅持鄙夷态度。它着重于改变以往那种认真地抒情、严肃地叙事的方式，而以一种明显的挪揄态度取代过去的庄严感。

不少诗人有意地在诗中掺入粗话，此举反抗之意甚明。以破坏性的姿态促使诗走下神殿，与平民的笑骂声和琐屑、杂沓的市尘贴近。人不仅感到困扰，且因无援而感到孤寂。他们进而以嘲讽的态度写正常的人际关系的失落，宁静与幸福的不可预期。生活中潜藏危机，骚动不安的心理迫使诗人采取了表面的无所谓的语气。蓝色的《轨带》体现出来的是完整的平民意识：凡人的洗衣机又出了毛病的平平凡凡的苦恼。他以自我平衡的方式调节这种日常的心理纠结。"别把湿手放在我的脖子上！嬉皮笑脸我可不喜欢"，而他用的正是"嬉皮笑脸"的方式。

《轨带》让我们看到中国人的困扰。在同一作者的《中国人的背影》中，我们共同地感受到了中国人的悲哀。依然是那种无拘无束的絮叨，却传达出表面无动于衷背后的内心骚动："人生就像这街头的暮色，美好得让人真想痛哭一场／回到家里你总是含着眼泪对我说／只有中国人的背影显得那样苍老"。这些平淡言词背后透出炽烈的窘迫感。后新诗潮不再用前期常用的那种通过理想方式的感伤以传达忧虑，它乐于采用"满不在乎"的方式以取得同样的效果。

激情的消隐以及理性的彻悟，无能为力之感使人不再乐意于浅薄的期待。诸多的荒诞感折磨着怀有希望的心灵，终于迫使艺术走上无所谓的嘻嘻哈哈的路径。王小龙的《外科病房》不仅对护士小姐的冷淡麻木、对死亡的悲哀麻木，而且对自身的病痛也麻木："他们吃完饭把自己搬到床上，十分同情地凝视了一会儿雪白的绷带底下那块缺了一点什么的身体"。这里体现的是"十分不同情"，是用第三者的目光看自己的伤残，有意的冷漠透出了无尽的悲凉。

《出租汽车总在绝望时开来》（王小龙）、《想起一部捷克电影想不起片名》（王寅），这些诗题就暗示着平民生活的尴尬。如同蓝色在《圣诞节》这样美好的标题下谈论高压锅的可能爆炸、放在街旁的自行车可能被偷一样，它们都意在说明美好的命题与事实的不美好之间的联系。也是一种有意的对于美好氛围和抒情情趣的破坏。没有价值的人生只能在这种具有讽刺喜剧的情节中采取一种漠然的"玩哭"的态度。一切的过于严肃认真只会制造出更大的痛苦，于是，在这部分诗中，调侃和揶揄就成为基本调性。读者只能从这些充满谐趣的诗句背后去寻找那份焦灼的痛苦。

"撒娇派"名称的出现，曾为不少人所诟病。但它的宣言正体现了这种无以排解的困窘：他们为"看不惯"而愤怒，因愤怒而"碰壁"，"头破血流"之后无计可施，只好"撒娇"。这种无可奈何的选择，与其说是一种诗学宣言，不如说是一种生活态度的宣告。无可选择之后的选择，戏谑背面是地道的中国式的悲哀。中国的嬉皮士精神也带上了中国特有的尴尬。

生活既然充满了这样事与愿违的情节，过分认真显得过分可笑。也许诗人正是借助于那种嘻嘻哈哈的戏谑氛围忘却揪心的一切。创造主体的变动导致诗歌内涵的变动。注意的中心转到平常人的日常生活和日常思考中来，人世的纠结和喧嚣不再被"特殊净化器"所过滤，相反地，倒是造出了昔日那与训诲联系一起的严肃命题的疏远。这是一种大的逆反，它甚至可以把那些在政治家们认为严肃无比的命题，改造成为充满喜剧氛围的命题，举世瞩目的马岛事件不过类同于平民餐桌上的茶点，它与撒切尔夫人的想起丈夫，以及妈妈下车忘了雨伞的分量相等。

因为属于平民而平民的生活又充满了繁杂和俚俗，因此叙事情节无形中增加。不是如同以往那样写事件的过程，而是在这种冗繁中把忧苦以冗繁的方式传达给你，那一团乱麻似的铺叙，不过充当了一种情绪导体。后新诗潮中戏剧性情节的增多与平民意识的受到重视有关。于是在艺术中俚俗因素增多的同时，又增多了自言自语式的絮絮叨叨的叙述风格。这倾向意在渲染那离开崇高的烦琐，故反抗传统美学的意向甚为鲜明。

有意地"破坏"那些美好的情趣成为这些"准嬉皮士"诗风的目标。在它看来，甜美不仅是一种奢侈，而且是一种矫情。诗中琐碎的排列意在反抗那种经过蒸馏的纯净。重复词语造成的有意絮叨，成为后新诗潮追求戏剧性情节的基本叙述手段。诗因而更加接近普通人——普通的中国人的生活均在紊乱和繁杂中进行。这是一种平民的频率和节奏。鲁子的《这个秋天的流水账》不仅诗题这么标明，且诗的情节进行也类于"流水账"。尽管他触及的是世界性事件，而叙述方式却明显地平民化。

这种诗风的调侃情味是当前创作引人注目的倾向。生活尽管沉重却也滑稽，因而荒诞的幽默不可缺少。这种疯魔能够使紧张的心灵减压，而获得心理失衡的纠正。野云的《都怪秋天》，鲁子的《无烟的愤怒》。都有压抑了愤怒之后的自我排遣："你只不过是一只被踢出界外的足球 / 或一只被掏得空空的罐头 / 不能就这样愤怒起来 / 你最好想想减肥想想 / 如何能活到孔子那样的年纪"（《无烟的愤怒》）。非逻辑的、荒诞的秩序，取代了认真的是非判断。

诗人对世界由不信任感而萌发为肆意的讽谑，他们随意性地以短的或长的通俗句型，赋予旧词以新意，有意地以拙出巧，不惜以小哲理开小玩笑以突出调侃的氛围，如邵春光的《太空笔》：

我真是祸不单行

我把钢笔弄丢的那天　美洲的航天飞机

在升空时也爆炸了

…………

美洲的潜艇

在大西洋里打捞飞机的残骸

已经打捞两个月了

若无其事的远东编辑，依旧

不把我的《寻笔启事》登在报上

远东的报纸转载了那么多

各国首脑发往美洲的慰问电

没准其中的一封，是用

我丢失的那支笔写的

　　还有尚仲敏的《关于大学生诗报的出版及其它》，标题就是对优雅诗风的挑战。它采用令人厌恶的公文体是为了揶揄。几个大学生为了办诗报在"有关领导"那里碰了壁，"我们给他投射了二十支高级香烟和八十粒上海糖果"，结果是"他劝我们回去好好读书"——

我们一下子头脑发热互相抢了几个拳头

发了狠心去找市长先生

我们拍拍市长的肩膀如此这般的微笑一番

又说了几句忧国忧民慷慨激昂的话

市长先生有如下批示

大学生诗报旨在繁荣吾党吾国文化望予以出版为荷

（市长爷爷万岁！）

平民意识的增长冲激了传统的崇高感，嘲谑发展到对于公式化的规范语言的反抗，它以不驯的态度对待那令人生厌的术语。在语义偏离和追求特殊语感以传达特有心境方面，它体现了不驯的诗观。当代诗从先知和全知的政治鼓动家的角色到纠正假、大、空之后的公民情绪的宣示者的身份，在其演变中传统的言志观念得到全面延伸。后新诗潮的平民意识导致与前阶段公民使命感的某些脱节。平民的所虑只属于他们的所见所闻。他们作为诗人，并不像他们的前辈那样重视诗的社会功利性。但他们并没有绝对摒弃激情，只是以一种无可奈何的扭变体现他们愤世嫉俗的抗争。

怪圈：文化重构与"反文化"

诗歌中的文化寻根发端较早。这一部分诗的实践，源起于对中国文化久经动乱之中衰与断裂的振兴意愿。它受到特殊环境与氛围的启示：因摧毁性的破灭而产生探究与重建的渴望。由于从废墟开掘中，感受到中国文化宝藏的宏深，不由自主地产生皈依感；同时，也由于现实的失望而力图重建合理秩序，这无疑包孕了隐遁的意绪。这一切出现在社会重获生机的开放情势之下，故不单纯是文化的吸附力所使然，它当然蕴有明确的现实否定与历史批判意向。

此一诗歌思潮值得重视之处，不是那种表层的对于传统题材的重新发生兴趣，而是作为它的内核的将东方与西方、古代与现代、历史性思考与现代文明相结合的逆向互补。文化重构成为新诗潮的一部分诗人——主要是声称旨在追求史诗的那部分诗人——的一个确定目标，他们的工作尽管包孕着某种不容忽视的古文化的崇拜欲望。但动机中的积极因素依然是主要的。江河把长城喻为母亲手中刚刚死去的儿子或一条锁链，这些意象便凸现鲜明的现代性。杨炼的工作是他自谓的能力空间的建构，不单属于历史，也不单属于现实，而是作为"建筑材料"的组构以展示当代人的开放性思维。

继史诗追求之后兴起的"整体主义"宣称，它并不希望抽象界定诗的本质或构造方式，而只是强调它在开放性意识观照下确认中国文化的整体性质。整体主义自谓它的核心思想不是阴阳互补的二元论而是"无极而太极"的整体一元论。它推崇周易，认定其为整体状态文化的卓越描述。它从文化现象的流变不息的整体所拥有的超越的生命力，而发现了民族文化的巨大磁心。整体主义不承认这是文化回归，也不承认对传统的迷恋。它宣称这种诗的思考受到现代科学发展的启示：全息宇宙生物律的提出，人类科学整体网结构的有机化趋势，整体性质的发散型、综合型思维方式的产生。"这一切都说明了在漫长的否定性文化时代日趋衰微之后，在荒原上，一个重建人类文化背景的大时代已经来临"。

这些诗人的执着寻求经历了一个稳定发展的过程。有人把迄今为止的基本属于文化寻根性质的追求称为当今时代的新文化运动。这一运动始于杨炼的若干规模宏大的组诗，如《半坡》《敦煌》《诺日朗》，以及江河的《太阳和他的反光》，"整体主义"的出现对此作了较充分的理论表述。从创作上出现了廖亦武《乐工》，石志华《呓鹰》，宋渠、宋炜《颂辞》《静和》等作品，它们都旨在对文化进行现代意义的重新观照。这些创作正在争取知音，其间付出的心力，有待于冷静公正的评价。

由于诗驻足自身构筑的殿堂而与现实世界阻隔，也由于它崇尚智慧和玄思而使诗趋于高雅化，这不能不造成某种缺陷。但即使如此，此类诗中亦不乏寓深刻于浅显从而开拓了新领域的佳作，海子的《亚洲铜》意象明净而疏淡，展现着古老土地的忧郁以及对于悠远文化的思考。它无意于炫耀博学，也不堆积史料，以歌谣的明亮写出了丰厚的意蕴——

> 亚洲铜，亚洲铜
>
> 祖父死在这里，父亲死在这里，我也会死在这里
>
> 你是唯一的一块埋人的地方
>
> 亚洲铜，亚洲铜
>
> 爱怀疑和飞翔的是鸟，淹没一切的是海水
>
> 你的主人却是青草，住在自己细小的腰上，守住野花的
>
> 手掌和秘密
>
> 亚洲铜，亚洲铜
>
> 看见了吗？那两只白鸽子，它是屈原遗落在沙滩上的白
>
> 鞋子

让我们——我们和河流一起，穿上它吧

亚洲铜，亚洲铜
击鼓之后，我们把在黑暗中跳舞的心脏叫做月亮
这月亮主要由你构成

文化重构一方面宣告了作为文化的诗的诞生，而与传统的作为政治的诗分手。一方面赋予诗以空前庄严的风格而使之具有沉重的沙龙意味的华贵典雅。正是这种高雅的诗首先与平民意识发生了冲撞。非崇高倾向伴随无地位又无所作为的愤激而诞生，它由于浓厚的失落导致以鄙俗不羁的姿态反抗传统的审美观念。这样，诗的鄙俗化便与文化寻根形成的高贵化倾向构成了对立。

对上述对立的接近的表述，其实应追寻到文化现象的自身。新时代以人的启蒙为始端，唤起了人摆脱依附观念的独立意识。人的觉醒的最终体现为人对个体生命的觉醒。这个觉醒受到了整个开放社会以及世界性的自由沟通的鼓励。为确认人的自由和平等的地位，人第一次感到了都市文明乃至整个人类文化构成了人性发展的障隔。"诗人通过特定的智慧与自己缔约，目的是完全抛弃他们面对并处于对峙状态的世界，从而达到绝对意义上的自主与自足"。

要说这是一种拒绝，这种拒绝针对的是文化所描写的世界。诗歌已经超越以往所有阶段，而把现代人所处的文化环境当作严肃思考的题目。对于中国当代诗而言，这种文化与非文化的思

考，已经不再把"东方"当作思考的重心，甚至"国民性"的反思亦已变得不重要，而是萌发于东西方文化汇聚交流的人类总体文化的思考：文化曾经怎样地由人创造并创造出人的异化的全过程。"反文化"的破坏性恰恰具有了人为挣脱文化束缚的潜深的"建设性"。它与重构文化的动机不同，它旨在重新确认某种价值，尽管它采取了愤怒拒绝的方式。

"非非主义"声称自己不反文化，而只是指出文化化了的世界存在危险性。它实际上表现了对现有和曾有的文化的不信任。它认为文化是一种符号化处理的人类行为，它造成了一种人类无以摆脱的强迫性后果，即迫使后来的人把真正的世界一眼就看成了语义中的那个样子。它认为这是一种"语义的强加"。因此"非非主义"诗歌主张"创造还原"的理论，其途径包括对于知识、思想、意义的逃避，它实际上构成了"非文化"倾向。

"非非"以外，后新诗潮有相当多诗人表示了此种共同倾向。许多非文化主张均从对语言的怀疑开始。偏激之论以"诗人的最大天敌就是语言"为最。这种理论认为语言只是表面符号，它与丰富而神秘的精神现象存在着不可逾越的现实距离，与诗人的心理事实就隔着整整一个世界。当诗人的强烈精神现象被感知，几乎是立即就泛化为抽象语言符号，一个真实存在的世界就这样轻易地被肢解了。

语言所代表的文化成为一道铁篱，它在一部分诗人那里是可怕的障碍。但当诗人表现出对文化和语言的不信任时，他所使用的依然是那些远古积累而来的符号系统。于是在文化的全部积蕴之中而又要超文化或非文化，正是怪圈中的徒劳挣扎。究其实，目前崇尚的非文化倾向，实际是一种文化的积累及其结果，但即使如此，后新诗潮迄今为止的努力并非无可称道，它为中国新诗在当前行进的速度画出了鲜明的印迹。它结束了作为新诗潮由传统诗潮向现代倾向过渡的进程，而开始了新诗向着二十世纪末期先锋诗歌意识的推进。

在上述两个明显的阶段中，两种不同的成分呈现出既冲突又互补的共处关系。非文化倾向的基本价值只在于观念的提出，在艺术实践上更多借助于不动声色的冷抒情，以及极端的不加任何修饰的口语化，以此对抗风靡一时的意象化。"他们"诗派的创作集中体现出这种"非艺术"的艺术特色，韩东《有关大雁塔》是典型的，开头就是——

　　有关大雁塔
　　我们又能知道些什么

这诗句，一方面暗示文化的神秘和它的不可知性，一方面以完全漠然的语言表示对文化的冷淡。

究竟非文化的理想能够在多大的程度上占领诗歌，这需要有力的实践来证实，但诗对于意象乃至艺术装饰的冷淡，则是已成的事实。在当前这样令人迷乱的诗歌现实面前，响起诗人的质问："那些质朴的东西哪里去了？那些本源的东西哪里去了？怎样解释'归真反朴'"（韩东）？面对过分的"柔软"的装饰，这质问的合理性没有理由怀疑。

内审视·生命体验——最后的皈依

呼唤多年的自我复归，中国诗争取到的只是对诗人个性的承认，承认诗人拥有自己的眼睛和自己的心灵，以感应昔日熟视无睹的世界。但诗人运用这些自由显然不是为自己，而是直接或间接地用以表达对于社会问题的"自己的看法"。在以往，诗人对世界乃至自身不拥有这种属于自己的看法的自由。对这个问题的兴趣，已成为当前诗运的焦点。

自我复归或走向内心作为新诗潮的全力争取，并非一个难以到达的遥远的目标。但诗人的自我觉醒，却造出了中国诗歌动人的景观：一个隐秘的内在世界终于在这种觉醒中被发现。这发现伴随着对人的不能独立状态的否定，开始是作为一个机器中的螺丝钉而淹没了自我，一旦回到自身，人于是把自身看成了一部机器，一个太阳，乃至一个宇宙。这个内宇宙的浩瀚博大，完全可与外宇宙相比拟。人们为自己的这个发现所震惊，诗歌于是又一次开始没有终点的探寻。

后新诗潮把对于生命的体验当作有异于前的追逐：

> 生命是一个谜，也许永远是一个谜。它将作为茫茫宇宙的中心问题困扰着我们，直至人类的终结。人类从未停止过呼唤"上帝"，过去是因为物质的匮乏，现在则因为物质的

剧增。科学家将生命作为固体来分解，而文学家则应把生命作为液体来综合。……科学可以将人类转移到另一个星球，但无法再造一对"生"与"死"。所以，我们依然存在活下去的对立面和精神支柱；所以，宗教依然以其强烈的光源和科学一同普照人间；所以，幻想依然是使生命永恒的唯一方式。(麦秋:《现代派：我们的看法》)

在先前被现实的纠缠弄得惶恐不安的地方，如今诗人又被生命的不可知弄得惶恐不安：

> 谁曾经是我
> 谁是我的一天，一个秋天的日子
> 谁是我的一个春天和几个春天
> 谁？谁曾经是我
> 我们不时地倒向尘埃或奔来奔去
> 挟着词典，翻到死亡这一页
> 我们剪贴这个词，刺绣这个字眼
> 拆开它的九个笔划又装上
>
> ——陆忆敏:《美国妇女杂志》

这些反复的询问表现出焦灼和困惑。人一旦回到自身，人就为自身所折磨。痛苦遥遥无期。

一方面玩味自身那没有边界的感觉世界，他们从来也没有如此自由的，也可以说是放肆地不要任何指导单凭直觉开掘这个陌生的宇宙。他们为自己的每一个"发现"惊喜若狂：孩子的弹珠在亲昵的区间滚动，水在拖动中说出语言，玻璃与玻璃的碰挤充满和谐，钢琴上的一只手从不同的角度向你靠近……这世界竟是这样新鲜且不可穷尽！

另一方面，这内在世界一旦被发现，人们被自己所折磨从而经历了深重的苦难。这世界一如社会，这里有上帝，也有魔鬼。这个内在的精神实体的自身分裂，造成一个混沌迷乱的空间：上帝和魔鬼的战斗无休无上。人以前所未有的自觉占领这个世界。人猛然觉悟作为生物感到生死的玄妙及恐惧。先哲曾经把人喻为自然界最脆弱的一种芦苇，但却是有思想的芦苇，它的脆弱性在于自然界可以轻而易举将它摧毁。但《巴斯卡感想录》认为，"人仍然比摧毁他的宇宙更高贵。因为他知道他会死，尽管宇宙有胜过它之处，但宇宙对此毫无所知。"

后新诗潮确认：诗只能是诗人生命的形式或自身，它是诗人灵魂的裸露。诗人对自我生命体验的重视是纯粹意义上的现代意识。它具有超脱民族局限的全人类性。诗歌弃客体论趋主体论的结果，是诗人更加勇敢地自省并深刻体验人类共有的内心世界，从人的生存状态考虑人的心理世界、内在本能意识，从而无限扩展自己的领地。

　　　　我仍然珍惜，怀着
　　那伟大的野兽的心情注视世界，深思熟虑

我想，历史并不遥远
于是我听到了太古的潮汐，带着原始气息

从黄昏，呱呱坠地的世界性死亡之中
白羊星座仍在头顶闪烁
犹如人类的繁殖之门，母性贵重而可怕的光芒
在我诞生之前，就注定了

　　这是翟永明的《世界》，她把作为女人的特殊的生命感受和体验当作诗的理解对象：《女人》组诗的独特性在于揭示外部世界只有在被主体所感受和体验的范围内存在；体验是生命自身的直接经验。诗人通过内部体验为自己的哲学找到合理的基础，它凭借人对自身的神秘感，凭借某种入神凝思的状态来进行直接的体验。

　　从事生命体验之传达的诗歌认为，生命的基本特征在生命的冲动与生命的绵延。这是一种超空间无限延续的生命流，这种绵延的性质决定人类存在的基本方式。诗人凭直觉把握人类的生命冲动，从内部洞察生命现象，从而把无法言传的绵延的生命流——即在时间中流动的自我人格，概括为人的意识的自我体验、内心反省或自我意识。这种诗观认为思维是纯内心行为和主观自生的内心直觉；世界是一种异己力量，人的基本状况是悲观、烦恼、恐惧、焦躁——因此他们对世界的态度是"恶心"！这种特殊哲学氛围构成"无家可归"的"厌世感"。

　　这是叙述的诗人对于生命体验的兴趣，与前述的平民意识和

对艺术的典雅怀有敌意等现象，却是中国现今诗歌的极端化表现。这是不是最后一次？这是不是唯一的征服和占领？回答都是否定的。诗歌的动态结构作为一种秩序被确认之后，这只受到社会新的发展力抽打的陀螺，不会骤然停止它的旋转——只要作为运动的现代化的内驱力不消失，诗的任何层次的变革都不具有"最后"的性质。

也许是受到极端魔力的驱使而走向极地。与此同时，急转弯或小回环都是动态诗歌随时可能出现的情景。宏观的预测是可以的，但肯定的预言则要承担风险。中国当今诗歌的现实已经否定了绝对的征服和占领。健康的诗歌已经承认艺术多元结构的合理性。如此则任何一种艺术——不论它是神圣的、正统的，或现代的、鄙俗的，都只能是多元中的一类而不可能构成全体。

只要诗的生命力没有萎缩，多元结构就不会解体。那么，在纷呈杂现的中国诗中保留一种、若干种"古怪的极端"或"极端的古怪"，当不会是暂时的现象，甚而可能会是永恒的现象。当然，永恒依然不是唯一。对于那些怀疑的目光，我们的回答是：你们有权利困惑，但你们没有理由忧虑！

诗歌的循环：结束或开始*

要是说目前我们正在从一个结束走向一个开始，这个开始可能就是由热情向着冷静，由纷乱向着理性的诗的自我调整。热烈而多变的情景的消失，并不意味着中国现代诗运动的终止。当前诗进行以寻找缝隙和边沿化为其特点。

现代诗自我调整

这一年的春天，来自北京大学的诗人海子写了他一生中的最后一首诗：

在春天，野蛮而悲伤的海子

就剩下这一个，最后一个

---

* 此文刊于 1992 年 10 月《创世纪》诗杂志第 90—91 期。

> 这是一个黑夜的海子，沉浸于冬天，倾心死亡
>
> 不能自拔，热爱着空虚而寒冷的乡村
>
> ——《春天·十个海子》

这可能是海子向自己的麦地诀别之辞，不能自拔地倾心死亡，似乎是对于随后发生事件的不祥的预言。在此之前，这位相当年轻的诗人已经写过多篇关于死亡的诗。其中有一首更像是可怕的遗言——

> 当我没有希望坐在一束
>
> 麦子上回家
>
> 请整理好我那零乱的骨头
>
> 放入一个小木柜。带回它
>
> 像带回你们富裕的嫁妆
>
> 但是，不要告诉我
>
> 扶着木头，正在干草上晾衣的
>
> 母亲
>
> ——《死亡之歌：之二》

我引这些诗句的用意在于，我震惊于为什么我们会这么快地把话题转向了死亡。回溯十多年前，新诗潮的潮水向我们涌来，那悲愤而抗议的声音何等激越而充满生机。我们因希望而痛苦，同

时，我们因抗议死亡而把握今天。那的确是一个开始的年代。

海子的死亡是否意味着一个终结？终结之后我们如何开始——我们面临的又是怎样的一个开始？海子弃世那一年所发生的事件，对中国人的心理情感的影响是深重的，对中国现代诗的影响也是深重的。一代诗人已经如此付出代价，而且好像还在继续如此付出代价。直至目前为止，这个震撼带给现代诗的生存环境仍然险恶，批判的压力和刊物的拒绝，以及写作和发表的自由度，都是严重的问题。在此种情况下，前几年那种创新的兴致冷淡了下来。但环境的不良而促成严肃精神的上升。在并不轻松的年代，游戏文学的态度显然不合时宜。诗人不再把兴趣投放在表面的热闹上面，更多的人潜心于诗的内涵和艺术表现力的开拓。

外在的压力使诗人进一步关心自己。人们开始重新调整自己的情感和姿态。热情的冷却带来一定的好处，前几年的浮躁和骚动自然地受到抑制。目前已经看到静悄悄的调整所出现的成效。首先是，流派林立和宣言迭起的狂热已经消退，原先的散漫无序的现象开始建设性地接近和融合。自然的整合使中国大陆的现代诗较三年前的局面更为条理化和明朗化。

要是说目前我们正在从一个结束走向另一个开始，这个开始可能就是由热情向着冷静，由纷乱向着理性的诗的自我调整。热烈而多变的情景的消失，并不意味着中国现代诗运动的终止。当前诗歌以寻找缝隙和边沿化为其特点。一些诗刊仍然坚定地推进中国现代诗运动，如《诗歌报》和《诗人报》在低潮中不改初衷，坚持诗的纯正品质和前卫姿态，已经成为公办诗刊之外的一个强大的对峙存在，它们对于打破诗歌垄断无疑有积极作用。

激烈的冲刷和奔放之后，现实的困顿和自身的疲软感，使诗对自身的艺术流向表现出某种节制。在以往的纷呈杂乱之中，出现了非人为的自然整合：一些表面的随意现象消失了，一些比较接近的现象彼此靠拢，这种互相融汇的结果使这个时期的现代诗运行线条明晰而逐渐简洁化。当然，其中也包括了新出现的思考及追求。这就是一场幻梦被震醒之后的"结局或开始"。

可能的转移

首先值得注意的，是止数年前开始的"生活流"诗所引出那种以不加雕饰的口头语言构成的描写平民意识的作品。在这个时期，诗人致力于通过描写个人的生存窘境表达与时代和民族的忧患。前些年那种洒脱甚至轻佻，有了情绪上的转化，凝重就突现了出来，在自我调侃的背后表达了中国人世纪末的焦躁不安。梁晓明的《各人》是很有代表性的一首诗——

> 我们各人各拿各人的杯子
> 我们各人各喝各的茶
> 我们微笑相互
>
> 点头很高雅
> 各人说各人的事情

诗歌的循环：结束或开始 /

079

各人数各人的手指

这诗的背后有一句未曾说出的话，那当然体现了对这种人际关系的焦虑。他还有一首诗，直接涉及他所感到的压迫感，《我感到我一直是块毛巾》。"有一只皮包老想装我，有一张布告老想抓我，有一只鼻子老想气我"，这就是个人可感到的无所不在的生存威胁。诗的最后他说："这个城市像只大烟灰缸，谁的烟头都想往里扔"，便由个人的处境转向对公众生活的关注了。路东之的《情况》中有一个标题是"我无情可抒也不想嚎叫"。这命题既是诗学的，也是社会学的，他在空无之中所把握的"情况"，也是一些无谓的"转圈"：拐弯进了另外一条胡同，才发现已经离家很近，于是便顺路回家。几乎是毫无"情况"可言。这种无表情和无心绪，也无目的的状态，是并不麻木的激愤和抗议，只是不采取那种过时的方式而已。

第三代诗人正在把自己放置在多变的社会环境中调整自己的声音。他们已从前些年那种玩笑人生社会的处境中适度地改变自己"满不在乎"的姿态。学会了沉默，也学会了坚持，目的和责任已经渗进他们那些仍然显得随意的诗句之中。

学院诗运动一直与学院内在的青春生命力联系在一起。它已成为权力诗歌以外的另一个强大的存在——一个相对独立的诗歌世界。早在一九八八年，当时诗界尚在群雄竞起之时，北京非正式出版的《倾向》诗刊，已经初露整合的意愿。它的创刊号引用庞德的话"艺术家一定有所发现"是《倾向》所主张的倾向，它反对一些随意而缺乏严肃性的诗歌主张，认为写作不是"语言之下"的"动作"或宣泄，也否定仅仅作为"生活方式"，反对诗"到语言为止"。他们认为诗人通过写作"要发现最高虚构之上的真实"。对于诗写作的这种认识，对于"诗人的理想主义信念和应当得到倡导的知识分子精神"，他们确认这种精神更多地体现在使命感和责任感之上。

　　需知拥有灵魂和智慧的知识分子永远是少数，他们高瞻未来，远瞩过去，不以任何方式依附于他人，愿意以秩序的原则来说明他们对创作的把握。

值得注意的是对知识分子独立精神的强调，可以说，他们的秩序性"诗学原则"，表面上的"保守"倾向却蕴藏着尖锐的对抗精神。这种独立的社会精神与独立的艺术精神的结合，正成为引人重视的新的诗歌观念。《倾向》的第二期是为来自北大的二位早逝的诗人海子和骆一禾的周年祭专号，即使在这样的悼亡的刊物上，那种创新与开始的意识仍然是刊物的基调。它把维吉尔的诗句题在扉页：

　　现在到了库马谶语所谓最后的日子
　　伟大的世纪的运行又要重新开始

面对死亡，迸发的却是顽健的再生的意愿。经过巨大震撼之后，不是抓住死者的"最后的日子"，而是面向再生的伟大的运行。它一再强调维吉尔的诗意："从高高的天上新的时代已经降临，在他生时，黑铁时代就已经终止，整个世纪又出现了黄金的新人。"与《倾向》同时代的，还有《边缘》《发现》《尺度》《巴别塔》等，不同程度地都在宣扬诗歌的学院精神，他们淡化社会性的氛围，全力抓住诗对世界和艺术的"发现"："就诗歌需要的因素而言，发现这个词高于发明，高于创造，也高于彻悟。"

与学院精神有关，又不同于学院主张的，是所谓新乡土诗的倡导与建设。经过前几年的文化诗的实践，诗重新确认了自己站立和生长的土地，即乡村中国的黄土地。海子的死亡，使人们发现麦地这一意象的重大意义。燎原纪念海子和骆一禾的文章题为《孪生的麦地之子》。着重阐释了麦地的意蕴，他以麦地比拟凡·高的向日葵："被照亮的人相继坐在他们死后的麦地中歌唱，比如整个世界排在凡·高身后歌唱向日葵。我们是否该为这麦地上空觉醒的合唱之声感到，并意识到当代中国诗坛一个值得注意的时期已经开始了？"这种新的诗观强调麦地以及与此有关的意象，已成为"中国人的心理之根"。

麦子是这个农耕民族的生命背景，它包含了这个民族的历史流程的本质性，又与现时现世的心理情感相结合。但它是新的，而不是旧的那种诗词滥调的堆积，正因海子是中国乡村的儿子，又拥有北京大学的现代精神，这些把双脚站立在麦地的人们，同时又拥有了全球的文化、艺术视野。诗不会倒退，也不会在陈旧的观念中屈服。新乡土诗的新，意味着已经抓在手中的现代艺术品质和它的前卫性。

理想精神与循环

一九八八年好像是一个总结。经过冲击到达了一个终点，人们似乎在为迎接一个伟大的年代而准备着，当然，后来人们发现，这个期待最终也被无情的现实所埋葬。但一九八八年所具有的激动和兴奋却持久地保留在人们心中，这一年十二月二十四日晚七时，在北大举办了一个称为"黑洞"的诗歌演唱朗诵会，这个朗诵由圆明园诗社和北大学生共同发起，它的邀请柬上由刑天执笔写的《新浪漫主义宣言》宣称："诗是建设性的，是建立在语言基础上的有序的文字体系，它直接对人类灵魂进行干预。"

在这个朗诵会上演出的三位被他们称为"被掩埋的诗人"的作品，这些诗人是：严力、芒克和食指（郭路生），其中有食指的代表作《相信未来》，芒克的《致渔家兄弟》和严力的《请还给我》。现在请看他们呼吁什么，严力的诗句说：

> 请还给我那扇没有装过锁的门
> 哪怕没有房间也请还给我
> 请还给我早晨叫醒我的那只雄鸡
> 哪怕被你吃掉了也请把骨头还给我

其实他们是在呼吁理想的重临，所谓对于被掩埋的诗人的纪念，其实是对被掩埋的理想主义的纪念。一九八八年底出现的这个迹象在现代诗发展中非常值得重视。

漂泊而狂躁的诗魂，终于又回望他们的来路。"黑洞"体现的这个追求因为被突如其来的诗外事件所打断。经过一段时间的间隔得到复苏。这不是对于虚幻的理想的召唤，而是更为切实的面对人生的理想的召唤。它要求诗人从先前那种飘浮中脚踩实际的大地，而以血泪人生的感受实现对诗的加入。

被死亡唤醒的是再一次对死亡的拒绝。一首诗这样写道："现在还不是谈论死的时候，死很简单，活着则需要更多的粮食、空气和水，但活得耿直是另一回事，以生命做抵押，使暴力失去信心"。这是《在刀锋上完成的句法转换》中的结句，次看题目，便可明白这种转换经历了多大的磨难。

但转换的局面更可挽回地到来了。从看他人流血，到看自己流血。这生命体验的过程，也就是诗意、诗观转换的过程。我们看到所谓的新的理想主义创作，其间浪漫激情的重现，因现实苦难的嵌入而变得更为辉煌。它因富有现世的投入精神，而使那些理想增添了沉重感。诗在以往十年的艺术回归基点上切入人生。它所呈现的人生图景惊心动魄。宋琳笔下的城市比他早先所看到的城市更为切实。那是"空寂的无人区""裸露着铁硬的砚岩"，在这里"人死无葬身之地"。诗人表示："要喝下这黑暗的醇酒点燃的火焰。"《死亡与赞美》既控诉死亡，又拒绝死亡。

过去的"非非主义"者，面对庄严的生活完成了他们的句法转型。周伦佑的诗，引导我们面对严酷的鲜血人生，他《看一支蜡烛点燃》的诗情给人强大的震撼——

> 再没有比这更残酷的事了
> 看一支蜡烛点燃，然后熄灭
> 小小的过程使人惊心动魄
> …………
> 死亡使夏天成为最冷的风景
> 瞬间灿烂之后蜡烛已成灰了
> 被烛光穿透的事物坚定地黑暗下去

第三代诗人反对新诗潮的前驱诗人们，是因为他们太接近现实，入世过深，以及他们在否认英雄的同时自己又充当了英雄。他们要诗回到自身，回到个人生命的本真状态。他们反对为民众或下一代人代言，他们声称不代表别人，他们只关心自己。现在，转了一个圈，他们回到了他们的出发点上。他们反对别人，现在反对自己，这是一个悖论。这个悖论让我们联想到中国文学和诗的无数事实。

我们曾经谴责过文学的失去自身，为文学失去家园的无休止漂流而深感不幸。虽然这种漂流不是由于文学自身而是由于中国的艰难时世，我们因生存的需要而不得不使文学自觉或非自觉地离家出走。原先我们以为诗也与文学一样在自己的家园上播种和收获。但转了一圈之后，我们又要违背初衷地赞成诗的漂流。

在二十世纪黄昏降临的这个时刻，中国诗人有浓重的忧患。

忧患激发诗人的使命感。我们中的许多人，也许有幸迎接另一个世纪的太阳，但能引向二十世纪最后告别者，我们承担着一份庄严的使命，即要把这血色黄昏中的大地，天空和海洋的苍茫保留在我们的作品中，让后世人也能领略这份苍茫。

又一个循环在开始，结束死亡之后再生的理想主义，似乎在逼迫着我们再一次循环。当然，所谓循环不会完整地重复过去，但作为中国诗人总感到沉重和悲凉。

激情退潮之后*

——中国新诗潮的坚持与调整

寂默与骚动

中国骚动不宁的诗神终于在一次大震动面前沉静了下来。痛苦使诗歌一时失去了自己的语言，于是有一段可怕的沉寂。新诗潮的弄潮者或是隐匿，或是逃遁，或是受难，留下的是足迹模糊、渐行渐远的空阔的沙滩。进入二十世纪九十年代的中国新诗，面对的正是这样一片苍茫的时空。

1991 年快要结束的时候，我收到王家新向我告别的贺年卡。随信附来一份他为保罗·策兰（Paul Celan）诗选中译本所写的前记。其中有这样一段好像是对我的临别留言：

---

* 此文刊于 1993 年 8 月《二十一世纪》第 18 期。

他的早期诗作《死亡赋格》震动诗坛，这是一个顶着死亡与暴力写作的象征。但是策兰并不限于成为一个民族苦难的代言人。他知道天意何在。他要经历——正如我们后来可看到的，也远远比这要更艰巨，更不可言说。……他是替所有的诗人去死的。对此，我们除了战栗还有什么可说的？

我在王家新这篇文字的旁边，注了如下一句："近几年来，我不断收到此类告别信，有一种巨大的空漠的感受。"

保罗·策兰的死亡，让我想起中国诗人海子的死亡。海子自己说过："尸体不是愤怒也不是疾病，其中包含着疲倦、忧伤和天才。"海子的消失显然是对于他所面临的世界的答复。1992 年3 月 24 日，我在北京大学为逝世三年的海子举行了学术报告会。会议开始之前我说："时间是无声无息的流水，但这三年带给我们的不是遗忘，我们对海子的思念似乎是时间愈久而愈见深刻。"

我们这几年所经历的一切，的确是不可言说的。当然，诗并没有永远地就此沉寂下去，尽管新潮诗面临的是相当不良的环境。首先是对抗艺术变革的力量卷土重来，他们想又一次在堂皇的言辞掩盖之下使诗创作在旧框架中就范，以此来取代业已形成大潮的新诗多元趋势。另一方面，一些轻浮浅薄之作趁机而起，用取悦世俗的声音造成轰动，有一些诗集一时成为中学女学生争相阅读的书摊抢手货。先锋诗从公开出版物上大幅度地遭到拒绝，生存比十年中的任何时期都要艰难。

另一方面，先锋诗追求表面效果的实践，也使自己陷入困境，轻率而没有创作证实的流派宣言；随意性的标新立异；过多的昙花一现式的即兴之作；以及越来越脱离接受对象的作品的充斥，造成了读者对诗前所未有的冷淡。冷淡使诗人处境尴尬而且更为孤独。

新诗潮就在这样内外两种压力中喘息着。

从新诗潮到后新诗潮

但中国诗的生机却不会就此断绝。以《今天》的出现为标志的新诗潮的实践已为中国新诗的发展奠定了基础。十多年来中国诗人以巨大的热情参与了这一场对中国社会和中国文学都产生深远影响的艺术变革。这些诗人的创作成果，已经成了任何偏见都无法掩盖的事实。行政的强力可以奏效于一时，却无法改变新潮流的涌动。

新诗潮的实践证实了它是与中国社会的历史命运联系紧密的一次诗学革命。整个二十世纪的中国忧患，与国门开放之后中国人所拥有的全球危机意识，二者融合成为中国特有的世纪末诗情，以它的历史纵深感与现实厚重感，表现出诗内涵的新力度。艺术上，接连不断的创新使诗潮的艺术成就远远地超越了四十年代以来的任何一个时期。四十年代初开始的非诗倾向得到纠正，任何暂时性的因素都难以改变业已形成的艺术新秩序。新诗潮开创的艺术权威性不可动摇。

由"我不相信"的怀疑精神和"黑夜中寻找光明"的理想精

神相合的诗意，已经与转型期的中国社会结为一体。这种结合使它不会成为暂时现象而将垂之久远。原有的那些矫情和虚幻的诗意已被遗忘或被证实与现实的生存无涉。从没有英雄时代的英雄情结，到恢复人的本真状态的平民心境，中国人已经从新诗潮和后新诗潮的传达中得到情感、情绪和心理的滋润和寄托。

在二十世纪的苍茫暮色之中，中国人从当今的新诗潮得到的共鸣的满足，使他无法转而作他种选择。的确，艺术的途径是多种多样的，但新诗潮所开创的悲怆而沉郁的诗风却使所有的轻浮和伪饰失去了力量，前者无疑拥有持久的魅力。在当今，即使是非常年青的诗人也会从中国人的苍老背影中感受到中国式的悲凉。

　　人生就像这街头的暮色

　　美好得让人真想痛哭一场

　　回到家里你总是含着泪对我说

　　只有中国人的背影显得那样苍老

　　　　　　　　——蓝色:《中国人的背影》

这是一百年的苦难所压弯的背影。中国人希望直起身子面对世界，可是只留下了这苍老的背影。它也许比朱自清所看到的还要提前数十年乃至一百年。这种悲凉的氛围不是一般称之为低沉、颓废的指责所能概括，而是百年忧患的凝聚和表达。这种表达几乎无处不在。前引那首诗看到中国的城市，现在看中国的乡村:

珍惜黄昏的村庄，珍惜雨水的村庄

万里无云如同我永恒的悲伤

　　　　　　　　——海子：《村庄》

　　典雅的音韵，流畅的歌谣风，现实的焦虑和人生的哀愁，通过牧歌般的抒写得到深沉的表达。较之他们的前辈，这一代人要早熟得多。街头的黄昏美好得让人想哭，同样美好的乡村傍晚，唤起的也是"永恒的悲伤"。

　　这种世纪末的感伤情调　即使是后新诗潮那些引起争议的调侃和游戏态度的作品也受到感染。这些诗单看题目如《出租车总在绝望时开来》《我感到我一直是一块毛巾》，便知道中国人内心的焦躁和生存尴尬。这种尴尬和焦躁较之以往那些轻飘和虚幻的幸福感，无疑更接近真实的人生。

　　中国人没有纯粹的洒脱，也没有真正的游戏，甚至"麻木"也是并不麻木的苦痛。他们"干什么事都不会大吃一惊"——"大吃一惊的情况，只是偶然掉下来的新的泪滴，灌溉老一套幸福。"（李亚伟：《旧梦》）这就是中国当代的"无动于衷"，其间表现了多么深沉的悲哀！有位诗人宣称"我无情可抒也不想嚎叫"（路东之：《情况》），剩下的就是无目的地转圈找人，而最后又不想找任何人的"情况"。无情况的"情况"说明的是生存的无聊，这当然都与中国的社会状态和个人心境有关。

诗人的虚幻与真实

在这篇短文中要介绍中国的当代诗是困难的。任何叙述较之丰富的实践都可能是挂一漏万的。但不论如何，广泛而多样的试验和探索已经极大地丰富了中国现代诗的思想内涵和艺术表现力，这些成果因为与中国所处的时代环境以及中国人的内心世界紧密关联，已使中国新诗的变革成果得到历史性的肯定。

八十年代末已发生的事实对诗的发展造成的困难不言而喻。但震撼所带来的也有非负面的意义。热情冷却之后，诗人有可能对诗的十年运行——特别是 1985 年之后的浮躁和轻狂进行反思。社会的和个人的悲剧遭遇似乎一下子能够使人从躁动不安的青年时代提早地进入中年的成熟。受苦和动荡使诗学的思考和实践变得严肃起来。

一些诗人自觉地疏远了自由散漫的章法，而采用较为严整的格式（如十四行或自由的十四行），节制情感的泛滥使作品内蕴更为浓缩沉厚。前几年那种倾向于哲学玄想的内心体验，融进了个人生命承受的重压，有一种真实而不虚幻的沉重感。现实的挣扎诱使诗人离开前些年时髦的话题。他们不约而同地感到了"但丁的天空对于你我永远是虚幻"，"我们超升的路只能是一条向下的路"（非默）；"现在不是谈论死的时候，死很简单"，活着可能更为艰难，那是"以生命做抵押，使暴力失去信心"的抗争（周伦佑）。

从幻想的天空飘落地面，他们感到了崩坍或陷入黑暗，发现那些郁金香的花瓣是海上的盐所凝结。这是由泪水和苦水凝聚的花朵，"我要喝下这黑暗的醇酒点燃的火焰"（宋琳）。以第三代诗人自称的诗人，如今面对真实的生活也拥有一份严肃的心情。他们改变以往那种不代表他人也不向社会承诺的姿态，重新燃起投入的热情。在他们称之为"被鸟枪击落的悲剧的精彩片段"中有可能确立新的信念。

这种生活经历使诗人在艺术追求中比以往任何时候更为清醒也更为冷静。诗受到苦难的召唤，从飘浮的无人之境中回到现实中来，人间的血泪渗入抽象的思考，提炼出的是异常实在的警句："五月使我们忘记了春天"，"死亡使夏天成为最冷的风景。"从这里可以看出诗因不脱离环境而获得活力。这不会导致过去那种为现实服务的重复，也不至于重新套上意识形态的枷锁。

探索与转进

中国的新诗学的建设已开始一个新的时期。其间有种种不同的艺术实践和探索，后新诗潮对新诗潮的批评和质疑，最重要的一点即是它的理想主义和英雄化倾向。与之相对抗，后新诗潮极力推进诗的纯化运动。但极端纯化的结果却使一些诗停留在小部分人的孤芳自赏上。其实，诗可以纯，也可以不那么纯，诗若要纯也不必大家都"纯"。纯化不能与对于现实使命的完全冷漠画等号。

热情退潮之后的冷却，苦难造成的对实际生活的关切，中国现代诗在经过狂热和纷乱之后的再次整流，有可能使新诗运动朝着秩序化和建设性方向行进。我们一方面抵制使新诗再度陷入大一统的政治号筒的企图，一方面又使新诗改善它和接受对象，以及时代、社会的关系。以这样两个层面的调整来解除内外两个层面夹攻的危势。这是新诗在九十年代可能的选择和出路。

希望以上所述不是庸俗和守旧的，希望我们能够始终站在新诗艺术革新的前列。我和我的朋友们愿意不动摇地坚持我们十多年来的立场。这种坚持也许比其他人都要困难，但是——

> 放弃几乎是不可能的
> 坚持的人并不在乎这世界是否
> 只剩下他一个
>
> ——非默：《坚持》

如那位诗人所言，我们要在"大地降雪的遗忘中间，活过铁，活过铁中的铁"。

从诗体革命到诗学革命 *

传统和现代：夹缝中的中国新诗

中国新诗是中国要求结束近代社会而走向现代社会的大背景下应运而生的文学现象。当日促成这一划时代创造的灵感，主要来自改造社会的激情。新文学的前驱者有感于古典形式与现代潮流的格格不入，起而倡导新诗革命。这正如胡适所说："形式上的束缚，使精神不能自由发展，使良好的内容不能充分表现"，又说："若想有一种新内容和新精神，不能不先打破那些束缚精神的枷锁镣铐"（《谈新诗》）。他们要打破的"束缚精神的枷锁镣铐"，就是包括中国古典诗在内的中国旧文学，这就逼使新诗一开始就充当了"弑父"的角色。

源远流长的中国传统诗以它的博大精湛而拥有巨大的威慑力。

* 此文刊于《诗探索》1994 年第 1 期。

所有的挑战者在它面前都无法摆脱弱者的处境，此种处境激使那些试图超越它的新力采取更为极端的姿态。新诗是中国古典诗歌迄今为止遇到的最韧性的反抗者。它是在"打倒孔家店"的总体氛围中，从事它的破坏旧诗、建设新诗的大工程的。人们都清楚，作为中国诗的一种新体式而试图彻底否定原有的诗的历史规范，其出路只能是向外国诗寻找内容和形式的借鉴。新诗的一批最早的实验者，大抵都是这样一些盗火的普罗米修斯。由此可知，新诗创立的历史，乃是由批判历史和借鉴西方两个内容所构成。

关于新诗和外国诗的关系，许多前辈都曾论及。康白情讲新诗是由于"日本英格兰美利加底'自由诗'输入中国而中国的留洋学生也不能不有些受了他们底感化。……由惊喜而模仿，由摹仿而创造"（《新诗的我见》）。梁实秋讲："我一向以为新文学运动的最大成因，便是外国文学的影响；新诗，实际就是中文写的外国诗"（《新诗的格调及其它》），朱自清也指出新诗运动"最大的影响是外国的影响"（《中国新文学大系·诗集·导言》）。这些判断无疑都符合事实。由此也证实了新诗的悲剧命运，即新诗在把自己置身于与旧诗势不两立的立场的同时，又义无反顾地向着西方认同。这就使它一开始就扮演了中国传统诗学的叛逆者和异端的角色。

毋庸置疑，作为中国诗的现代繁衍，新诗不论其在形式和内涵，气质和韵致上与古典诗有多大差异，它想摆脱而事实上都不可能摆脱历史传统的无所不在的笼罩。这种影响可以说是营养的滋润，也可以说是因袭的羁束，它的价值可能是正负面的掺和而不是简单的排斥和否定所能消除的。这样，由新文学革命一代前驱满腔激情所创造出来这个诞生于"五四"新文化运动摇篮中的新生儿，从它初生之日起就在传统和现代的两个坚固板块的夹缝之中喘息和挣扎着。命运把它置身于一个非常尴尬的两难处境。随后人们看到的新诗现代化历程中的种种不幸，在它发展过程中的悲剧命运，正是这种与生俱来的潜因所决定。

冲决重围的第一道裂缝

新诗从无到有的奋斗，选择诗体革命为其发端，并以此证实它的存在。这是新诗创造者明智的决断。清末"诗界革命"的未有成果，其根本原因在于未曾别创新格，而是把生吞活剥的新词汇和外来语夹杂在旧形式中。瓶子是旧的，酒也未曾新。新诗人不同，他们的革命性体现在他们对旧形式的"绝望"上。郭沫若《女神之再生》中的诗句——

> 新造的葡萄酒浆
> 不能盛在那旧了的皮囊
> 为容受你们的新热，新光，
> 我要去创造个新鲜的太阳！

正可以借用以形容新诗缔造的工作。那是一个彻底抛弃"旧皮囊"而创造新鲜太阳的伟大工程。

胡适十分自信，他认定："历史上的文学革命全是文学工具的革命"，"中国今日需要的文学革命是用白话代替古文的革命，是用活的工具替代死的工具的革命"（《逼上梁山》）。具体说到新诗，则是不妥协地倡导一场以白话代替文言的创立新格的白话新诗运动。五四新诗的实践决心把古往今来文学革命"文的形式"，即语言、文字、文体大解放的普遍规律运用到诗体解放上来。他们坚定地主张以最简单的一种接近民间口语的白话诗体来替代数千年不曾间断的以文言为工具的古典诗体。他们深切地感受到了传统诗体对于现代人意识情感传达的压迫，决心冲破这一千年的形式牢笼。

决心与智慧的结合造出了劈破千年黑暗的第一道电闪，这就是中国诗史上的第一次彻底的和不妥协的诗体大解放。先驱者体认到这一坚冰突破的重大战略意义："因为有了这一层诗体的解放，所以丰富的材料，精密的观察，高深的理想，复杂的感情，方才能跑到诗里去"（胡适：《谈新诗》）。胡适把这种诗体解放的工作，看得比当日发生的包括政治在内的一切事件都重要。

事实确也如此，要是没有当日新诗倡导者这一满含激情而又充分明智的举措，中国的诗歌可能至今会在既与平民的口语相脱节也与现代人的思维情感相脱节的古典的暗夜中徘徊并受到窒息。可以说，新诗的试验成功激活了整个新文学运动的血脉，使"五四"新文学的实践增强了胜利的自信心，并由此获得了这一划时代创举有可能实现的总体概念。

"五四"是一个有着强烈的浪漫情致又有着明确的目的感的

时代。新诗的创造集中地展现了这一时代的既善于幻想又善于实行的时代风格。新诗的最初一批设计者，既是在创新激情的支配下，又以坚韧的实践精神，选取中国文学中历史最久远、传统最深厚的古典诗作为突破口。

新诗的试验一开始就选取一条最艰苦也最担风险的道路。它以几乎是赤手空拳的弱势，面对的是难以撼动的庞然大物。这不是因为挑战者富于冒险精神，而在于他们深知，新文学革命若不能在诗这一领域取胜，这个不敢占领的空隙，便会是一个巨大危机的深渊。整个的新文学运动将由于新诗的失败而宣告失败。而一旦白话新诗以自立的姿态取代古典诗词，那么一切对于新文学运动的怀疑观望均将冰释于事实。

所谓诗体解放，即指放弃旧诗的体式而创造并采用新诗的体式。这种别创新体的工作，集中在当日的留学生中。朱自清在《中国新文学大系·诗集·导言》中多次提到"一支异军突起于日本留学界中"，"留法的李金发氏又是一支异军"。"异军"一词道出了异端的性质。这说明新诗的创立过程，是不断扬弃和否定古典诗的审美品质的"异质侵入"的历史。这一历史过程是艰苦的，也是悲剧性的，是一次想要冲破传统理想而又不能不被传统所包围的冲决重围的悲壮和苦难的过程。

幸而，中国新诗史上具有划时代意义的诗体解放取得了成就。中国新诗终于走完了从"裹脚"到"放大脚"，再回到天足的血泪的经历。这只要回溯一下胡适在多篇文章中写他们一代人如何为摆脱古典"词调"的纠缠所作的奋斗便可知其艰苦。新诗终于在这种艰苦中由幼稚而大胆的"尝试",到卓然自立。多风格、多流派的纷呈杂现造成的一代辉煌,宣告了诗体革命的成功。这种成功之所以是划时代的,乃是由于在中国古典诗的完美成熟的对面,耸立起另一种诗体,这种诗体以新奇而陌生的接近民间口语的方式堂堂正正地站在了金碧辉煌的传统面前。只要这种"不像诗"的诗站在了那里,中国诗史便翻开了新的一页。这一页明白无误地书写着史无前例的诗体解放的胜利。

当然,从设计、草创到成立,新诗体试验的时间是太短了,经历了"把诗做得不像诗"到自由体式的初步完成;由对于散漫明白的弊端的纠正到新诗格律体的出现;由格律的板滞而复归于自由;如此往复正说明了中国新诗长途跋涉的困苦卓绝。尽管当日那种极端而简单的取消古典诗的梦想未能实现,但毕竟作为诗的新体已成为不可抑制的涌流,翻开了中国千年诗史的新页。

新的命题:现代诗学的建设

走过并不完满的决定性的诗体革命阶段,对于中国新诗的建设而言,这仅仅是全过程的一个开端。一种新的体式在新诗革命中的创立,不等于建设的成功,尽管这种创立为未来的建设提供了前提和基础。显然,清理场地和打基础的工作并不等于建设。这就涉及与诗体革命相关联的另一个概念:诗学革命。尽管它们在逻辑上是种属概念,但一部新诗史的成熟和完善却不能为诗体建设的形成所证实。一个新的形式规范的出现仅仅昭告着一个长途跋涉的开始。中国古典诗学在它漫长的历史中，由无以数计的诗人的实践，积累了极丰盛的艺术经验，它已形成了自身一整套诗学规范。而新诗却是两手空空。新诗具有它的独立形态之后的当务之急便是形成一套与这一种新的形态相适应的诗学建构。

中国诗的现代化受到社会现代化前景的诱发。前已述及，新诗的建立受到中国社会改造的理想之光的烛照，新诗美学建构只能在现代性的涵盖下，以能够传达现代人的审美需要，以及融有一种现代审美内涵的思维方式、艺术方式和价值判断等。告别古典，走向现代，是这一诗学运作的基本思想。中国诗史更为艰难的一页是现代诗学的提出和建立。这是新诗运动向着深层发展的标志。唯有完成现代诗学对于古典诗学的战胜，中国新诗才能完全独立地站在几千年诗史中而不会被历史淘汰。

中国新诗的历史有各种各样的写法，若是就新诗的有别于古典诗的角度予以最简洁的描述，大体可归结为从诗体革命到诗学革命这一完整的过程。尽管广义地看诗体的概念涵括在诗学之中，但出于我们对新诗特有形态的重视，把诗体从诗学总概念中剥离出来予以单独的描写，则更易于澄明史实。

我们注意到，中国新诗完成以白话为工具的诗体革命之后，由于中国社会的特殊环境，新诗创作迅速地转向意识形态化。这一意识形态化的过程极大地干扰现代诗学的建设。社会功利的浸淫，使新诗创作理论实践偏离了纯正诗学的轨道。特别是阶级分析观念的运用，使诗的价值判断中偏执地排斥现代性。这种排斥的顽固性和长期性，使现代诗学建设充满了困厄和险阻。这主要是传统因袭对于现代性的抗拒，当然也有前述社会环境的影响。

中国诗的历史发展极为复杂。五四运动建立起来的中国新诗也承继了这种复杂性。古典的"阴云"驱之不散是其中主要的因素。但新诗自身由于草创期的"饥不择食"也与生俱来地拥有了繁复和驳杂的特点。浪漫派的影响，写实派的影响，象征派的影响，现代和后现代的影响，以及中国自身的民间歌谣和民间其他形式的影响等，这种种因素或先或后地渗入初生的中国新诗，这造成了丰富，却也造成了纷呈杂现中的无所适从。

新诗既然是肩负传达现代社会脉搏并以促进和实现社会现代进程为目标的艺术方式，因而，在新诗的诗学争取中，就突出呈现出它与现代思潮的亲缘联系。引进现代哲学美学意识以充填新诗理论研究和批评中的匮乏，不断丰富自身以抵制无孔不入的因袭的侵蚀，从而建筑起崭新而完整的中国现代诗学，已成为决定新诗存亡隆衰之命运的不可分离的策略。

曲折而艰难的行进

新诗建立以来，集中精力于对旧的破坏，极力摆脱因循习性的影响，因而对自身的建设很少顾及。至于对促进新诗向着世界性的现代潮流认同的诗学理论的构筑方面的努力更是微乎其微。梁实秋早年就对此有过批评："新诗运动最早的几年，大家注重的是'白话'，不是'诗'。大家努力的是如何摆脱旧诗的藩篱，而不是如何建设诗的根基"（《新诗的格调及其它》）。对艺术建设的忽视，加上环境的动荡以及保守力量巨大，使现代诗学的建设受到影响。但数十年来诗人和诗评界对此却进行了不懈的努力。

首先应该提到新月以后从象征派到现代派的努力。那时主张现代倾向的代表诗人如李金发、戴望舒等，他们对中国现代诗学的贡献不可忽视。他们的奋斗表现了前驱者的智慧和勇敢。李金发曾说，他的诗"是个人灵感的纪录表，是个人陶醉后引吭的高歌"。他这样标榜诗的个人主义，强调诗的个人性和独立的诗学品格，的确充满了叛逆精神和异端色彩。戴望舒的《望舒诗论》，梁宗岱的《象征主义》，孙作云的《论"现代派"诗》都是早期现代诗学的有影响的著述。

二十世纪四十年代是中国乡土诗观鼎盛的时代，在乡土诗的汪洋大海中，隐约浮现出若干现代诗学的孤岛。这便是从四十年代初期的西南联大到《中国新诗》，以及后来被称为"九叶诗派"的一批受到外国影响的诗人和批评家倡导现代诗的实践。滔天的排浪时时冲激这些小岛。这些受到冯至、闻一多、朱自清、卞之琳等前辈支持的，以穆旦、王佐良、郑敏、陈敬容、唐湜等的创作和批评所充实的现代诗学的实践，尽管处境艰危，却也为中国新诗史留下了悲凉的一页。

此后，中国大陆的现代诗式微的时期，台湾海峡的另一边兴起的现代诗运动，纠正了中国诗运的失衡。二十世纪五十年代以纪弦为旗手的现代诗运动，是中国新诗现代化进程最值得纪念的一页。纪弦把大陆现代诗的火种带到了那里，燃起了熊熊大火，引爆了历时很久范围很大的论争。纪弦的现代派提出"领导新诗的再革命，推行新诗的现代化"的口号，直接地延展了"五四"新诗运动的现代精神，又是对诗体革命完成之后的诗学革命的强调和确认，推行新诗现代化的提法则是针对新诗所面临的非现代化倾向的威胁而言。由纪弦发动的现代诗运动，巩固了"五四"现代诗运动的成果，对于现代倾向的强调团结了大批有影响的诗人，从而促成了现在还拥有实力的"现代""蓝星""创世纪"三大诗派鼎足而立的局面。

中国大陆在结束"文革"之后，以朦胧诗的崛起为燃点，引爆了一场以现代主义为中心的文学运动。这一运动是长年压抑的岩浆爆喷，一些民办刊物显示了诗坛新力的敏感和才气。从这些园地走来一批传统诗学的挑战者。理论界支持了这一挑战。朦胧诗及其支持者虽然因此受到打击，但现代诗学却在打击中壮大起来。

自二十世纪八十年代以迄于今，朦胧诗讨论及论争，令人感慨系之的是这些讨论并不是以中国新诗已经获有的现代诗的建设为基础，而是以零为起点的循环。八十年代的朦胧诗运动体现了中国现代诗的历史性延展。不论是诗的内涵的历史深度和社会承载，还是诗的技艺呈现出的成熟性和目的感，以及对于非诗压制的抗争等方面，都具有了新的时代的品质，但诗学的讨论却是一个从零开始的低水准。人们围绕着与现代诗一同产生的诗的懂与不懂，大我与小我等等陈旧而幼稚的命题喋喋不休。更有甚者，随后的讨论，由不同观念对峙，故态复萌地转向了政治批判。那些缺乏共同语言的交锋，效果往往是南辕北辙。幸而由于顽强的抗争，那些传统因袭才不至于把初生的幼芽掐死。

中国诗歌理论界从社会历史动乱中过来，有着总体上匡正历史谬误的热情。但未曾料及的是迅即卷入一场猝不及防且又是故态复萌的意识形态的笼罩，理论界在长期的窒息中本来就不多的建设诗学体系的心理准备，如今又被迫地卷入了一场无谓的纠缠。

我们认识到，对于口国有着因袭重负的消费者，唯一的办法是从诗学观念上进行更新的取代。对于中国读者和批评家来说，他们始终同时面对两种对立的诗观和同时享受两种矛盾的诗美。中国古典诗学对于他们是一种自然的承传，而现代诗学对于他们却是陌生的天外来客。从情感的萦系和欣赏的习惯上说，前者对于他们具有天然亲近感，而对于后者则是先入为主的排斥和拒绝。

要改变这一状况，使我们今后不再重复从零开始的噩梦，我们所能做的，只能是巩固现代诗在中国文学中的地位，加强现代诗学的建设，以便从根本上提高中国诗人、批评家和中国诗读者的理解、阅读、欣赏水平。现代诗自身的幼稚和生存的困难，以及对于理论建设未能有更多的关注和投入，造成了某种占领的真空，以至于时至今日，对于中国广大诗歌接受者而言，现代诗学还是一个生疏和奇怪的题目。

作为中国新诗运动自诗体革命到诗学革命的接力者，我们如今面对着庄严的历史性使命：即结束那些无谓的论争，集中力量于诗的理论批评以及现代诗学的建设。一种前瞻的而不是退守的；系统的而不是零碎的；紧密结合于中国现代诗的创作实践的而不是对于外来理论生涩拼凑的诗学视野的展开，是我们所期待的。

这种视野可以在诗学中，也可以在具体的批评中存在。对于批评界来说，满足于空洞无物而缺乏理论深度的议论是可怕的习惯。一种缜密而科学的态度与宏大气势与美文风格的结合，则是我们对理论的期待。

历史性·现代性·时间性·正统性 *

中国当代文学是一门不断行进的学科。它以无限的创造和补充而构成它的动态特征。对当代文学的研究是一种不断的追踪，需要的是投入的精神，等待那些丰富生动的文学现象成为"历史"再对它们进行"冷静"的"总结"的研究方式，显然不适合这一学科的特点。当代文学的研究当然需要科学的精神，但书斋式的埋头于资料的整理，可能会以失去足以珍惜的生动性为代价。

对于从事当代文学研究的人来说，敏锐地捕捉和观察那些在创作和理论运行中闪现的特征，在对这些特征归纳和提炼的过程中，关注文学的趋势和走向的能力至关重要。

材料的堆积和信息的泛滥已构成对当代文学研究的重大威胁。对于这一学科建设来说，资料积累的概念有它特定的内涵。概而言之，对于资料的淘汰也许较积累更为重要。从事当代文学

---

* 此文刊于《上海文学》1995 年 2 月号。

研究的人，必须具备从纷繁的资料中判断价值和择取精华的识别能力。历史记住的是有意义的东西而不是相反。

当代文学研究与即时的批评关系密切，生动而敏感的，甚至带有某种即兴特点的"粗糙"的批评成为这一学科的合理内容。发现、开拓，甚至具有某种预见性是从事这一学科研究工作的重要品质。这些研究者注视着文学运行中的"异端的创造"，建设的精神使他们乐于发现并推进那些探索和试验的实践。当代文学认定，文学的发展有赖于新异乃至怪诞之物的不断的补充。在这里，理论勇气和开拓的眼光显得比什么都重要。

当前我们的研究缺乏历史感。大家都在追逐新潮，却表现了对于历史的冷漠甚至无知。所以这两三年我一直在强调阅读和熟悉过去的作品，包括"文革"的和"大跃进"的。在这一点上，我宁愿蒙受"保守"的谴责。

当代文学有它的来源，在它的涌动中汇入了杂质甚至污秽，这却恰恰构成了它的丰富。前面谈到淘汰和择取，但有些"资料"显然不能因政治的癫狂而贬抑或否定它们文学的、社会的和史料的价值。特别是中国当代文学，它和社会意识形态的紧密联系，使它离开社会历史几乎得不到解释。

追求和期待*

　　中国当代文学这一学科以二十世纪四十年代的结束作为它的起点，既取决于社会形态移易的因素，亦是文学发展内在规律所使然。进入五十年代以后产生于同一文化母体的中国文学，开始以大陆和台湾两大板块的方式在不同的社会环境中，按照各不相同的意识形态的要求，并接受来自不同层面外来影响而自成体系地向前推进。这造成某种隔绝和对话的艰难，但却也因而酿造和积蕴了丰富。例如，中国文学因农民文化及其审美情趣的提倡而拥有了赵树理类型的植根于乡村土层的本色的农民作家，也有如白先勇那样出身官宦名门而又感慨于身世飘零的，既接受中国传统又有丰博的西方文化素养的知识型作家。又例如，五十年代席卷台湾的以纪弦为旗帜的诗界"现代派"运动发生的同时，在大陆则有与前者完全相悖的关于诗歌必须在古典诗歌和民歌的基础

＊　此文刊于《天津社会科学》1995 年第 2 期。

上发展的指令。这异趣共生的文学奇观几乎随时都在发生。

中国当代文学就在这样错综复杂的文化语境中冲突、激荡、交叉、对立，由互渗互补而指归于融汇。像这样的局面在新文学的历史上还不曾有过。加上在中国大陆数十年来政治运动不断，其影响深深决定并改变了当代文学的性质和命运。这些文学的和非文学的事实，增加了这一学科研究的难度，却也造成中国文学前所未有的丰富。把动荡时代和艰难时势给予文学的这一切繁复的叠加，以文学史的方式加以描写，是海峡两岸学术同行共有的使命。近年来随着两岸交流和了解的增进，旨在超越意识形态的限定并在大中国的视野下，既是综合的又是比较的中国当代文学研究，正急迫地期待我们去实现。从这个意义上说，现今的几乎所有的中国当代文学史都只是分割的"半部"而不是完整的"一部"。这种遗憾也许在我们这一代人手中能够得以补偿。

中国当代文学如今成了可以无限地向前延伸的学科。也许它的某些组成亟待在现代文学史中得到接纳，而在这愿望未能实现之前，则中国文学的发展有多长，"中国当代文学"的历史亦将有多长。这局面甚不合理，而且带来了研究的难度，使当代文学学科面临双重使命的困窘：一方面，它面对的是对于已拥有的四十余年文学历史的归纳、总结和清理；一方面，它还必须面对源源不断地出现的作家、作品和纷繁驳杂的文学现象。当代文学学科面临的是静态的学术研究和动态的现状跟踪的结合，文学史、思潮论和文学批评的结合这些双重乃至多重职能的逼迫，成了当代文学学科的宿命和不解的难题。

中国文学一旦结束禁锢和封闭，便如决堤之水汪洋恣肆。新作家在涌现，新作品在堆积，各种出版物铺天盖地。在当代文学学科，不仅面临对于历史的整理和重读的重大课题，同时还面对资料鉴别、剔除和积累、提炼的沉重负荷。对于历史经验的沉思和对于当前现象的动态归纳，足以使任何精力旺盛的学者和批评家心力交瘁。如何全面地把握历史和现实，如何在纷至沓来的复杂现象面前开掘提取那些富有意义的典型事件而排除非典型的权变，这对于从事此一专业的人是一种特殊本领的考验。学者的冷静缜密与批评家的热情锐敏；科学的周密与参与的激情；宏观的整体把握与对于文学潮汐涌动的追踪与捕捉的综合品质，正成为对于从事这一学科研究者才能的某种期待。

中国当代文学这一学科在二十世纪五六十年代的高等教育中，只是作为中国现代文学的附录部分而未予独立。在丰富而成熟的现代经典之林中，当日的当代文学呈现出明显的弱势，从那时起，当代文学研究作为一种学术门类便受到轻忽。"文革"后，这一学科在一些高校率先从现代文学中分立出来，于是开始独立学科形态的建设。在当代作家、批评家以及学者的多方面努力下，中国当代文学研究获得了显著的成果。在这样的局势下，旧日那种"当代"只是"现代"的补充或附庸的观念显然是不适应了。

文学创作的品类、风格均走向丰富多彩，从内容到形式的广泛而多样的实验，文学批评观念和方法的不断更新。进入新的历史时期的意识形态的挤压逐渐消解，反归自身的文学迅即改变以往的单一模式，而实现文学的多元格局。独立的心态，创新和变革的激情，把中国当代文学的成就推到了一个不容忽视的高度。但是，一些定型的观念依然漠视这一事实。这就要求从事当代文学研究的人，以严格的律己精神和充沛的敬业精神修正并弥补已察觉的缺憾，为建设更为理想的中国当代文学研究秩序而尽力。

"百年不遇" 的胜景 *

从上一个世纪末，到这一个世纪末，是完整的一百年。这一百年的中国社会，发㿟这很多重大事件。这些事件，直接或间接地影响着中国的文学。就社会而言，这一百年的经历，是由古典中国向着现代中国的衍变过程；就文学而言，则是开始并完成了由旧文学向着新文学的完整过渡的过程。不论是从社会发展的层面，还是从文学发展的层面看，这一百年对于中国都是意义重大的，是充满追求的激情和刻骨铭心的苦难的历程。

文学在映照这一百年中国社会的全部丰富性中完成了自己。同时也留下历史性局限造成的畸斜乃至歧误。这就使这一百年的文学成为矛盾重重的中国社会的一面镜子。从文学的使命和内涵，到它的表现形式，直至最终形成的艺术基本风格，如今我们面对的文学百年，都未曾脱离中国社会决定性的制约。

---

* 此文刊于 1996 年 11 月 6 日《口华读书报》，是为《百年中国文学经典》所作序言。

　　文学承受着充满焦虑而又复杂多变的社会给予的重压。文学为适应生长它的特殊环境而付出代价：一方面为了顺应社会情势，文学竭力以自有的方式传达出这一特定时空中国的现实处境和中国人的情感经历；另一方面，它又不得不在较之艺术和审美更为急切的社会功利面前，不同程度地削弱以至在某一时期排挤文学自身的品质。审美与非审美，功利与非功利的矛盾、对立，以及"杂陈"，是这一百年文学的常态。

　　但中国这一百年特有的忧患却意外地使文学得到好处。一种崭新的文学形态在深重的危机和庄严的召唤中诞生。中国现代文学终于在古典文学深厚的土壤上脱颖而出。诞生于二十世纪初期的新文学，直接受惠于清末以来文学改良和文体实验的一切成果，终于以充满现代精神和参与世界文学的姿态，进入了中国古典文学未曾也无法抵达的境界。

　　十九、二十世纪之交，是中国社会的转型期，也是中国文学的转型期。尽管社会转型不一定伴随着文学转型，但在中国，这并不同步的现象都奇妙地有了某种叠合。我们如今看到的就是这样一种社会和文学相互印证、相互阐释的奇观。即将画上句号的古典文学，以它最后的辉煌，提醒人们记住它永恒的魅力。而新文学则以让人目不暇接的快速的节奏，不断展示它充满锐气的试验性成果。一边是夕阳的灿烂，一边是初月的清辉。生逢此时的中国人，终于窥见了这"百年不遇"的胜景。这一切，如今都蕴积在《百年中国文学经典》中了。

　　"经典"一词在以往是慎用的，如今被应用得有点普泛化了。

其实，任何关于"经典"或"精华"的厘定都是相对的。一个明显的道理就是，任何精神产品的价值判断，都不会是单纯的和唯一的，精神现象有不可比拟的繁复性。何况，做这些判断的人，他们的学养、趣味和考察的方式又是千差万别的。还有，一个无可置疑的事实是，文学史总有很多有意或无意的"遗漏"。文学史的基本方式不是累积，更确切地说，是淘汰。它以不间断的"减法"来保留那些最值得保留的文学资源，而忽略或弃置那些一般化的材料。文学史正是以这种"无情"的方式，推进它富有建设性的工作。

尽管如今的"经典"并不代表让人敬畏的神圣，但经典却始终意味着一种高度。高度并不是尽善尽美，也并非无懈可击。

这里入选的作品，大体只是编者认为的最值得保留和记忆的作品。这样说当然不是认为那些众多未入选的作品就应该遗忘。事实上有多少个选家就有多少种选本，同时也就存在着各异其趣的选择标准。这在文学观念变得多元化的今天，就更是如此。

编者在他长期（但都有限）的阅读中形成了他认为符合上面的陈述的观念。这种观念在遴选作品中被具体化了，这大体是指那些能通过具体的描写或感觉、直接或间接地表现出生活的信念，对人和大地的永恒之爱，有鲜明的个人风格，又有精湛丰盈的艺术表现力的作品。由于考虑到这一百年文学和社会的密切关联，编者尤为关注那些保留和传达了产生它的特定时代风情的精神劳作。

编者在从事本书的编选工作时始终怀有一种庄严感而不敢稍

有疏忽。但百年文学浩如烟海，一个人的阅读非常有限，在这一点上，编者又是忐忑不安的。本丛书在编选过程中，得到严家炎、林斤澜、邵燕祥、崔道怡、陈骏涛、樊发稼等各位先生们指教和帮助；我的博士生高秀芹协助我做了全部资料工作和部分的编选工作；在这里，我一并向他们表示诚挚的谢意。

文学是一种信仰*

　　和许多青少年文学爱好者一样，我对文学的接触最早只是由于兴趣。我的小学和中学时代，炮火连天，生活动荡，朝不虑夕。我一面为每个学期的学费无着而愁苦，同时又如饥似渴地找文学作品来读，从巴金、冰心到鲁迅、郁达夫。开始是读新文学作家的作品，后来，延伸到唐诗、宋词，以及许多古典作品。文学使我暂忘外界的烦忧，也使我的内心更为丰富，文学使我更为切近现实和历史的焦虑，它催我早熟。我在别人享受童年欢乐的时候，便因文学而开始感受人生的忧患。

　　后来，我就自己提笔写诗、写散文了，时间是 1948 年，我还在念初中的时候。我写这些东西说是一种爱好，恐怕失之简单。其实，是我找到了一种传达内心苦闷和抗议的方式。那时涉世未深，对社会、人生的思考也浅，只是一种积郁需要宣泄。文

---

*　此文刊于《当代散文》1998 年第 3 期。

学就这样走进了我的生活，成为我的最初的朋友。

中学到底还是没有读完。1949 年那个历史大转折的时刻，我像当年那些怀有理想和激情的年轻人那样，离开了学校，开始了新的痛苦的，甚至可以说是艰险的人生追求。我自信我当年的选择，不是由于浅薄，也不是由于轻信。是当年我所接触的有限的文学，使我对人生有一种向往，文学使我对真理和正义、平等和自由，以及对人性的尊严的认识，具体化了。我的这些人生选择，基于对当时的丑恶、黑暗和无边苦难的否定，而在现实中找到了认为可以实现理想的转机。这就是我当年投笔从军的简单动机，那年我十七岁。

我经受着艰难困苦的磨炼，不仅是环境的恶劣，生死的考验，还有纪律约束下的内心苦闷——对思想自由的渴望，等等。1955 年 4 月我复员回乡。我听到内心强烈的召唤，一种愿望促使我选择更为合理的生活。我一面等待分配工作，一面借来全部的中学课本，准备高考。当年 8 月，我接到北京大学的录取通知书。我告别了从童年到少年生活过的小木屋，我的年迈的父母，溯闽江，越分水关，沿浙赣线一路北行，终于来到古都北京。我投身北大的怀抱——等待和寻找了二十多年，终于在 1955 年的这个金色的秋天，找到了属于我的，也属于中国的这片科学民主的圣地。

在这所校园里，我从青年到中年，再到走完中年的今天，我已鬓发斑白，竟是人生的秋景了。我把青春献给了这所校园，这所校园也以它的丰富和博大，以它的自由的空气、民主的精神滋养了我。

前面说过，我的小学和中学都是在战乱和动荡中度过的。高中刚读完一年级，时局突变，我放下了书本，离开了学校。这一停顿便是六年。我入北大时，中学没有念完。所以说，我的中学教育是不完备的。以前我于文学只是由于爱好，入北大后，便开始了文学的系统学习。二十世纪五十年代的中国教育，在"学习苏联"的大背景下，开始走向新的规范。我在北大的专业是中国语言文学，那时一批有名望的教授都健在，我们的授课老师的名录列开来，便是中国语言文字大师的一张长长的名单。我庆幸自己，最著名的学校、最著名的老师，还有最著名的图书馆！现在就看我自己的努力了。

我们的学习是繁重的。中国文学史从远古一直延伸到现代和当代，我们在老师的指导下阅读了灿若繁星的古今作家的作品。这种在历史的线索下，以社会发展为参照的关于文学的阅读和思考，把我先前那种零碎和片面的知识系统化了。我们于是获得了一个关于中国文学历史的整体的印象。现在反观，有这个系统化的整理和只停留在零星的层面，是非常不同的。中国历史非常悠远，文化和文学的现象异常复杂，特别是社会发展各阶段中社会的、经济的、政治的各方面的因素对文学的影响和制约，非常具体也非常深刻。唯有把文学发展放置在中国社会、文化总的环境中加以考察，我们关于文学的意义和价值的评判方是可能的和可靠的。

北大五年的学习——严格地说，没有五年，主要是"反右"

文学是一种信仰 /

和"大跃进"以前那短暂的时间——那时总的口号是"向科学进军",学习空气很浓厚,政治的干扰相对地少。那时课程设置很广泛,对学生的要求很高。在文学方面,除了中国文学史,我们还学欧洲文学史、俄苏文学史,以及东方文学。每一位老师都为我们开了长长的书单,从荷马史诗到但丁《神曲》,从巴尔扎克到罗曼·罗兰,从拜伦到列·托尔斯泰……我们如牛负重,日夕奔波于宿舍——大膳厅——图书馆这三点一线上。

我们的课程还不止这些,系主任杨晦先生一再谆谆教导:语言和文学是"有机联系",同等重要。于是,语言学的课程,跟随在文学的后面蜂拥而至:古代汉语、现代汉语、音韵学、方言学、普通语言学、汉语诗律学……王力先生、魏建功先生、高名凯先生、周祖谟先生、岑麒祥先生、袁家骅先生、朱德熙先生——都亲自给我们上课。铺天盖地的广韵、切韵、下江官话、闽方言、声母、韵母——让我们叫苦不迭。现在想起来,有这么多的语言大师为我们授课,真是百年不遇的造化。我们的课程还不止这些,还有逻辑学和哲学,以及西方和东方的哲学史,哲学也是从古到今、由中及西,也是长长的一串书单。

尽管当时我们少不了怪话牢骚,但现在回想当年,回想那种劈头盖脑的学术"灌输",实在是受益无穷。那时年青,在北大这样思想自由、学术民主的园地里,我们如鱼得水,总觉得时间不够用。五十年代物质条件差,外界诱惑少,我们便全身心地扑向了知识。当我们潜心于学习之时,风暴正在远方酝酿着。百花时节毕竟短暂。

平静的书斋生活很快就结束了，我和我的同学们只能在政治运动的夹缝中偷偷地读书、偷偷地思考。"大跃进"唤起了我们单纯的热情，我们响应了当日的号召，投身于"大批判"的热潮中。1958年，我和我的同学们开始以1955级集体的名义，自己动手编写《中国文学史》。我们日夜苦干，如同那个年月全国全民大炼钢铁和"超英赶美"那样，很快就写出了一部"红色文学史"。以我们当日的水平，它的片面性和简单化的弊端是明显的。我们很快也就发现了自己的幼稚和无知。尽管如此，我们最终还是受益者。我本人（我相信全体1955级同学也如此）在这次"集体科研"中得到了全面的锻炼。工作逼迫我们去阅读和占有浩繁的原始资料，也逼迫我们进行独立思考。我们还得用自己的笔，写出自己的所思、所感。感谢时间，感谢时代，给了我们这样的机会，使我们未出校门便以所掌握的知识锻炼了自己。

我属于这个以撰写"红色文学史"而出名的集体。在那个权威受到蔑视的时代，我们意外地获得了机会。这些机会促使我们成长。1959年，在完成了把两卷本的文学史扩充为四卷本的文学史之后，当时《诗刊》副主编徐迟等三位先生来北大找我。他们建议由我们若干同学集体协作，着手进行一部新诗史的写作。这建议鼓舞了我们。那年寒假，我们从北大图书馆拉走了一车的新诗史料，带着简单的行李，住进了中国作家协会和平里的一套无人居住的单元房。六位同学——我、孙玉石、孙绍振、殷晋培、洪子诚和刘登瀚——在别的同学都回家过年的寒假里，夜以继日地工作。一个假期，我们写出了后来被称作"中国新诗发展概况"的新诗史草稿。

我之所以详述四十年前的这段往事，是由于这事同我后来的学术经历很有关系，它是我后来从事中国新诗研究和批评的起步。早年对诗歌创作的爱好，也为我此后诗的研究提供了助力。当年那些幼稚的习作，给了我关于创作过程的初步的理解，以及关于一般创作规律的体悟，使我面对诗人的作品时，犹如面对一片鲜活而奇妙的天空。每当此时，我仿佛是在和每一个诗人讨论和切磋他们创作的成败得失，而不是从理念到理念。

上述这种体验，不专属于诗的研究，而是属于全部的、个体的文学研究。平生常感叹那些做学问的人，往往把活学问做成了死学问。其原因即在于这些文学研究者，其实并不真懂文学。他们从面对作品的那一刻起，就把具体、丰富、生动的文学创作抽象化了，把源自作家和诗人内心的充满情感和意趣的精神活动，变成了脱离人生、脱离生命的干枯的纯理念的推理。

的确，文学批评和文学史研究是不同于文学创作的一种科学思维，这种活动要靠逻辑的力量，进行冷静的分析和归纳。从本质上说，它是一种理性思维。但文学研究的对象与其他科学研究的对象，又有大的不同：文学研究的对象是文学，文学是感性的和形象的，它和人类的精神活动，特别是人类的情感活动相联系。文学的生成和呈现都是具象的，通过语言的媒介，展现实有的和幻象的，可见的和不可见的，极为诡秘也极为生动的世界。面对这一特殊的对象，研究者的缺乏想象力和缺乏与对象的情感认知，便成为从事这一工作的人先天性的缺憾。

所以，我确认文学研究的性质是一种科学思维，但又不仅于此，这种理性思维从来都与惑性思维有着千丝万缕的联系。我不是作家，但我却从以往很幼稚，也很有限的文学习作中得到了好处。我以为从事文学批评的人，欲要批评文学，最好本身能有这方面的（哪怕是非常不正式的和微弱的）一些实际体验。这样，在批评家和文学史家面前出现的对象，就不是"死"的，而是有感觉、有韵味、有情趣的"活"物了。

　　从集体编写《中国文学史》到合作写作《中国新诗发展概况》，以此为起点，这些不成熟的实践，锻炼了我掌握资料，进行抽象、提炼和概括论点的能力。从五十年代后期开始，直至"文革"爆发，我在政治运动的夹缝中开始了有限的和幼稚的学术活动。其间，我把主要的精力投向了新诗的研究，这些最初的习作，我的蹒跚学步的足印，基本上都保留在我的第一本文集《湖岸诗评》中了。此外，在这个期间，我还应北京出版社的约稿，写了一本叫作《关于读诗和写诗》的小册子。这本原拟出版的书稿，很快就消失在"文革"卷起的第一阵风暴中，只留下当年那位热情的资深编辑写给我的一封祝贺成功的信，它记载着当年的遗憾。

　　此后，便是被迫的、无可逃脱的长达十余年的苦难的经历。大学教师的生活刚刚开始，我便不心甘地停止了诗和文学的思考，以及一切的学术活动。生活是从来没有过的艰难，十年中，我曾被数次"打入另册"。随后，一边要我不停地工作，一边又不停地把我当作"阶级斗争"的对象。我个人和中国所有知识分子一样，无法抗拒那一切。那十年真是无比的漫长，我只能在独自一人时，偷偷吟咏杜甫痛苦的诗句："不眠忧战伐，无力正乾坤"！

噩梦醒来，人已中年。生活从中年开始，青春属于八十年代。那时节，教育界和文学界离散的队伍正在集结，人们带着肉体和心灵的累累伤痕，相会在新时代的阳光下。全社会都沉浸在悲喜交集的氛围中，告别黑暗的动乱年代，迎接光明的开放年代。当日，人们都习惯于把这个光明和黑暗际会的历史新时期，称为"第二次解放"。后来，随着对"文革"动乱的批判、反思的深入，以及对现代迷信的清除，人们更乐于把它定名为新的"思想解放"的时代。从模糊的"第二次解放"到明晰的"新的思想解放"的时代，说明二十世纪七十年代后半期，人们已经把情绪性的大喜大悲的宣泄，转向了思想文化层面的对于历史动乱的反思。就我个人而言，在此之前，我没有属于个人的青春，更没有我个人的思考的声音，我的青春都贡献并融化在大时代的潮流中了，那潮流淹没了我的个性。真正属于我的青春是从七十年代下半叶开始的。尽管当时，我人已中年，但我还是真切地感到了头顶那一轮崭新的太阳的明亮。

"文革"结束后，受到文化专制主义戕害的文学园地，竟是一片可悲的残败和萧条景象。极左文艺思潮造成了文学的扭曲和颠倒，"大革文化命"的后果，是创作、批评、欣赏的总体水平的大倒退。诗歌也和其他文学品种一样，受到严重的摧残。在这片废墟上，我明确感到应当结束在"批判"的名义下的不间断地破坏的状态，我要以自己的精力贡献于新时代的文化建设。把注意力从破坏转向建设，我以为是当今中国知识分子应当承当的历史使命。我意识到，此时我应当做的第一件事，是坚持对诗歌的关注，是对诗的品质的重新认定，是恢复诗歌创作的正常秩序。为此，我开始就诗的基本规律以通讯的方式，写了普及性的系列文字：从诗的本质到诗的形态，从诗的内涵到诗的艺术表现，从诗的鉴赏到诗的批评。这些文字是很幼稚的，但却保留了那年代单纯的热情。我的这些文章，后来以《北京书简》的名义于二十世纪八十年代初由人民文学出版社出版。

1978年在中国当代史中是极为重要的一年。这一年确定了中国向世界开放的方针，宣告了与世隔绝的、闭关锁国的历史的结束。这一年在北京召开了一个重要的会议。这一年北京西单一带的墙上贴出了崭新的诗。几乎是在我写作《北京书简》的同一时间，北京的街头开始流传一份叫作《今天》的民办刊物。那上面刊登了许多陌生的诗人写的同样陌生的诗歌，其中一部分诗歌，被张贴在墙上。面对这些摈弃了虚假的和充满了批判激情的诗篇，我感到这正是我所期待的：这些诗的内涵，唤起了我对昨日噩梦的记忆；它们拥有的艺术精神，给了我接续中国新诗现代传统的、令人感到欣慰的真切的印象。我欣喜地发现，新诗在二十世纪五十年代以降的大部分时间里所丢失的，特别是在"文化大革命"动乱岁月中所丢失的，在我如今面对的陌生的诗中重现了。

1980年在广西南宁召开了新诗研讨会。会上爆发了一场关于后来被称为"朦胧诗"的论战。我是这场论战的参与者。南宁诗会结束，回到北京，我应《光明日报》之邀，写了一篇短文：《在

新的崛起面前 》。这是后来被称为"三崛起"的第一个"崛起"。
《在新的崛起面前 》为"朦胧诗"辩护("朦胧诗"原是反对者带
有嘲讽意味的称谓,而我则更乐于称之为"新诗潮"),指出它的
进步性和合理性,以及它对中国新诗发展的革命性意义。这篇
三千字的小文章所引起的反响,是我始料所不及的。从它出现之
日起,即受到了激烈的、不间断的批判和围攻。其中有一些时候
(如"反自由化"和"反精神污染"),甚至把这些本来属于学术和
艺术层面的论题,拔高到政治批判的惊人的高度上来。

就是在这样的文化处境中,我因推进新诗潮的变革而成为
"异端"。反对者给了我一个古怪的名字:"古怪理论家"。这名称
现在是不大有人用了,但我由此而成为有争议的人物,则基本没
有变。我在新时期的学术活动,始终受到来自艺术惰性和意识形
态惯性的双重压力。我因目睹中国文学的变态和严重倒退,而支
持旨在革故图新的艺术主张和实践,为此我屡遭"天谴"! 这也
许并非我的不幸,我因置身其中而更为了解中国,了解中国的文
人。这种了解使我更为坚定。

1977 年开始恢复高考,北京大学也恢复了正常的教育秩序,
我们迎接了高考后的第一批大学生。自从 1960 年毕业留校,直至
近二十年后的七十年代末,我方才开始做我应当做和愿意做的事
情。"文革"结束前后,没有职称,我是无数"永远的助教"中
的一个。职称恢复后,我方才由助教而讲师、而副教授、而教授。
随后,又恢复了学位制,我开始招收硕士研究生。1986 年,我所
在的北京大学中国当代文学学科被国务院批准,成立国内第一个

当代文学博士点，我也成为本学科最早获得培养博士研究生资格的博士生导师。从二十世纪七十年代末到九十年代末，这二十年，是中国罕有的和平建设的年代，也是我个人罕有的能够专注于本职工作的年代。正是因此，我对新时期怀有深深的感激之情。

中国当代文学是一门年青的学科，以往从属于现代文学，是现代文学一条"光明的尾巴"。在过去的现代文学的课程中，进入五十年代的中国文学，只是一个"附带"的部分。因为总是"附带讲讲"，因而也总是匆匆。对于因社会大变动而带来的，文学变化的现象的描写和规律的总结，根本无法做到。到了"文革"结束，这学科的时限又增添了十年，就历史跨度而言，已经接近五四新文学运动至1949年的时限了。为此，"文革"一结束，北大中文系率先建起了独立的中国当代文学教研室，我参与了筹建工作。

当代文学这一学科的设立和工作的开展，充满了艰难困苦。我曾应《今晚报》全国博士生导师征文之约，写了一篇文字，题目就叫《风雨相伴而行》。这题目意在提醒人们，当代学科的建立和开展，从来都是不平静的和充满风险的。它是一门年青而鲜活的学问。首先是，无止境地增长的作品和资料，使人目不暇接。尤为特殊的是，在这个领域中，文学以外的干预从来就没有停止过，以政治运动的方式来领导和推进文学的发展，几乎是二十世纪五十年代以来的常态。持续不断的政治批判和斗争，构成了"文革"结束以前长时间的当代文学的历史。作家创作在特有的时代气氛笼罩下表现出特殊的状态，批评也如此。不是没有文学，而是文学现象中夹杂着和纠缠着许多非文学的因素和意图。这当然增加了文学研究的难度。

研究者首先面对的是这种文学和政治"混合"的状态。因此，研究文学就必须研究政治的趋势和意图。而后，再剥离它，从那些混沌中探讨文学的生存状态、它的真实面目。在这种研究的开展中，研究者还受到被指定的价值标准和被规定的审美标准的约束。尽管批评家谨慎小心、如履薄冰，却免不了要触雷、引祸。但是，有见解的和有胆识的批评家，往往也能从这些危境中奇迹般地挺然自立。当然，这里几乎每天也都在发生悲剧事件。其次，则是不断增长的、泛滥成灾的资料，造成了研究的困难。古代文学和现代文学这些学科，它们的时间跨度不再增加，资料虽然也会有变动，但总的状态是稳定的。而当代文学则不同，它是一种不断"生长"的学科，特别是二十世纪八十年代以后，社会开放，创作自由度增加，有关的出版物和文学资料可说是"泛滥成灾"。因而，当代文学的研究者面对的，首先是掌握这些资料的困难，而后，则是筛选这些资料的困难。

文学史的研究和文学批评的开展，其基本法则是"减法"而不是"加法"。就是说，它必须不断从那些混合状态中选择那些有价值的东西，而剔除和扬弃那些无价值的东西。这些工作的难度，不身历其境者往往难知其间艰苦，即人们首先必须"面对"它，而后才能"背离"它。而选择则需要研究者的独具慧眼。

此外，当代文学还是一门不被看重的学科，或者说，在一些人的眼里从来就很鄙薄。一种成见，时间久了，就成了定见，即，这里"没有学问"，说透了，就是这里没有他们认为的那种"学问"。这些人既不了解学科的内涵和外延，又不了解学科的品质和处境，他们的这些成见究竟从何而来？在今日中国，认为越古越有学问者仍然颇不乏人。于是，就发生了在大学或研究单位排挤或挤压当代文学的现象。在学术评估上，在评定职称上，也在评奖和各种措施、条例的设置上。因为不知而造成误解，因为偏见而造成歧视，这种悲剧也几乎每日都在发生。这，也就是我说的"风雨相伴而行"的意思。这种风雨，既有行政和意识形态的干预，也有学术偏见和门户之见的因素。

中国当代文学的学科建设，在"文革"的文化废墟上建立起来，并且一直伴随着社会风浪的撞击和习惯势力的强加而发展。处身于这个从来不平静的领域，习惯成了自然，我仿佛是穿越雷场的兵士，一方面小心翼翼，一方面也随时准备迎接突然而至的"爆炸"。人一旦把得失置之度外，对于外界的袭击，也就变得有点满不在乎了。

自从第一位博士生入校，几年之内，我身边已经集聚了相当数量的博士生和硕士生，而且，有越来越多的国内、国外的访问学者来到北大。那时我单枪匹马，身单力薄。为了提高学生对中国当代文学的全面了解和把握，为了有效地促进学生的独立思考的能力，也为了应付这越来越复杂的局面，二十世纪八十年代后期开始，我以我主持的北大中国语言文学研究所为基地，建立了"批评家周末"。这是一种类似文艺沙龙的周末学术聚会。我设计并提出若干专题，确定专人做主讲人，大家分别阅读作品，在自由、平等、宽松的气氛中讨论和交换意见。从八十年代末到九十年代末，学生们走了一批又一批，"批评家周末"从那时起一直不间断地延伸到现在。

十多年来，我们进行了许多有意思的题目的讨论。批评家周末吸引了更多的人的兴趣，也有热心的朋友闻风而来，参加我们的讨论。这个文艺沙龙处在商潮汹涌的当今中国，却始终保持了独立的学术品位和立场。北大是这个喧嚣社会的一座孤岛，而批评家周末却是这座巍峨的学术殿堂中的岛中之岛。

我在一次剧烈的震撼中告别了八十年代。当日的悲凉情怀，使我很容易联想起十九世纪末中国的灾难和悲哀。又是一个世纪末来到了，而上一个世纪末中国所发生的一切，仿佛还是昨天。我的学术生涯仿佛也到了一个转折点。我一直把对文学的考察放置于中国社会的具体环境中。我总认为一代学者若只是把他的目光停留在他所专攻的学业上，而忘记那些学业生存的环境，他的思考将会变得板滞和窄狭。我非常注重文学和社会的关联，我认为文学难以脱离社会诸因素的制约。文学的原因，固然要从文学自身去找，但文学以外的原因，有时却会极大地影响着文学。这是古往今来不争的事实，特别是中国当代文学，就更是如此。可以断言，若是离开了对于中国社会的认知和考察，当代文学将一事无成。

我从中国文学的当代处境中，接触到了一个更为深远的主题：如今中国文学生成的一切，仿佛都冥冥之中维系着中国社会百年来的经历和经验，例如中国文学的使命意识，不论是救亡还是启蒙；又例如中国文学的忧患主题，仿佛就是一种遗传。我由此把思考从这个世纪末遥遥地接通了上一个世纪末。这样，自鸦片战争后的一切，一下子都涌上了心头：中日甲午海战的硝烟，戊戌百日维新的血迹……

从1989年开始，批评家周末的论题中又多了一个专题：世纪之交的文学展望，百年中国文学的回顾。我探究中国文学的存在和规律的症结，把思考的触角伸展到了两个世纪之交的社会、文化、文学的考察。从那时起，我们开始了以完整的一百年为框架的文学考察。我受到黄仁宇的《万历十五年》新鲜的研究角度的启发，以及《剑桥中国晚清史》宏大的研究视野的启发，中国百年文学的构想开始在我心中形成。

我们从那时就开始了以年代为经、以该年代中的诸种与文学有关的现象为纬的交错的"弈盘"式的研究。各个题目主讲人在这种统一的框架下，开始了有条不紊的工作，几年下来，居然积累了相当可观的题目。总数十二卷的《百年中国文学总系》，就这样在北京大学批评家周末酝酿并诞生了！

近代文学不仅不是我的专长，甚至还是我的盲点。但我还是在学生们的鼓动下，承担了总系第一卷《1898：百年忧患》的写作。我把学术关怀从当代一下子提前了一百年。这工作对我来说是个难题。可是，这难题到底还是把我吸引住了。我终于获得一种关于中国现、当代文学产生和形成，当代文学发展中所经历的一切痛苦和悲哀的遥远的原因，以及它的悲剧命运形成的总体印象。这些印象更坚定了我对中国文学的历史命运的基本观点和基本立场。我的这些看法，在一些关于百年文学回顾的论文中，均有不同程度的表述。这样，事情就发展到了 1996—1997 年度，这段时间是我出访最频繁的时候，也是我写作和编书、教学最紧张的时候，目前被谈得沸沸扬扬的两套"百年经典"，也是此时的成果。

我在繁忙中经受了考验，也在繁忙中获得了乐趣。尽管有个别人和个别刊物借两部"百年经典"一事攻击我，但他们并不能摧垮我。学术有它不可触犯的尊严，特别是在北大这样一个学术民主、思想自由、治学严谨的地方。我依然站立着。尽管我看到了海平面上的冰山下面那个巨大的存在，但我坦然。我不会后退，哪怕只是半步！

让人们说这说那去吧，我走我的路！

辉煌而悲壮的历程*

　　百年中国文学这样一个题目给了我们宏阔的视野。它引导我们站在二十世纪的苍茫暮色之中，回望上一个世纪末中国天空浓重的烟云，反思中国社会百年来的危机与动荡给予文学深刻的影响。它使我们经受着百年辉煌的震撼，以及它的整个苦难历程的悲壮。中国百年文学是中国百年社会最亲密的儿子，文学就诞生在社会的深重苦难之中。

　　近现代的中国大地被它人民的血泪所浸泡。这血泪铸成的第一个精神产品便是文学。最近去世的艾青用他简练的诗句传达了中国作家对于他的亲爱土地的这种感受：

　　　　假如我是一只鸟，

　　　　我也应该用嘶哑的喉咙歌唱：

---

　* 此文选自谢冕主编《百年中国文学总系》，山东教育出版社 1998 年版。

这被暴风雨所打击着的土地，

这永远汹涌着我们悲愤的河流，

这无止息地吹刮着的激怒的风，

和那来自林间无比温柔的黎明……

——然后我死了，

连羽毛也腐烂在土地里面。

为什么我的眼里常含泪水？

因为我对这土地爱得深沉……

　　嘶哑的喉咙的歌唱，感受到的悲愤的河流和激怒的风，以及在温柔的黎明中的死去，这诗中充盈着泪水和死亡。这些悲哀的歌唱，正是百年中国文学最突出、最鲜明的形象。

　　我在北京写下这些文字的时间，是公元1996年的5月。由此上溯100年，正是公元1896年的5月。这一年5月，出生在台湾苗栗县的诗人丘逢甲写了一首非常沉痛的诗，题目也是悲哀的，叫《春愁》："春愁难遣强看山，往事惊心泪欲潸，四百万人同一哭，去年今日割台湾。"诗中所说的"去年今日"，即指1895年，光绪二十一年，甲午战败的次年。此年签订了《马关条约》，正是同胞离散、民族悲痛的春天的往事。

　　中国的近现代就充斥着这样的悲哀，文学就不断地描写和传达这样的悲哀。这就是中国百年来文学发展的大背景。所以，我愿据此推断，忧患是它永久的主题，悲凉是它基本的情调。

它不仅是文学的来源，更重要的是，它成了文学创作的原动力。由此出发的文学自然地形成了一种坚定的观念和价值观。近代以来接连不断的内忧外患，使中国有良知的诗人、作家都愿以此为自己创作的基点。不论是救亡还是启蒙，文学在中国作家的心目中从来都是"有用"，文学有它沉重的负载。原本要让人轻松和休息的文学，因为这责无旁贷和义无反顾的超常的负担而变得沉重起来。

　　中国百年文学，或者说，中国百年文学的主流，便是这种既拒绝游戏又放逐抒情的文学。我在这里要说明的是中国有了这样的文学，中国的怒吼的声音，哀痛的心情，于是得到了尽情的表达，这是中国百年的大幸。这是一种沉重和严肃的文学，鲁迅对自己的创作做过类似的评价。他说他的《药》"分明留着安特莱夫式的阴冷"；说他的《狂人日记》，"意在暴露家族制度和礼教的弊害，却比果戈里的忧愤深广"，"也不如尼采超人的渺茫"；有人说他的小说"近于左拉" 鲁迅分辩说："那是不确的，我的作品比较严肃，不及他的快活。"从梁启超讲"欲新一国之民，不可不先新一国之小说"起，到鲁迅讲他"写小说"旨在"启蒙"和"改良这人生"止，中国文学就这样自觉地拒绝了休息和愉悦。沉重的文学在沉重的现实中喘息。久而久之，中国正统的文学观念就因之失去了它的宽泛性，而渐趋于单调和专执。文学的直接功利目的，使作家不断把他关心的目标和兴趣集中于一处。这种"集中于一处"，导致最终把文学的价值作主流和非主流，正确和非正确，健康或消极等非此即彼的区分。被认为正确的一端往往受到主流意识形态的嘉许和支持，自然地生发出严重的排他性。中国文学就这样在文学与非文学，纯文学与泛文学，文学的教化作用与更广泛的审美愉悦之间处境尴尬，更由此引发了无穷无尽的纷争。中国文学一开始就在酿造着一坛苦酒。于是，上述我们称之为的中国文学的大幸，就逐渐地演化为中国文学的大不幸。

中国近代以来危亡时势造出的中国文学，百年来一直是作为疗救社会的"药"而被不断地寻觅着和探索着。梁启超的文学思想是和他的政治理想紧紧相连的，他从群治的切入点进入文学的价值判断，是充分估计到了小说在强国新民方面的作用的。文学楔入人生、社会，希望成为药饵，在从改造社会到改造国民性中起到直接的作用。这样，原本"无用"的文学，一下子变得似乎可以立竿见影地"有用"起来。这种观念的形成，使文学作品成为社会人生的一面镜子，传达着中国实际生活的欢乐与悲哀。文学不再是可有可无之物，也不再是小摆设或仅仅是茶余饭后的消遣，而是一种刀剑、一种血泪、一种与民众生死攸关的非常具体的事物。

文学在这样做的时候，是注意到了它的形象性、可感性，即文学的特殊性的。但在一般人看来，这种特殊性只是一种到达的手段，而不是自身。文学的目的在别处。这种观念到后来演绎为"政治标准第一，艺术标准第二"，就起了重大的变化。而对于文学内容的教化作用不断强调的结果，在革命情绪高涨的年代往往就从强调"第一"转化为"唯一"。"政治唯一"的文学主张在中国历史上是的确存在过的，这就产生了我们认知的积极性的反面，即消极的一面。不断强调文学为现实的政治或中心运动服务的结果，是以忽视或抛弃它的审美为代价的：文学变成了急功近利而且相当轻忽它的艺术表现的随意行为。

百年中国文学的背景是一片苍茫的灰色，在灰色云层空茫处，残留着上一个世纪末惨烈的晚照。那是一八四〇年虎门焚烟的余烬，那是一八六〇年火烧圆明园的残焰，那是一八九四年黄海海战北洋舰队沉船前最后一道光痕……诞生在这样大背景下的文学，旨在扑灭这种光的漫延，的确是一种大痛苦和大悲壮。但当这一切走向极端，这一切若是以牺牲文学本身的特性为代价，那就会酿成文学的悲剧。中国近现代历史并不缺乏这样悲剧的例子，这些悲剧的演出虽然形式多端，但亦有共同的轨迹可寻，大体而言，表现在下述三个方面：

一、尊群体而斥个性；

二、重功利而轻审美；

三、扬理念而抑性情。

二十世纪八十年代以来中国大陆实行开放政策，经济的开放影响到观念的开放，它极大地激活了文学创作。历史悲剧造成的文学割裂的局面于是结束，两岸三边开始了互动式的殊途同归的整合。应该说，除去意识形态的差异不谈，中国文学因历史造成的陌生、距离和误解正在缩小。差别性减小了，共同性增多了，使中国原先站在不同境遇的文学，如今站在了同一个环境中来。商业社会的冲击，视听艺术的冲击，这些冲击在中国的各个地方都是相同的。市场经济和商品化社会使原来被压抑的欲望表面化了。文学艺术的社会价值重新受到怀疑。文学创作的神圣感甚至被亵渎，人们以几乎不加节制的态度，把文学当作游戏和娱乐。

摆脱了沉重负荷的文学，一下子变得轻飘飘的，它的狂欢纵情的姿态，表现了一种对于记忆的遗忘。上一个世纪末的焦虑没有了，上一个世纪末那种对于文学的期待也淡远了。在缺乏普遍的人文关怀的时节，倡导重建人文精神；在信仰贫乏的年代，呼吁并召唤理想的回归；这些努力几乎无例外地受到嘲弄和抵制。这使人不能不对当前的文化趋势产生新的疑虑。

在百年即将过去的时候，我们猛然回望：一方面，为文学摆脱太过具体的世情的羁绊重获自身而庆幸；一方面，为文学的对历史的遗忘和对现实的不再承诺而感到严重的缺失。我们曾经自觉地让文学压上重负，我们也曾因这种重负而蒙受苦厄。今天，我们理所当然地为文学的重获自由而感到欣悦。但这种无所承受的失重的文学，又使我们感到了某种匮乏。这就是这个世纪末我们深切感知的新的两难处境。

我们说不清楚，我们只是听到了来自内心的不宁。我们有新的失落，我们于失落之中似乎感到了冥冥之中的新的召唤。在这个世纪的苍茫暮色中，在这个庄严肃穆的时刻，难道我们是企冀着文学再度听从权力或金钱对它的驱使而漂流吗？显然不是。我们只是希望文学不可耽于眼前的欢愉而忘却百年的忧患，只是希望文学在它浩渺的空间飞行时不要忘却脚下深厚而沉重的黄土层——那是我们永远的家园。

1898：并非文学生长的季节 *

　　1898 年是痛苦的年代。痛苦的年代里只有事件而没有文学。文学从根本上来说，是一种奢华，人们只有获得饱暖之后才谈得上审美的欣赏和享受。尽管有人说诗穷而后工，或是文学可救亡图存等等，但艰难时势对于文学或其他审美活动，到底总是一种排斥——尽管历史上也不乏战火或离乱中开放的绮丽和深沉。

　　这是"百年中国文学"的第一本，这一本的主题是"忧患"二字。选择这一个悲哀而痛苦的年代做百年中国文学的开端，其基本动机是考虑到了以 1898 年为代表的前后数年间若干事件，对于中国的这一时期文学重大的，甚至是决定性的影响。围绕着1898 年前后的那些刻骨铭心的事件，为中国这一时期文学的形成和发展提供了非常浓重也非常深邃的历史、社会、文化的背景。研究和描写这一时期的中国文化——它的跨度是从十九世纪末到

* 此文选自谢冕主编《百年中国文学总系》，山东教育出版社 1998 年版。

二十世纪末的大约一百年，涉及和涵盖了中国近代、现代、当代文化史的研究范畴——不能不追根溯源到这里。

1898 年的中国，一切应当腐烂的都腐烂到极限，仿佛是悬挂在树梢的那些熟透的果子，轻风一吹就会摔落泥土。而一切新生的则受到惊蛰时分天边隐隐雷鸣的鼓舞，都在悄悄地，然而又是勇敢地爆裂开坚硬的尚未解冻的土层。一方面是内忧外患的痛苦的飓风的袭击，一方面又是方生未死的建功立业的召唤，从这个意义来看被史家称为"灾难的 1898 年"，却是一个丰富的发人深省的年代。

这年代催人早熟，而且能够激发人尽情而充分地发挥他们的潜能。我在本书的若干篇章中多次提到这样的判断。社会愈是危急，生存愈是艰难，人为挽救群体和个体生命的聪明才智便愈是发挥到极致。我们在社会历史发展的此一阶段，几乎到处都可以看到的那些奇人怪才的叱咤风云的身影，就是这种人的潜能充分发扬的证明。这些没有被世俗神化的巨人群像，出现在十九、二十世纪之交的中国的各个领域，扮演着各色各样的话剧里的角色。他们有的获得了成功，但更多的却是失败。那些年代是太严苛了，没有给人们留下更多的欢乐和喜悦，这到处流血的土地，生长的也都是苦难。因为是艰难时势，人们的智慧多半都被现实的急切需要所吸取，那些能量多半释放于对社会盛衰、国家兴亡直接起作用的场合，而只把其中很少的份额留给了文学和艺术。这样，在文学的命题下来写 1898 年，可能意味着是一种贫困的开掘。

1898 年的文学话题，若以它的实绩而论，很可能是负面意义的。因为是悲哀岁月，有很多的死亡和离乱，有很多的悲慨和动荡，剥夺了几乎所有美好的情思。才华和智慧在别处发光，而不是在文学。这样说，却并不意味着 1898 年与文学不发生联系，更不意味着 1898 年对于文学是一个遥远的话题，完全不是！

丰富的 1898 年，同样给文学留下了丰富的言说。这里的丰富，也依然不是通常意义上的实际创作成绩的丰盛，而只是就它可能和已经提供的对于文学之未来发展的影响而言。1898 年处于两个世纪的交汇点上，同时，也处于新旧两种文学的交汇点上。古典文学走到了它的尽头，而现代文学还没有诞生；人们在广泛谈论文学的改良，而并没有提供这种改良取得成果的范例。这样的年代人们有很多不满，也有很多幻想，但社会的动荡又不提供充裕的时间实现他们的愿望。苦难的现实几乎不给文学和诗以机会。人们只有当不存在别的可能性时，才想到了文学的可能性。例如黄遵宪被放逐回乡成了平民，一切都闲散下来了，诗的创作便出现了奇迹；正如刘鹗，也是四处碰壁，一无所成了，偶尔执笔为文，便出现了《老残游记》，却又是和 1898 年拉开了一段距离。

但是，这个悲哀的年代，却是中国近百年文学的根源。这好比浩浩荡荡的万里长江，冲破三峡险阻，两岸有说不尽的壮阔奔腾，而在巴颜喀拉山的尽处，却可能是冒出地皮的一泓清澈的雪水。在那个除旧布新的年代，人们注重的不是它已创造了什么，而是它为未来的发展可能提供什么。从这个意义看，1898 年便可能是丰富的。这正如万里长江的那个源头，它可能是一曲细流，却酿造了未来的浩荡。

首先是那时发出了要求文学"革命"的声音和愿望。我们先不去讨论当日的"诗界革命""小说界革命"和"文界革命"的提法背后的"革命"的内涵和真谛。但这种要求"革命"的动机却是非常可贵的，它表达了对旧文学的不满，并产生变革旧文学的愿望。它是当日西学东渐的产物，更直接受到日本明治维新的"文明开化"的思潮的影响。在梁启超的观念中，"革命"就是"变革"，他在《释革》[①]一文中说：

> 中国数年以前，仁人志士之所奔走所呼号，则曰改革而已。比年外患日益剧，内腐日益甚，民智程度亦渐增进，浸润于达哲之理想，逼迫于世界之大势，于是咸知非变革不足以救中国。其所谓变革云者，即英语 Revolution 之义也。……
>
> ············
>
> 夫淘汰也，变革也，岂惟政治上为然耳，凡群治中一切万事万物莫不有焉。以日人之译名言之，则宗教有宗教之革命，道德有道德之革命，学术有学术之革命，文学有文学之革命，风俗有风俗之革命，产业有产业之革命。即今日中国新学小生之恒言，固有所谓经学革命、史学革命、文界革

---

① 梁启超：《释革》，刊于《新民丛报》1902 年 12 月 14 日二十二号。

命、诗界革命、曲界革命、小说界革命、音乐界革命、文字
革命等种种名词矣。

可贵的是有了这种因不满而变革现状的要求。晚清的"诗界
革命"并没有取得成功。"我手写我口"的主张也未见完善，实
行并取得的成就也未见明显。但它的思路却直接启发了后来的新
诗革命。"小说界革命"取得的实绩比"诗界革命"还要微小，
它的特点是"理论先行"，是先有理论的提倡，强调这种有别于
古典的"新"小说对于开发民智和拯救国运的极端重要性，而后
言及创作。但是，这种对于"新"小说的呼吁，在改变人们传统
的小说观念方面，却有着振聋发聩的作用。

中国近代以来人们思想的畅通和视野的开展与西方文化的介
绍和引进有关。它给黑暗的铁屋，打开了一道光明的裂隙，使人
们在窒息中，接受到外面的新鲜空气。而这种引进之功，首先是
由于翻译。中国近代翻译界两件开天辟地的大事均与 1898 年有
关。这就是在这一年，林纾与王寿昌合作译出小仲马的《巴黎茶
花女遗事》和严复译赫胥黎的《天演论》出版。《天演论》在开
导和改变国人的思维方面的重大作用，使人们认识到物竞天择、
优胜劣败的自然界的规律，从而获得自强自求的警醒，这已是有
目共睹的事实。而《巴黎茶花女遗事》的翻译和出版，其在新的
文学观念的启蒙，以及文学描写社会生活的新生面等方面，完全
是一个新奇和丰富的世界的开启，其作用完全不逊于前者。这
些，都是 1898 年这个灾难年代的赐予。

中国旧文学的改造和中国新文学的创造，都与接受西方文学的影响和启发有关。是西方文学的"入侵"，加速了我们对旧文学与新生活、新感情的脱节的怀疑，同时，中国新文学的设计和创造的热情也是西方文学给予我们的启示。极而言之，正如有人指出的那样，中国新诗几乎可说是中文写成西方形态的诗，而中国新文学的整体设计，也是受到西方文学的影响，并以西方文学的模式为参照的产物。而这一切，均是由于翻译界的披荆斩棘的开发之功。

中国现代翻译的纪元从这时开始。是 1898 年给中国未来文学带来了域外的第一线光明，不仅是文学和小说，还有诗。中国翻译西方现代诗歌，据施蛰存的介绍，最早是在此时："1873 年，王韬编译《普法战纪》，书中就译出了《马赛曲》和普鲁士人的爱国诗。1898 年，严复译出《天演论》，其中引用了英国诗人朴柏的长诗《原人篇》中的片段和丁尼生的长诗《尤利西斯》中的一节。"[1] 既然首译西方诗歌与首译西方小说，都与这个年代有关，那么，说 1898 年与文学没有关联，或说这一年发生的文学现象不具有重要性，便是不客观允当的了。

文学的发展有赖于传播手段，此时排版印刷术已盛行，对文学的发展极有助益。尤为重要的是，报纸的发行，它仿佛是给文学的传播添了双翼。在《百年忧患》这本书中，我们重点介绍了 1898 年在日本横滨创刊的《清议报》。这份报纸是维新人士在流

---

[1] 施蛰存：《中国近代文学大系·翻译文学集》一，导言。

亡的环境中坚持自己的信念和理想的证明，也是中国近代报业发达昌盛的证明。

《清议报》大概是感到了自己在中国报界所处的位置，以及为当日中国言论寂灭的状况所激发的责任感，在它的一百期纪念专号中特立《中国各报存佚表》。在这份表前略述了近代报刊的缘起和沿革："近世以来，斯道渐盛，林文忠公命译外国近事，名为西国近事汇编，月出一册，是吾国报章之最早者，是为月报之始。五口通商，风潮渐播，上海一隅，尤为中西人士荟萃之所，申报继出，是为日报之始。"① 到了《清议报》一百期时，统计全国已有报刊达 124 种之多，更重要的不是数字，而是新闻的质量。方汉奇在《中国近代报刊史》中引用了 1898 年报纸的一段材料对此作了评述：

> ……由于重视了采访，记者在第一线掌握了较多的第一手材料，在这一时期的报纸上，也出现了一些情节比较生动文字比较活泼的新闻报道。下面这条消息是其中的一个例子：
>
> 《康有为到吴淞》（题）据本馆派妥友确访云：前日顺和进口，上海道派多人在怡和码头吊楼口守候，另派人至船上，搜拿康有为未得。至新济到埠，又遣多人上船搜寻未见。据买办云：康在天津，已搬行李上船，忽与同伴耳语，即仍搬行李去，云拟次日搭重庆至申。蔡

① 见《中国各报存佚表》序，《清议报全编》，卷四，第 118 页。

和甫观察闻知此讯，即拟派小轮至吴淞口外上船搜查，讵料英领事深嫌查顺和时过于骚扰，竟不肯发票。昨日午间，重庆轮船近吴淞口，有税务司偕华员开小轮船搜寻。据买办云：重庆轮船将近口时，忽有一蓝烟囱小轮驶近船旁，即有二西人上船，手持照片，遍处搜寻，只见一人与相片仿佛，指照片问是此人，此人即点首言是。两人即拉此人至大餐房，后数分即拉人及其同伴、并取行李上小轮船而去。旋见小轮船驶近相离二十丈之某兵舰，即见西人及此人等，均上兵船去。税务司等揣疑此二人即康有为及其亲信之党羽一人，于是税务司等皆嗒焉若丧而返。闻上海道将设法向英领事索回此人，不知确否。（刊 1898 年 9 月 25 日《中外时报》）

这条消息采写于政变后的第四天，康有为在上海被搜未获在英舰保护下转逃香港的当天。第二天一早就见了报。从采写到发表，不到二十四小时。时间是比较短的。消息中提到了"顺和"、"新济"、"重庆"等三条船，两个买办和上海道（即消息中的"蔡和甫观察"），英领事，税务司，"二西人"及康有为等七、八个人物，还引用了两个买办的一些话，很明显是经过多人次的采访，了解了一些细节以后写作出来的。其中的情节，除了"新济"轮船如康有为自己的记载应该是"海晏"轮，稍有出入之外，基本上属实。①

----

① 方汉奇：《中国近代报刊史》，上册，第 150—151 页。

上面那些材料从新闻采访的一个侧面说明了当日报纸的成熟。新闻的进步属于整个社会，当然也带动了文学的进步。从1897年，严复和夏曾佑在《国闻报》上刊《本馆附印说部缘起》，1898年《清议报》第一册发表《译印政治小说序》，是为报纸创办文学副刊的雏形。从晚清到民初，许多后来产生了重大影响的小说，多半都采取先在报纸连载的方式予以传播。许多诗和散文，特别是那些吟咏时事的诗和政论体的散文，也借报刊的方式走向社会。报纸的广泛创办及其成熟，对于社会发展起了极显著的推动，它使以往死水一般的停滞的肌体，顿时血脉流通，充盈着活力。视野开阔了，思想也活跃起来了。由于舆论的影响，人们对向来视为自然的中国社会的种种积习，开始怀疑和不满，而变革现有秩序的愿望也由此而生。梁启超曾经描述过报纸与社会紧密联系的情景："甲午挫后，《时务报》起，一时风靡海内，数月之间，销行至万余份，为中国有报以来所未有，举国趋之如饮狂泉。"①

　　至于报纸的盛行与文学发展的关系，从直接的方面考察，是由于从那时开始已有了类似今日文学副刊那样的园地，这无疑对文学作品的发表和流通，以及对激发文学作者的写作热情会有促进作用。从间接的方面考察，则在于整体上社会进步和民众觉悟的提高，必然成为繁荣的先决与前提。中国社会的各个方面，当然也包括了文学，都从报纸的繁荣中得到好处。这就是本书对

---

① 梁启超：《本馆第一百册祝辞并论报馆之责任及本馆之经历》，《清议报全编》，卷一。

《清议报》创刊这样题目予以重视的缘由。

至于京师大学堂的内容的叙述，其动机和效果也与上述接近。新型的综合性大学的出现，对于封建停滞的社会来说，是一种质量的转换。其对文学的影响当然也不是直接的和立竿见影的。然而影响无疑存在且深远。它结束了科举制度，也结束了八股文，它从教育制度的方面使中国告别古老的方式而挺进于现代，这是中国社会由愚昧通往文明迈出的重要一步。尤为重要的是，这个京师大学堂后来成了中国自由思想的中心，科学民主的堡垒，而且成为新文化的发祥地，中国新文学的摇篮。对文学至关重要的是，从这所学校里，走出了一批又一批建设和繁荣中国新文学的有影响的学者、作家、诗人和批评家。从近代到现代，在为促进中国文学发展作出巨大贡献的人物中，和这所百年大学堂没有任何关系的名字极其少有。当然，这所学校对于中国社会的贡献，远远地超出了文学的范围，它是中国智慧和良知的象征。

1898 年是一个伟大的年代，中国由大希望的天空跌进了大苦难的深渊。1840 年抗争的激愤和最后导致的割地赔款；1895 年的北洋舰队的沉没，结果是更为惨烈的割地赔款；于是有了 1898 年的百日维新运动，但维新未成却引起黑暗势力的猖狂反扑，有许多的流血，有许多的通缉，有许多的罢官，更有许多的流亡。这些，本身都是事件，都不是文学。然而，1898 年的泪和血，都成了哺育中国文学的母亲之乳。中国百年文学因吮吸了这样的母乳而染上了忧患的遗传，并由此如蚕吐丝般地萌生出众多的小

说、诗、散文和戏剧，以及众多的言说这些作品的理论、批评和
文学史。这一切，又都无例外地体现着、抒发着和叙说着那些痛
苦的思索，悲哀的寻求，以及无尽的哀愁。

当时代没有也不曾给予的时候，忧患和哀愁便是唯一的财
富。从十九世纪末到二十世纪末，中国文学便成了时代惠赠的这
一财富的拥有者。中国百年文学的思想和主题，使命和寻求，艺
术和风格，都浸透了这时代持有的悲情。要是说，我们曾经创造
了辉煌和繁丽，那么，我们追溯这浩瀚的江流的源头，却是这个
苦难异常地丰裕，而文学却异常地贫乏的年代。

丰富又贫乏的年代*

——关于当前诗歌的随想

诗人的荣誉

中国新诗在"文革"结束之后，开始了新诗潮的涌动。在新诗潮的冲激下，原先的诗歌体系解体了，由此形成了新诗史上的又一个艺术变革的时代。对于这一时代诗歌内涵的较为全面的表达，是确认其由两个基本诗歌事实所构成：一是以艾青等为代表的一批"归来"的诗人，一是以舒婷等为代表的一批"朦胧"诗人。他们的创作构成了这一变革时代的全部丰富性。

前一批诗人带着心灵的累累创伤，率先揭示了中国新时代文学的"伤痕"主题，并且带动了当代文学对于中国社会历史进行深层反思；后一批诗人以怀疑的目光向着扭曲的现实发出了抗议

---

* 此文刊于《文学评论》1998 年第 1 期。

与质问，作为既有文学秩序和传统诗歌的挑战者，他们充满锐气的创作实践，对文学新时期起了巨大的震撼作用。他们都是新时期文学的先行者。

从七十年代末到九十年代末将近二十年的诗歌实践给我们的最大启示是，诗歌因承载了社会的忧患而获得了公众的同情与承认。诗歌在这种对于苦难和悲情的表现中不仅调整与完美了自身，而且赢得了全社会的关注。公众因为诗歌传达了他们的爱憎而亲近并肯定了诗歌。

当艺术表达与接受者间的障碍逐渐消除之后，诗歌自然地加入了社会，并成为社会生活的有机组成。其实，社会对诗歌的热情，恰恰是因为诗歌发挥和展示了社会"代言者"的职能，是社会给予诗歌的一个回报。八十年代后期因为强调诗人的个体意识而不加分析地排斥并反对"代言"，带来了消极的后果。

中国新时期诗歌有它生长的深厚土壤，它植根于灾难岁月痛切的记忆，它从这些记忆中提炼和营造出独特的意象，典型而生动地概括了当代悲剧意识。人们从这些诗歌中看到久违的人性和人道思想的闪光，以及中国文学历史中长久空缺的批判意识和怀疑精神。特别是它们通过历史反思所传达的共同的感受，唤起了广泛的共鸣。五十年代以来，诗歌从来也没有像现在这样紧密地联结着社会的脉搏和公众的情感，诗歌以它的真实性走进了人们的生活。诗歌因传导了人们的思想、情感和意念而成为社会生活的组成部分。

艾青的《鱼化石》是一个非常著名的意象，一条本来拥有活泼生命的鱼，被不知来自何方的地震或火山爆发所掩埋。当人们从土层中把它发掘出来，它依然有着完整的鳍和游动的姿态。艾青在这里表达了被莫名的灾难所袭击的悲哀，又传达了生命顽强的信念。许多诗人都通过各自创造的诗的意象，表达了这种被掩埋的悲哀和重新被发现的喜悦。当年在山东某地常林大队发现了一枚特大钻石。这颗被农民发掘出来的钻石被认为是一种喜瑞。艾青《互相被发现》、蔡其矫等诗人的《常林钻石》，都借此传达时代转变、苦尽甘来、光明战胜黑暗的悲喜交集的情绪。如《鱼化石》一样，这也是一颗时代化石。

在青年一代的诗人中，舒婷诗中的温情和忧伤最为感人。她通过女性的温柔所表达的对自由的追求和人性的尊重，都在优美的审美中得到细致的表达。还有的诗歌以"网"暗示生活的纠缠和无可逃脱，以迷途的蒲公英来表达前路的迷惘，以古诗象征历史的滞重和麻木。

这些富有历史感和使命感的诗，有相当沉重的社会性内涵，但又以鲜明生动的语言得到传达。它们并不因理念而轻忽情感，也没有因思想而牺牲审美。也就是说，这些承载了社会历史内容的诗，并不因为"代言"而失去诗的品质。诗不仅没有因在完成它的使命中成为"非诗"，相反，群众却因诗对社会历史的关切不由自主地亲近了诗。诗人因成为时代的"代言者"而获得承认。

彗星的光痕

　　这是中国新诗史的狂欢节。中国诗人以空前的热情参与了自有新诗历史以来极有想象力，也极有使命感的创造。然而，潮汐有起有落，这是规律。新诗潮大约在二十世纪八十年代的后半期便开始式微。整个中国诗歌界被一种漠视秩序和规范的流派竞起的局面所代替。这是一个充满创新热情的挑战精神的诗歌阶段，出现了很多的自以为是的诗歌主张和宣告，也有一些表面喧腾的"展出"。但总的看来，这阶段的诗歌创作言说多而实效少，得到公众肯定并且能够保留下来的诗作并不多。它留给我们一个反思性的启悟：诗人的劳作是严肃的，浮华与喧嚣是不能导致繁荣的。

　　但八十年代后半期的诗创作，却也并非空无，一批又一批追求各异的人，竞相出现，他们写出了属于他们自己，并引为自豪的诗篇。海子就出现在这一时期，并且他的短暂的一生犹如划过天际的彗星，虽是转瞬即逝，却留下了一道永久的光痕。海子是农家子弟，后来进了北京大学。他是一位既对土地充满深情，又接受了现代学术洗礼的年轻一代知识者。在他身上，中国古老的文化传统和面向世界的精英意识有着良好的结合，应该说，他具备了成为优秀诗人的良好条件。海子在八十年代充满更新诗歌的总体气氛中，以充满神奇的创造力，以数百首短诗和几首长诗如喷泉般装扮了他实在太过匆匆的诗歌生命。

　　海子的重要作品《亚洲铜》《五月的麦地》中交织着他对中国悠久历史文化的怀想和现实的焦虑，他以废墟般的零乱和破碎来呈现诗意的整体辉煌。他燃烧的诗情灼痛了生命本身，他的悲剧般的生命也在这种燃烧中结束。彗星陨落了，他的充满热情的光却照耀着中国世纪末的诗歌风景。

海子说过："我的诗歌理想是在中国成就一种伟大的集体的诗。我不想成为一个抒情诗人，或一位戏剧诗人，甚至不想成为一名史诗诗人，我只想融合中国的行动成就一种民族和人类的结合，诗和真理合一的大诗。"① 海子是一位诗的理想主义者，为了伟大的诗，他宁可牺牲个性而服膺于集体的"行动"。他毕生呼唤伟大的诗，他心目中的诗的神圣是和一些神圣的名字相联系的。"但丁将中世纪经院体系和民间信仰、传说和文献、祖国与个人的忧患以及新时代的曙光——将这些原始材料化为诗歌。歌德将个人自传类型上升到一种文明类型与神话宏观背景的原始材料化为诗歌，都在于有一种伟大的创造性人格和伟大的一次诗歌行为。"② 他据此断言："在伟大的诗歌方面只有但丁和歌德是成功的，还有莎士比亚。这就是作为当代中国诗歌目标与成功的伟大的诗歌。"③

---

① 参见西川编《海子诗全编·海子简历》，上海三联书店 1997 年版。

② 《诗学：一份提纲》，见周俊、张维编《海子、骆一禾作品集》，南京出版社 1991 年版。

③ 《诗学：一份提纲》，见周俊、张维编《海子、骆一禾作品集》，南京出版社 1991 年版。

激情时代的终结

对比二十世纪八十年代的充满热情的试验与创造，九十年代更像是诗的收获季节。面对着自"朦胧诗"开始结下的累累果实，九十年代的创造力显得相对的贫弱了。整个诗歌界似乎没有发生过什么激动人心的事件——当然偶尔也有一些可供谈论的话题。

没有"事件"未必不好。诗本来就是寂寞的事业。诗在某些时期的"轰动"，多少总由于现实中的某种匮乏。于是，人们便把异常的热情倾倒在这个原不应"轰动"的事物上面。诗人更多的时候总是独自咀嚼着一枚人生的苦果，而无法离开诗本身去做一些力不能及的事。"轰动"很少是由于艺术创新所带来的激情。

但诗的进步却是无可置疑的事实。八十年代新诗潮带来的冲激促使了诗歌观念的解放。诗歌内涵的扩展和丰富，造成诗广泛涉足于从社会到内心、从实有到幻想，以及意识的深层的所有领域。至于诗的审美追求，以意象化对于"文革"模式的挑战为发端，全方位地艺术探险，早已促成了中国当今诗歌艺术的多元化格局。现阶段中国诗人所拥有的创作自由可说是空前的。当前诗歌写什么和怎么写已经很少存在障碍，这就是九十年代中国诗歌发展的良好环境。

个人化倾向

对于社会或时代"代言"身份的扬弃，促使中国新诗迅速地走向个人化。有一个时期，诗人们开始拒绝诗对意义和价值的承载，认为"人类的教育、愿望无一不是在与事物的利害关系上展开的，诗歌的真实就在于它脱离了这种利害"①。这种主张说明中国新诗摆脱了在特定年代受到的非诗的困扰。那种使新诗不得不在诗美之外承受负荷的局面，现在已基本结束。

在二十世纪九十年代，诗歌的确回到了作为个体的诗人自身。一种平常的充满个人焦虑的人生状态，代替了以往充斥诗中的"豪情壮志"。我们从中体验到通常的、尴尬的，甚至有些卑微的平民的处境。这是中国新诗的历史欠缺。在以往漫长的时空中，诗中充溢着时代的烟云而唯独缺失作为个体的鲜活的存在。现在，"这些诗歌中，我看到一种冷静、客观、心平气和、局外人式的创作态度。诗人不再是上帝、牧师、人格典范一类的角色，他们是读者的朋友"②。平常人和平常心迅速地使诗恢复了常态，弥漫于诗行中的是一种让人感到亲切的普通和平凡。日常生活，即所谓凡人琐事大幅度地进入诗中，这极大地改变了以往普遍的"大题材"占领的局面。

诗歌的出发点本来即在个人，所有涉及外界的大的关怀或钟爱，无不生发于诗人的内心。从最初的动心到表达，诗的营造过程都是个性的。当然，不管诗的动机如何的个人化，它最后总作用于他人，但这种引起他人激动的作用，依然归根于诗人融化内

---

① 韩东：《三个世俗角色之后》，见《磁场与魔方》，第202—207页。

② 于坚：《诗歌精神的重建》，见陈旭光编《快餐馆里的冷风景》，北京大学出版社，第261页。

心情志的个人性的劳作。从这点上看，诗的生产的群体化是违背其本性的。中国诗行进到了二十世纪九十年代，使游离的诗心复归于诗人的个性，显然是历史性的辩证，其重大意义不容怀疑。例如，九十年代的新诗大幅度地展现出中国诗人内心的从容与舒展，从中可以领略到中国人以往缺少的享受生活的情趣和姿态。过去被严峻环境所催逼的紧张得到松弛。这大大增加了诗歌抒写个人情态的分量。

由于个人化写作的进展，诗歌迅速地把原先远远伸向外界的触角收了回来，如同蛙人的寄作，诗人们把感觉和体验潜深到内在世界的无限丰富之中。前面谈到的诗人从社会的群体回到单纯上的个体还只是问题的初始，诗人把以往对外部世界的无保留也无节制的才华的抛掷，来了个一百八十度的转变，他们开始把关注停留并凝注于个体生命的细观默察上，心理的和潜意识的细末微妙之处的体察和把握上，诗歌创作发生了由"外"向"内"的移置。

这也成了中国当代女性诗歌兴起的切实而巨大的背景。笔者始终认为，在"文革"结束之后的诗歌成就中，除去"朦胧诗"在反思历史和艺术革新方面的贡献是别的成就无可替代之外，唯一可与之相比的艺术成就，则是女性诗歌创作。这是仅次于"朦胧诗"（当然，女性诗人中有些人也是"朦胧诗"的参与者）而加入了中国新时期诗歌实绩的一支不可忽视的创作力量。

中国新时期女性诗歌的写作在中国新诗的历史中并非罕见。早在五四新诗革命之初，便有女性诗人加入了新诗最初的创造。

冰心的《繁星》《春水》便是女性诗人对草创期中国新诗的贡献。从林徽因到陈敬容和郑敏，尽管为数并不多，但中国女诗人都在各自的时代生发过突出的影响。但在"文革"以前的长时间，中国女性诗歌的表现形态及其实质，大体只是表现在女人写诗的层面上，即她们和男诗人不同之处，仅仅在于她们是女诗人。这话的意思是：要是撇开性别差异这一点，则她们所写的和男诗人所写的是同样的无差别的内容。这样的表述也许有点绝对，事实上男女诗人在表现同一事物时在感觉和表现上会有差别，而中国女诗人的创作除去诗歌社会性的完全一致之外，女诗人基于中国社会长期封建压迫的事实，而在女性自立，男女平等，以及争取婚姻恋爱自由等方面也表现了她们特殊的关注；也就是说，男女诗人在创作的风格和题材的选择上也并非完全相同。

但事实上，中国长时期的女性写作大体总处于无性别差异的状态。战火连天的年代，动荡不安的环境，女性应有的一切被剥夺，女人承担了和男人同样沉重的命运的负荷。整个时代要求于女人的，是做一个和男人一样的人，而不是女人。这样，中国女诗人笔下的风景就是无差别的风景。尤其在倡导男女都一样的时代，女人细腻、委婉、善感多情、温柔缱绻，这些性别给予的特点，在艺术上均得不到施展的机会。"文革"结束后，整个文学处于开放的态势，以及"朦胧诗"引发的一场大的艺术变革的机遇，再加上这一时期的中国社会基本上处于和平状态，这些诗歌内外的条件促成了中国新诗史上罕见的女性诗创作的全面繁荣。

从"女性写的诗"到"写女性的诗"

这种繁荣用最简括的表达就是，诗回到了女性自身。这种女性诗不再是"女性写的诗"，而转进为"写女性的诗"。这样看似简易的词语倒换，却表达了诗歌在一个新的时代里的巨大进步。过去受到忽视或被驱逐的一切，如今都回到了女诗人的创作中来，而不仅仅是对女性的自尊和价值重新肯定。诗歌的发展很快地使舒婷的《致橡树》或《惠安女子》成为古典的话题——一般认为，这位女诗人所传达的美丽的感伤尽管震撼人心，却也并不是单单属于女人的那些感受。

中国文学中女性的"自我抚摸"或进入"私语"状态发端于诗歌，而后才进入小说，再而后才进入散文及其他。诗在新时期文学运动中始终充当了先锋的角色。年青的和更为年青的女性诗人大踏步地超过"朦胧诗"造就的成果，她们无拘无束地一径向前而去。她们进军的方向不是向着外界而是向着自身，向着女性自身丰富而隐秘的内在世界。"作为人类的一半，女性从诞生起就面对着一个完全不同的世界，她对这世界最初的一瞥必然带着自己的情绪和知觉"，"事实上，每个女人面对着自己的深渊——不断泯灭和不断认可的私心痛楚与经验——并非每一个人都能抗拒这均衡的磨难直到毁灭"[1]，这就是当前女性诗歌的指向，正如翟永明所说，这不是拯救的过程而是彻悟的过程。

---

[1] 翟永明：《黑夜的意识》，1986 年 3 月 21 日《诗歌报》。

丰富又贫乏的年代 /

中国女性诗歌就在这样状态下"彻悟"过来。在中国年青的女诗人面前展开了一个崭新的宇宙，她们如同发现新大陆一般地发现了自己的身体、身体内部的感觉，那些仅仅属于女人的一切体验，生理的和心理的。也就是说诗歌一下找到了过去未曾深掘甚至是没有真正发现的一个巨大主题：女性的精神性别。

依然闪耀着理想的星火

告别八十年代诗歌主导的流向，开始全面推向诗的个人化和增强诗的私密性，大量的诗歌表现了对历史的隔膜和对现世的疏离。诗人在过去的惯性决裂方面投入了巨大的热情，诗歌却也因而陷入了丰富之中的贫乏，这也是不争的事实。但从八十年代后期开始的理想主义的提倡和学院诗人关于知识分子精神的提倡，以及近期由一些诗人发出的关于新的文化复兴的呼吁，依然是滔滔洪流中不曾湮没的一脉清泉。它的微弱的声音虽不足以抗拒那举世滔滔的巨响，但无疑是一种坚忍的执着。

告别二十世纪*

——在大连诗歌座谈会上的发言

我们挑选二十世纪的最后几天举行这次诗的聚会，一种最突出的感受是：对于中国人来说，充满着痛苦和屈辱，也充满着憧憬和追求的完整的一百年，真的就要留在我们的身后了。从今而后，它不再是我们的今天，而只是停留在历史的天空中让我们追忆的昨天了。即将过去的这一百年的历史，不仅对于中国的社会发展有着不同寻常的意义，而且对于诗的发展也有着不同寻常的意义。

在那些艰难的年月里，中国人在思考如何拯救民族危亡这一生死存亡的大事的时候，与之几乎同时的，也在思考诗和整个文学的变革的大略。这虽是两个不同层面的思考，但却非常紧密地、互为因果地联系在一起。无可讳言，二十世纪末、二十一世

＊ 此文刊于《当代作家评论》2001 年第 2 期。

纪初中国关于文学变革的思路，羁系于危难之中强国新民的理想和抱负。它有文学的和诗的原因，但现实因素的激发和促动，却是最直接的，甚至也是最重要的。期待着用诗或者小说来直接作用于改造社会和改造人心，可以说是当日所有从事这一事业的志士仁人的毫无二致的想法。

十九世纪中叶以后的中国社会忧患频仍，在救亡图存的总目标下，那些志在改变中国的先进的志士仁人，在把目光投向社会的同时，也十分关注文学的变革。那时的文学改良运动是改造中国社会的总方向的一个组成部分。那些鼓吹维新变革的人，往往同时又是推进文学革新的人，他们对社会和文学都怀有深切的期待。

诗歌改良的先驱者黄遵宪在《人境庐诗草》序中说："仆尝以为诗之外有事，诗之中有人，今之世异于古，今之人亦何必与古人同？"这种表述已经流露出强烈的现代意识。他还主张写诗要"不名一格，不专一体，要不失乎为我之诗。诚如是，未必遽跻古人，其亦足以自立矣"。这些话更表明，当时他已具有多种选择的包容性，以及初步觉醒的个性化意识。黄遵宪在伦敦使署写下上述文字的时候，是清光绪十七年，即公元1891年。这是十九世纪九十年代的第一年。此时距百日维新还有八年，距新文学运动兴起之时则是二十八年。可见中国诗歌从古典向着现代的转型，中国诗人关于变革诗歌体制的诗学层面的思考，基本上是伴随着国人对于社会命运的思考同步进行的。

讨论百年来的诗与文学的问题，离不开百年来的社会问题。

正如五四新文学革命作为中国新文化运动的构成部分，它的兴起和归宿离不开当日中国现实处境一样。在这个变革文学的运动中，诗一方面充当了文体试验的先锋，行进在争取活的文学和人的文学的路线上，与此同时，新诗的设计和构想依然沿着诗学建设的轨道，虽然是幼稚的，但却是认真地向前推进着。

那时新诗的目标是"诗体大解放"。胡适认为若使诗有新内容和新精神，必须首先打破那束缚精神的枷锁镣铐。它的出发点是对旧诗的失望，由失望而产生拒绝。"因为有了这一层诗体的解放，所以丰富的材料，精密的观察，高深的理想，复杂的感情，方才能跑到诗里去"，胡适认为"五七言八句的律诗，决不能容丰富的材料，二十八字的绝句决不能写精密的观察，长短一定的七言五言决不能委婉达出高深的理想与复杂的情感"。(《谈新诗》)当初的这些思考是很具体的，再以胡适为例，他那时就谈到新诗的音节问题，他认为新诗也讲音节，新诗音节的形成靠的是两个条件，一是语气的自然原则，一是每字内部所用字的自然和谐。他看到了新旧诗之间的极大不同："至于句末的韵脚，句中的平仄，都是不重要的事。"

但新诗建立的初始显然受到了巨大的压力。这种压力来自旧诗无所不在的影响。全部的创新工作置身于旧诗的笼罩之下。最早的新诗实践只是奋力挣脱危害创新的"旧词调"的阴影。新诗的实践者为此付出了沉重的代价，才使得新诗能以自有的方式出现在中国诗歌史上。胡适在《尝试集·再版自序》中不无感慨地说："旧文学的习惯太深，故不容易打破旧词调的圈套"。但这一切的压力都被勇敢的开拓者击退了，在数十年坚苦卓绝的实践中，中国新诗形成了与旧诗判然有别的自己的风格和传统。这就是我们在二十世纪最后几天的现在所看到的，也是中国新诗几代人梦寐以求的新诗自主、自足、自立的动人情景。

要是从当初诗歌改良运动的实践算起，从黄遵宪的"我手写我口"和胡适的"放大了的小脚"的诗体尝试，行进到郭沫若的《女神》，无疑是一个极大的飞跃。郭沫若的成就在于为新诗找到了一种宣示那个时代激情的适当的形式。要是没有《女神》，我们不可能拥有一种表达五四时期的狂飙突进的时代精神的方式。那是一种如同火山爆喷的方式，那气势，那力度，那伟力，不仅是旧诗无法到达，就是黄遵宪和胡适也无法到达。当然还有周作人，他的《小河》是新诗白话体制成熟的里程碑式的作品。

应当承认，艾青的诗受到西方诗歌，特别是法国现代诗歌的很大的影响。新诗取法西方，本来就不是秘密，但在诸多的实践中艾青是最成功的。他的贡献在于创造并发扬了自由体诗的散文美，使新诗的审美性有了新的开展，在他自由流动的句式中，人们可以惊喜地发现我们在传统诗歌中找不到的那种潇洒自如的美感。较之古典诗歌的严格整饬，艾青的贡献是无可替代的。

二十世纪四十年代有一批现代诗歌的积极实践者，他们发扬了自李金发、戴望舒开辟的新诗现代化的传统，冯至的《十四行集》是其中最杰出的代表。以穆旦为代表的一批青年诗人，他们以西南联大为基地，开展了卓有成效的新诗现代化运动。这些后来被收集在《九叶集》中的诗歌，是中国新诗向西方学习而又扎根于中国苦难现实的土壤的走向成熟的标志。四十年代以后的事实，是我们大家所熟悉的。总的情况是，新诗在统一化和一元化的路上走得很远，以至于在一段相当长的时间里，造成了创作精神的萎缩。

新诗的再生是二十世纪八十年代以迄于今的事实。不知不觉间，我们已把一百年的光阴留在了身后，我们也把新诗坚苦卓绝的、充满苦难的奋斗历程留在了身后。我们以一百年的时间，创造了一种有异于延续了数千年的诗歌形态，并以我们的创造取代了传统的诗歌方式。这是二十世纪中国诗人的骄傲。面对当前新诗的困窘，我们没有理由自卑和懈怠。有很多的问题期待着我们去解决，承载着一百年的苦难和荣誉的当今的诗人们，我们应当努力！

诗歌这个文体*

　　我从小就喜欢诗歌。少年时节开始学写诗。诗没写好，后来转向研究诗。几十年来我没断了和诗打交道，从那时直至今日。不论是学写诗还是研究诗，一个简单的问题始终困扰着我，那就是：诗是什么？有时是别人问我，有时是我问别人，每逢这个时候，我总很胆怯。我说不清楚。记得当年在北大图书馆查过一本书，其中关于诗的定义竟列举了百数十条。定义多了反而乱花迷眼，我自己还是喜欢简约的答案。

　　我确认诗是有属于它自己的文体特征的。在我的概念中，诗区别于小说、散文和戏剧文学的基本点，要而言之，有如下两点：一、它是从情感出发的文体；二、它是与音乐性有关的文体。从情感出发，就不是从实有的事件出发，就是通常说的，诗缘情而生。这就决定了诗的产生和最后的指归都在它的抒情性。诗不是

＊ 此文刊于 2002 年 9 月 11 日《中华读书报》。

不可叙事，但叙事只是诗的别体，而且远非它的特长。别的文体当然也可抒情，但抒情绝非它们的必须，它们似乎更重视叙述和情节。所谓的和音乐性有关，指诗的可吟可诵，指这一文体在表达中特别重视节奏和韵律的效果，特别重视包括押韵等手段在内的声音的悦耳动听。抒情是诗的生命，音乐是诗的灵魂。

关于诗的本质，我国古代典籍中多有论述。我以为其中最重要的文献是《毛诗序》。这篇置放于《诗经·关雎》篇目下的字数不多的重要文字，它的经典性无可置疑。这篇序文可以认为是先秦儒家诗学理论的一个总结。迄今为止，它仍然是中国关于诗的本质的最彻底，也最精辟的论述：

> 诗者，志之所之也，在心为志，发言为诗。情动于中而形于言，言之不足，故嗟叹之，嗟叹之不足，故永歌之，永歌之不足，不知手之舞之，足之蹈之也。

这里讲的是诗的发生。诗的产生是由于一种叫作"志"的东西存在于人的内心并要求得到表现的现象。这里说的"志"，大抵指的是人们的意志或愿望，所谓的心志之类。古人说的"在心为志"，指的是诗的内涵。所谓的"发言为诗"，就是那种内涵的形于语言，那就是诗的表现了。

诗是情感的，它是感情激动的产物。从根本上说，诗的诞生是人的情感作用于内心，而后通过语言得到外化的表现。但只讲情感在诗中的决定性的存在，显然未曾涉及诗的真谛。诗所表现

诗歌这个文体 /

的不是一般的情感，而是不一般的情感。这就是《毛诗序》所揭示的从"言之不足"到"嗟叹之不足"，再从"嗟叹"到"永歌"，最后是"手舞足蹈"的这个情感生发及达于极致的过程。所以说，诗表达的不是常规的情感，而是饱满的、非常的激情。人的情感到达近于极限的状态时，诗就和音乐、舞蹈相和谐并归于一致了。上举那段文字揭示了诗、歌、舞的近亲的血缘的关系。

我特别强调诗这一文体的音乐的特点，乃是因为音乐性几乎是诗所特别拥有的。如果说，情感的特征是一切文学所不能排斥的共有，而在诗歌这里只是非一般性的存在的话，那么，音乐性对于诗而言，就是一种独有。诗这一文体不仅是一般地供人阅读的，而且是可供吟诵的，在古代，许多诗词更是可以按曲谱演唱的。旧时诗乐一家，后来诗独立出来了，却依然保留了音乐的特性。中外诗中的格律和音韵的要求，都是应和着音乐性这一特点而设的。节奏、押韵、平仄、对称、复沓等等，在废除严格的格律之后的新诗中依然坚定地存在着。即使是在完全破除了格律的自由体诗中，也依然有着对于节奏和旋律的内在要求。这是诗的最后的坚守。

前引《毛诗序》中那些对于诗的基本特性的概括和叙述，在中国古代的诗学著述中，并不是首次出现。这类解释最早见于《尚书·尧典》，即"诗言志，歌永言，声依永，律和声"。讲的也是诗与志、言与声等的内在关联。宋朝的朱熹在《诗集传序》中回答"诗何谓而作"的问话时，也说到类似的意思："人生而静，天之性也；感于物而动，性之欲也。夫既有欲矣，则不能无思；既有思矣，则不能无言；既有言矣，则言之所不能尽而发于咨嗟咏叹之余者，必有自然之音响节奏，而不能已焉。此诗之所以作也。"他也精辟地谈到了诗的发生学的原理，以及诗与音乐的亲密关系。

值得注意的是，《毛诗序》除了关于诗的本质的论述之外，它还特别强调诗与社会的联接，强调诗对于社会盛衰进退的影响。它阐述道：

> 情发于声，声成文谓之音。治世之音安以乐，其政和；乱世之音怨以怒，其政乖；亡国之音哀以思，其民困。故正得失，动天地，感鬼神，莫近于诗。先王以是经夫妇，成孝敬，厚人伦，美教化，移风俗。

这段话同样揭示了儒家诗歌观念的最核心的部分，那就是诗对于社会是有用的，即我们通常说的诗的教化作用，即"诗教"。诗所传达的声音，是民众心理情绪最鲜明，也最及时生动的印证。人们从诗歌的情感抒发中，可以谛听并把握到社会和时代的脉动。由于诗与社会生活、民众忧乐息息相关，历来的统治者无不十分重视从诗中了解社情民意，并调整他们的施政方略。这就是这里说的"正得失""动天地""感鬼神"的意思。

要是我们注意到儒家学说中的强烈的维护封建意识的理念，并对它采取警觉的态度，那么，我们就能比较适当地发挥诗歌对于现实生活的积极影响。这里使用的"经夫妇""成孝敬""厚人伦"，当然指的是封建社会的道德人伦理想。但我们若是对此加以批判地理解并活泛地运用，那么，用美好的诗歌来纯洁人们的心灵，使之更加高尚和有尊严，最后达到移风易俗的境界，这样的理解应当是不谬的。

诗的意蕴是十分丰富的，历来的论述也是因人而异，千差万别。我本人虽然学诗有年，但由于学养所限，也由于文化背景的差异，故往往不自信。但先贤有说在前，也给我增添了勇气。至此，我愿明确而坚定地说：诗是情感的，更是音乐的。同时，不管有多少的责难在前，我还要强调说：诗可以娱乐和闲适，但诗首先是有用的，在净化人心方面，也在建立良好的社会秩序方面。

前进的和建设的*

——中国新诗一百年

（1916—2016）①

---

* 此文选自谢冕《中国新诗史略》，北京大学出版社 2018 年版。

① 中国新诗的纪元从何年算起，这无确论，这里的 1916 只是个约数。朱自清在《中国新文学大系·诗集·导言》中说："胡适之氏是第一个'尝试'新诗的人，起手是民国五年七月。新诗第一次出现在《新青年》第 4 卷第 1 号上，作者三人，胡氏之外，有沈尹默、刘半农二氏；诗九首，胡氏作四首，第一首便是'鸽子'。这时是七年正月，他的《尝试集》，我们第一部新诗集，出版是在九年三月。"朱自清未提及的另一个年份是 1917 年 2 月即《新青年》第 2 卷第 6 号，这一期刊物发表了胡适的八首白话诗。这样一排列，试验新诗的年份分别为，胡适起手试验新诗的民国五年，是 1916 年；《新青年》第 2 卷第 6 号发表胡适诗八首，是 1917 年；《新青年》第 4 卷第 1 号正式发表三人诗作的年份民国七年，是 1918 年。这些年份，都可视为百年新诗的发端之年。胡适在《尝试集》自序中介绍说，他在美国留学期间，民国四年（即 1915 年）开始，就与友人梅光迪等讨论新诗革命的问题："百年未有健者起，新潮之来不可止。文学革命其时矣！吾辈势不容坐视。"胡适著名的诗学主张"诗国革命何自始？要使作诗如作文"，也是这一年写给友人任叔永的。

百年来一件大事

这一个小标题是仿胡适的。1919 年胡适应《星期评论》"双十节纪念号"的约稿作长文《谈新诗》,在此文正题的后面加"八年来一件大事"为副标题。文章的开头,胡适列举辛亥革命以来的种种预期均告失望,层出不穷的是"一种更坏更腐败更黑暗"的政治丑行。胡适说,"与其枉费笔墨去谈这八年来无谓的政治,倒不如让我来谈谈这些比较有趣的新诗"①。胡适这些话讲于百年前,回望这二十世纪的百年,中国和世界发生过很多事,两次毁灭性的世界大战,从热战到冷战,留下的是伤残的肢体、妻子和婴儿的哭泣、废墟、集中营,还有墓场。诗人罗门写了其中的一座墓场:菲律宾,马尼拉,郊外,一个叫麦坚利堡的地方。那里埋葬了"二战"中死亡的七万名美国士兵——

> 死神将圣品挤满在嘶喊的大理石上
>
> 给升满的星条旗看　给不朽看　给云看
>
> 麦坚利堡是浪花已塑成碑林的陆上太平洋
>
> 一幅悲天泣地的大浮雕　挂入死亡最黑的背景
>
> 七万个故事焚毁于白色不安的战栗
>
> 史密斯　威廉斯　当落日烧红满野芒果林的昏暮
>
> 神都将急急离去　星也落尽

---

① 胡适:《谈新诗——八年来一件大事》,《星期评论》"双十节纪念号",1919 年。

你们是哪里也不去了

太平洋阴森的海底是没有门的^①

诗人艾青同样用诗句表达过他对和平的期待——他写当时尚未拆除、又高又厚的柏林墙挡不住花香，也挡不住蝴蝶的翅膀。在中国大地，一百年的时间和空间都被泪水和血痕充填。一场战争接连另一场战争，一场动乱接连另一场动乱。也是一百多年前，清末一场维新运动中，几位先驱者血洒北京菜市口。其中的谭嗣同有诗句留世，那诗句表达了方生未死之间中国人的悲怆：

世间无物抵春愁，合向苍冥一哭休。

四万万人齐下泪，天涯何处是神州？^②

这神州大地，不间断的征战和动乱，曾经硝烟，曾经饿殍，曾经山崩地裂，曾经血泪成河。巍峨的宫殿，雄伟的城墙，智慧的典章，可以在任何堂皇的名义下轰毁而无所存留。而得以与日月共辉煌的唯有诗歌。这正是："屈平词赋悬日月，楚王台榭空山丘。"曾记得安徽有个六尺巷的故事，"万里长城今犹在，不见当年秦始皇。"秦始皇没有千秋万世，其实，长城也在不断坍塌之中。永生的却是这首小小的诗歌。这就是胡适当年视为较之世上万事万物"比较有趣"的，亦可说是永恒的话题：诗的产生与建

---

① 罗门：《麦坚利堡》，《罗门精品》，人民文学出版社，2001年，第4页。

② 谭嗣同：《有感一章》，《谭嗣同全集》，中华书局，1981年，第540页。

设。一百年过去了，战乱留下的是痛苦和哀伤，而诗歌却始终勃发着生机，不断给予人们以美和喜悦，是人类心灵的安慰。

中国新诗的一百年，是始于"破坏"而指归于建设的一百年，是看似"后退"而立志于前进的一百年。表面上看，古典的诗意和韵律受到了有意的"轻慢"，而建立中国诗歌的新天地却是一项革故图新的诗学创举，是在古典辉煌的基础上另谋新路从而使传统诗意获得现代更新的头等大事——它不仅成就了千年诗歌史的大变革，而且开启和促进了中国新文学乃至新文化的历史新篇章。

变革源于忧患

这一次空前的诗学嬗变，表面看来很像是一场纯粹的西化运动，因为倡导者并不讳言他们理想的诗歌模式取法于西方。中国新诗的草创期，它的模板便是西方诗歌，其基本理论资源也来自西方。胡适甚至把译诗《关不住了》称为"我的'新诗'成立的纪元"[①]。当然，最著名的断言来自当年新月派的理论台柱梁实秋："我一向以为新文学运动的最大的成因，便是外国文学的影响；新诗，实际就是中文写的外国诗。""外国文学的影响，是好的，我们应该充分地欢迎它侵略到中国的诗坛。"[②] 这些斩钉截铁的断言，印证了中国新诗与西方诗歌的非同一般的渊源。

---

① 胡适：《尝试集·再版自序》，亚东图书馆，1920年9月。

② 梁实秋：《新诗的格调及其他》，《诗刊》创刊号，1931年1月20日。

中国新诗迈出的第一步就是废弃旧的诗歌模式，建立新的诗歌模式，其主要标志是：以白话代替文言，以自由代替格律。这是新诗创造者改造旧诗的大手笔，也体现他们坚定的意志和宏远的眼光。举凡熟知中国文化的人都承认，历时数千年的中国古典诗歌业已创造了不可企及的辉煌，它成为中华文明的瑰宝，也是中华民族面对世界的骄傲。但一场诗歌革新的举动，竟然以"毁坏"几千年古典诗歌造就的旷世之美为代价，人们不免要问，到底出于何种考虑？那些急于革故图新的人们，为何不惜以新生的，同时也是粗粝的白话诗，取代成熟的，同时又是精美绝伦的古典诗？到底为了何因，那时的先行者竟然下了这般破釜沉舟的决心，必欲以与中国古典诗歌彻底决裂的姿态而为中国诗歌另造新天？

这是一个相当复杂的问题。要解答这一问题，需要从中国近代史的背景去找原因。大约以第一次鸦片战争为起点，清道光、咸丰（1821—1861）年间，特别是十九、二十世纪之交，正是中国社会空前危难的时刻。接踵而至的内忧外患使中国社会陷入生死存亡的挣扎之中。1840、1860年间发生的两次鸦片战争，国门破敝，外国军队如入无人之境，终于导致京城沦陷，帝后出逃，圆明园沦为废墟。历经道、咸、同、光数代，割地赔款如同家常便饭，国人哀忍于心。十九世纪末，危机愈演愈烈，1892年，沙俄出兵帕米尔，掠我两万多平方公里领土；隔二年，1894年，日海军击沉我援朝之高升号兵船；是年，北洋海军提督丁汝昌率舰队迎战日军于大东沟，管带邓世昌战死；再一年，1895年，日军袭击我经营多年的北洋舰队，定远、来远、威远、靖远先后被击沉，北洋海军全军覆没，提督丁汝昌拒降，服毒自尽。

正是在这个背景下，也是国耻之年的 1895 年，康梁始议变法图强，乃有"公车上书"之举。1898 年 6 月 11 日光绪皇帝下"明定国是"诏，宣布维新变法。是年 9 月 21 日六君子惨烈弃市，变法告终，世称"百日维新"，中国近代第一场革新之梦破灭。中国面临的危机，引发中国有识之士不遗余力地寻求救亡图存的道路。那时的人们对世界缺少了解，对世界贸易和经济规律也缺乏了解，他们理所当然地把导致中国贫穷落后的原因归诸中国传统的文明。外国历史学家敏感地看到了这一点：

> 只是在经过许多灾祸之后的十九世纪九十年代，进化论和社会达尔文主义思想才被夹带而纳入儒家的意识，当作维新运动的必要纲领。最后，改革家的斗争主要不是直接反对帝国主义，而是反对那些使帝国主义得以实现其野心的中国的传统。清末的改良派和革命派都同意一句古老的儒家格言："苟齐其家，其谁敢侮之？"中国的力量必定来自内部。对于以古代经典培养出来的学者来说，鼓舞他们寄希望于中国的未来的主要力量仍然来自它的过去。①

中国把挽救危亡的全部注意力，锁定在中国自身。知识界把

---

① ［美］费正清、刘广京编：《剑桥中国晚清史》下卷，中国社会科学出版社，1993 年，第 6—7 页。

中国危机的根源指向中国的传统文化和旧文学。"一战"结束，中国是战胜国，却遭到不公的待遇。五四运动是一场挽救民族尊严而爆发的抗议浪潮，本是一个政治行动，很快就转换为对旧文化——其实即儒家文化的批判运动。中国新文学的开山之作，鲁迅的《狂人日记》明确地把批判的矛头对准了中国的历史："我翻开历史一查，这历史没有年代，歪歪斜斜的每页上都写着'仁义道德'几个字。我横竖睡不着，仔细看了半夜，才从字缝里看出字来，满本都写着两个字'吃人'！"①

他们理所当然地把中国的积弱的原因归结于中国的传统文化。这种批判是有力的，也无过错。但事实是，中国的传统文化中既有让国人为之自豪的精华，也存在影响中国前进的消极成分。问题在于，把中国的积弱完全归咎于传统，认为这是中国的"病根"，并对之施以讨伐和全面否定，此举难免失之鲁莽和轻率。那时的人们面对无边的暗夜，救国无门，急切中找到了中国文化的痼疾，从而把文化的批判和革新视为救亡图新、重铸民魂的唯一出路。我们从"五四"的先驱者身上看到了这种愤懑和激情。鲁迅从事文学的经历便是如此，他由寻找医治身体的"药"转而寻找疗救民族精神的"药"。鲁迅自述，这种转变起因于一次围观示众的、令他震惊的画面：

从那一回以后，我便觉得医学并非一件紧要事，凡是愚

---

① 鲁迅：《狂人日记》，《鲁迅全集》第一卷，人民文学出版社，1959年，第12页。

弱的国民，即使体格如何健全，如何茁壮，也只能做毫无意义的示众的材料和看客，病死多少是不必以为不幸的。所以我们的第一要著，是在改变他们的精神，而善于改变精神的是，我那时以为当然要推文艺，于是想提倡文艺运动了。①

　　这就是"五四"那一代作家的心路历程。中国新诗的革命运动走在了"五四"新文化运动的前列，早在《清议报》于横滨出版之初，编者即在该报设"诗界潮音集"发表诗歌，这种在新型的传播媒介发表诗歌的举措，传递了立志诗歌变革的意愿，实为正在酝酿中的诗界革命之先声。在正式提出新诗革命之前，业界沿用的"诗歌改良"的实践始于黄遵宪。1891 年，黄遵宪在《人境庐诗草》自序中说："仆尝以为诗之外有事，诗之中有人；今之世异于古，今之人亦何必与古人同？尝于胸中设一诗境：一曰复古人比兴之体；一曰以单行之神，运排偶之体；一曰取《离骚》乐府之神理而不袭其貌；一曰用古文家伸缩离合之法以入诗。"②他在思考，想在古典规范中"突围"，改良旧诗的意愿是坚定的，但毕竟障碍重重，他无法超越。诗歌改良的步伐于是就停止在他这里，他到底只是一位最初的勇敢探索者。

　　查文献，使"诗界革命"一词首先见诸笔端的是梁启超。1899 年，他游历夏威夷并写作《夏威夷游记》，正是戊戌政变流亡去国的一次远游。即使在这样万事萦心的背景和心境下，梁启

① 鲁迅：《呐喊·自序》，《鲁迅全集》第一卷，人民文学出版社，1959 年，第 5 页。
② 黄遵宪：《自序》，《人境庐诗草》，古典文学出版社，1957 年，第 1 页。

超依然没有中断他的诗歌变革的思考——因为他说过"欲新一国之民，不可不先新一国之小说"①，这当然涵盖了"必新诗歌"的理念。他殷切地呼唤发现诗歌新大陆的诗歌界的哥伦布和麦哲伦："要之，支那非有诗界革命，则诗运殆将绝。虽然，诗运无绝之时也。今日者革命之机渐熟，而哥仑布、玛赛郎之出世，必不远矣。"②随后，他亲自编选《晚清两大家诗钞》以倡导诗歌的解放。在此书题词中，他再一次深情预言："中国诗界大革命，时候是快到了。"③

在这些先行者的心目中，文学和诗的变革将导致人心的变革，最后达于实现"群治"的大目标。诗歌的变革是与国运的兴衰联系在一起的。国难深重，人们想到的是通过改变诗歌（当然还有小说和文艺）以改变人心，这就是此刻我们要予以强调的新诗革命的理想诞生于忧患的事实。

诗体大解放

在"五四"新文学革命的总体追求中，创造新文学，首先就

---

① 梁启超在《论小说与群治之关系》中写道："欲新一国之民，不可不先新一国之小说。故欲新道德，必新小说；欲新宗教，必新小说；欲新政治，必新小说；欲新风俗，必新小说；欲新学艺，必新小说；乃至欲新人心，欲新人格，必新小说。何以故？小说有不可思议之力支配人道故。"此文原刊 1902 年 11 月 14 日《新小说》第 1 号。

② 梁启超：《夏威夷游记》，《饮冰室合集·文集之二十二》，中华书局，1936 年。

③ 梁启超：《晚清两大家诗钞》题词，作于 1920 年 10 月，《饮冰室合集·文集之十五》，中华书局，1936 年。

是创造新诗歌，改变中国传统诗歌囿于狭小的文人圈子而严重与民众疾苦、社会兴衰隔绝的状态。"五四"新文学革命两篇宣言式的文字，胡适的《文学改良刍议》和陈独秀的《文学革命论》中对于旧文学的揭露和批判，其核心部分是针对诗歌而言的。胡适文中提及的"八事"，举凡"不用典""不用陈套语""不讲对仗""不避俗字俗话"等都是针对古典诗词的弊端而发的。在陈独秀的文章中，这种批判的锋芒更是直接指向了诗歌的"积弊"："东晋而后，即细事陈启，亦尚骈丽。演至有唐，遂成骈体。诗之有律，文之有骈，皆发源于南北朝，大成于唐代。更进而为排律，为四六。此等雕琢的、阿谀的、铺张的、空泛的贵族古典文学，极其长技，不过如涂脂抹粉之泥塑美人……"①

革新者认为，造成这种诗与人、诗与世隔绝的病根一是文言，二是格律。而在诗界革命的倡导者那里，这二者却是无法逾越的"天堑"——文言和格律令他们的革新难以举步。我们从前引黄遵宪诗歌改革的主张中发现，他为未来诗歌寻求的出路，他的设计蓝图，都被不由自主地限定在原有的古典框架内，冲破文言造成的障碍已非易事，其他如"复古人比兴之体""用古文家伸缩离合之理以入诗"，无处不有"旧面孔"的阴影在。首先是言、文脱节，再就是五、七言体的拘束，他即使想立"新"，而脚跟却站在"旧"地，这"新"无论如何是立不起来的。这就是他们的"改良"终致失败的缘由。

---

① 陈独秀:《文学革命论》，此文作于 1917 年 2 月 1 日，原载《新青年》第 2 卷第 6 号。

新诗实践者的以白话取代文言，以自由体取代格律体的决心就是据此而下的。晚清以来，对于诗歌与万众忧乐的脱节的不满已多有表达，改变诗歌现状，使之能够与现代社会的风云际会相谐，从而能应和日益精进的世界潮流，其目标是明确的。白话写诗可使言、文一致，口上怎么说，笔下就怎么写，再加上格律的打破，思想情感一如冲破闸门的水，可以无拘束地流淌。胡适清晰地表达了他关于创立新诗的理想，如下一段论述可以说是提纲挈领的：

> 这一次中国文学的革命运动，也是先要求语言文字和文体的解放。新文学的语言是白话的，新文学的文体是自由的，是不拘格律的。初看起来，这都是"文的形式"一方面的问题，算不得重要。却不知道形式和内容有密切的关系。形式上的束缚，使精神不能自由发展，使良好的内容不能充分表现。若想有一种新内容和新精神，不能不先打破那些束缚精神的枷锁镣铐。因比，中国近年的新诗运动可算得是一种"诗体的大解放"。因为有了这一层诗体的解放，所以丰富的材料、精密的观察、高深的理想、复杂的感情，方才能跑到诗里去。[①]

这一段文字的核心意思在于，指出通过使用白话和冲破格律

---

① 胡适：《谈新诗——八年来一件大事》，《星期评论》"双十节纪念号"第五张，1919 年。

的自由体以促成诗体的大解放。只有诗体获得解放，那些影响社会进步、民心改造的新知识、新思想、新精神才能得到承载和表达。也唯有如此，才最终使诗歌能够通往民心，影响并最终改善民心、启发民智。前已述及，整个的"五四"文学革命其缘起在于要以文学的革新挽救当前的危机。而他们认为，解救危机的最直接也最有效的途径，则是使诗歌和文学能够为民众所接受和亲近，从而提升全民的智慧和觉悟。

"五四"的先行者确认，他们寻找到了拯救中国衰微的"药"。为了疗救病入膏肓的社会，他们不惜以"破坏"精美绝伦的古典美的沉重代价创造新诗。看似一场大破坏的诗体大解放，其实质乃是人的思想冲破障碍的一场思想艺术的空前大建设。

嬗变从未止步

这种"以夷为师"的"破坏"，终于使诗歌冲破了完美的，然而也是坚硬的格律的壁垒，以白话书写的诗歌终于获得了充分表达现代人的思想情感的自由。与这种成就取得的同时，接踵而来的则是历时久远的对这番"大爆破"的质疑和拷问。最大的质疑是：这一新生的白话自由诗是否造成了与中国伟大诗歌传统的中断或割裂？更有则质问，既然承认这是"中文写的外国诗"，那么，它是否就此与中国诗歌分道扬镳了？这里有一段文字，传达了新诗创立初时读者对此的普遍疑虑：

《新青年》提倡新文学以来，招社会非难，也不知道多少。……其中独以新体诗招人反对最力。我们对社会这种非难，亦应该分别办理。一种是一知半解的人，他们只知道古体律体五言七言，算是中国诗体正宗；斜阳芳草，春花秋月，这类陈腐的字眼，之足以装点门面；看见诗有用白话做的，登时惶恐起来，以为诗可以这般随便做去，岂不是把他们的斗方名士派辱没了吗？①

　　对这一问题，百年来一直存在争议。其实，从中国数千年诗歌历史看，诗歌的应时变革是恒常的状态，诗体的更迭一般并不意味着倒退或停滞，反而意味着诗歌应和时代的前进和发展。文随世变。社会、民情、习俗、风尚、趣味，特别是语言都在悄悄地和缓慢而持续地演变。这些人们不易觉察的因素，时刻发生在我们身边，无不影响着诗歌的走向。其中，影响最大的则是语言的变化。口语总是如不肯停步的野马，随着时间的推移而不停地改变着人们的言说。而诗人写作则须对语言持一种不离不弃的虔诚。无疑，生活复杂化了，新的词汇随之涌现，这些新词不断地膨胀着，要冲破旧设的藩篱，于是就有了改变现状的革新表达的诉求。

　　静则思变。从漫长的诗史看，一个时代的诗歌一旦成型，必然酝酿着一场新的艺术革命。定以蓄变，新陈代谢，这是世间万

---

① 俞平伯：《白话诗的三大条件》，《新青年》第 6 卷第 3 号，1919 年 3 月 15 日。

物始终存在的潜隐的规律，诗歌也是如此。史书载，我国最早的"诗"，多为极短句构成，最简的是《弹歌》，见于《吴越春秋》："断竹、续竹；飞土，逐宍。"八个字，有韵，节奏感强，展现了一个飞动的画面。这是先人的智慧。早期的古典诗歌，以《诗经》为代表，基本是四字成句，四个字在我们的先人那里，已经能够非常熟练地表达复杂的情感和精致的内容。"昔我往矣，杨柳依依；今我来思，雨雪霏霏。"（《诗经·采薇》）整齐的句子，鲜明的意象，深刻的情思，以及优美的音韵，戍卒怀乡，内心凄苦，时隔千载依然楚楚动人。

四言体因为艺术和思想的成熟，把《诗经》从"诗"神奇地转换为"经"，使诗歌完成了中华文化的经典定位。中国诗歌以此为起点，开始旷古的远征。四言诗在曹氏三父子手中做到了极致。三曹中，尤以曹操成就最大。他的《短歌行》《观沧海》《龟虽寿》均为中国古典诗的经典之作。

> 对酒当歌，人生几何。譬如朝露，去日苦多。慨当以慷，忧思难忘。何以解忧？唯有杜康。青青子衿，悠悠我心。但为君故，沉吟至今。
>
> ——曹操：《短歌行》

这些四字组成的短句，相当饱满地展现生命的全部丰盈，时空辽阔，沉雄深厚，起伏跌宕，声韵悠远，人生功业与荣辱的彻悟融于其中，堪称千古绝唱。不难看出，从"杨柳依依"到"青青子衿"，四言诗已经创造了一个神奇而恢宏的诗歌时代。但是诗史并不就此止停，它仍在悄悄地、不停顿地积蓄力量，筹划着一场更为久远的，可以说是另一个划时代的诗学巨变。这是以五言替代四言的"一个字"的革命。《古诗十九首》就这样展现在人们的视野，它带来一阵让人错愕的惊喜。

就四言诗而言，嵇康无疑是此中强手。当他在四言的海洋抒发无尽的"忧愤"①之时，他的同代人阮籍已经走出了"四言"的疆域。阮籍以五言咏怀诗名世，沈德潜对阮籍的创作虽有微词，但依然肯定他延续了屈原的传统。②旧日评诗多以《诗经》与《离骚》为诗之两源，认定屈原的传统已是相当高的评价了。五言诗盛行于魏晋年间，当年出现了一大批杰出的诗人。"暧暧远人村，依依墟里烟，狗吠深巷中，鸡鸣桑树颠。"（陶潜：《归田园居》）陶渊明以清新生动的语言再现了乡村生活的场景，他无疑以一种崭新的方式创造了一个时代的高峰。

诗歌的"八代"或"六朝"的六百余年③，是五言诗的天下。但是不知不觉间一个诗歌的桃花源出现了，这里的景"芳草鲜美，落英缤纷"，这里的人"不知有汉，无论魏晋"。峰回路转之

---

① 嵇康有《幽愤诗》。《古诗源》："叔夜四言，时多俊语。不摹仿三百篇，允为晋人先声。"

② 《古诗源》："阮公咏怀，反复零乱，兴寄无端，和愉哀怨，杂集于中，令读者莫求归趣，此其为阮公之诗也。必求时事以实之，则凿矣。其原自《离骚》来。"

③ 尚永亮在《先秦汉魏六朝诗歌精选·前言》中写道："自东汉至隋，共经历了八个朝代，前人习惯上将之称为'八代'。又因三国之吴、东晋和此后南朝宋、齐、梁、陈均建都长江边上的建业（今南京），故简称六朝。"陕西师范大学出版社，2009年5月。

间，诗界再一次产生巨变。要是我们不介意这种不准确的概括的话，这次诗学革命则依然是增添一两个字的"革命"：从"一个字"（四言到五言）的革命发展为"两个字"（五言到七言）的革命。这种行进也是不假声色的、静悄悄的。六朝的鲍照在五言的丛林中作了"尝试"，世称："明远乐府，如五丁凿山，开人世所未有，后太白往往效之。"（沈德潜：《古诗源》）这里指的是鲍照自谓"奉诏而作"的七言体《代白纻舞歌辞四首》。他开了风气之先。

闸门一旦打开，那水就止不住。唐诗的潮流还未涌动，卢思道（隋）便等不及了，一曲《从军行》开启了七言的先河。评论曰："其诗以七言见长，风格刚劲，开初唐七言歌行的先声。"（卢思道，《从军行》）这里是他的例句："朔方烽火照甘泉，长安飞将出祁连。犀渠玉剑良家子，白马金羁侠少年。"由引文可以窥及并想见未来的唐家气象。这一次"两个字"的飞跃，把中国古典诗歌的成就推到了前无古人（甚至也是后无来者）的顶峰，而立大功的是如此这般新兴的七言体。七言诗，较之五言，只多两个字，却是无限地扩展了诗的表现空间。

接踵而来的是人们耳熟能详的初、盛、中、晚；是李、杜、王维、白居易；是春江花月，是枫桥夜泊，是大漠孤烟，是灞桥折柳，是说不尽的平平仄仄，仄仄平平。不妨设想，单凭那七言绝句仅仅 28 个字，其组成至多不过是 16 个词或词组（而且一般不允许一词重现），那些高歌狂饮在长安市上的诗人们为我们造出了多少惊心动魄的千古绝唱！而更为可贵的是，他们并没有因为自己的辉煌而摈弃前人的智慧。唐人是包容的，他们写七言，也写五言，写律诗，也写绝句，古体近体，乐府歌行，他们都写。这些诗歌世界的辉煌先前是不大讲的，因为太"旧"了。辛亥革命前后求新的革命党对比是排斥的。例如钱玄同就认为，这都是"独夫民贼"和"文妖"的嗜好。[①]这些来自诗人或学人的一时愤激的话语，我们当然无须认真。

辉煌伴随着非议，而诗的变革的脚步并未停止。辉煌到了绝顶，难道这路就不再走了？不对，诗体继续解放。从唐到宋，新生的变革是对已成定制的律绝的冲破。宋人可不管五、七成句的藩篱，他们主张长短句的"杂糅"，追求的是自由。当然宋词仍有它的体式，有各种词牌，也是对自由的"掌控"。但人们发现，许多日常用语理直气壮地进入了当时的诗（也就是宋的词）中。事情到了元、明两朝，就更不得了了，那些小令，简直就是日常口语的大展示。现今人们认为的"白话"，不仅大模大样地进入小说，而且进入像《西厢记》《牡丹亭》这样典雅的"诗剧"中。

回过头来看，所谓的诗体解放，难道只是胡适等人的发明或"原创"？其实整部中国诗歌史就是一部不曾停止的诗体的演变史。以《诗经》《楚辞》为起源，三千年间诗歌的变革一直持续进行着，步伐有大有小，改革有强有弱，但每一次变革都在不同

---

① 钱玄同在《尝试集序》中说："西汉末年，出了个杨雄，作了文妖的'原始家'。这个文妖的文章，专门摹拟古人：一部《法言》，看了真要叫人恶心；他的辞赋，又是非常雕琢。东汉一代，颇受他的影响。到了建安七子，连写封信都要装模作样，安上许多浮词。"见胡适：《尝试集》，亚东图书馆，1920 年。

意义上促进了诗歌语言与日常语言的紧密联系，都在不同的程度上促进了诗歌艺术的发展和进步。反观十九世纪末叶与二十世纪初叶至今的中国新诗运动，其实就是整体的中国诗歌史的造山运动的组成部分。这种体认，早在新诗的草创期就有人提及了："诗由三百篇而辞赋，而乐府，而五言，而七言。而词，而曲，都是循着一定的程径，由体裁底束缚而变为自由的。"①

胡适所说的"诗体大解放"与以往的诗歌变革相比，差别就在于，这次解放是大幅度的和极其深刻的，是一次"伤筋动骨"的大手术。具体说，在语言层面上，是否定文言改用白话；在诗体层面上，是打破格律改行自由。前已述及，诗歌语言的日常化，它的接纳口语入诗，乃是一种持常的行止。而诗歌格律体的建立，从初步到完善，也是一个持续不断的过程。对于格律的弃取，无疑是一次石破天惊的行动。它仿佛是一场强烈的地震。

血脉依然贯通

从以上的论述我们得知，"五四"时期的诗体解放乃是数千年持续不断的诗体变革的一个延伸。这个延伸类似于历史上四言到五言，五言到七言，或者类似于从唐诗到宋词，宋词到元曲那样的平常状态，并无特别之处。但对比之下，不同之处也是有的：新诗变革的跨度有了大的扩展，是从文言写作的旧诗到用白话写作的新诗的大跨越。但冷静观察可以看到，使用汉语写作的根基

① 康白情：《新诗底我见》，《少年中国》第 1 卷第 9 期，1920 年 3 月 15 日。

没有变，传达中国情思的内涵也没有变。它充其量不过是中国诗歌内部的一场适应时代潮流的大调整。它顺应了时变，但没有"脱轨"。这里特别要加以强调的是，要是说诗体的变革并不是中国诗歌所特有的规律，那么，在诗歌顺应时代的要求、必欲以诗歌的改变来为改变民心的动机并借以推动时代的进步来看，则完全是仅仅属于中国的一场"中国式的诗学革命"。

"诗言志"[①]是中国诗最基本的定义，亦可说是它的立命之本。由此可知中国诗学的核心是诗调和万物的实用性，即儒家所谓的诗的教化作用。教化的范围是宏阔的，涉及整个社会人心的劝谕与调适。以此为起点，诗甚至可以起到改变社会风气的政治讽劝作用，古时即有以诗为"谏书"之说。中国诗学强调诗应当在指导和匡正世道人心方面发挥它的特别功能，此即《诗大序》讲的，诗可以"经夫妇，成孝敬，厚人伦，美教化，移风俗"，所以才有"诗三百，一言以蔽之，曰：'思无邪'"（《论语·为政》）的概括。中国先人认为，一个地区诗教的展开可以改变那个地区的精神环境，所以，孔子才说："入其国，其教可知也，其为人也，温柔敦厚，诗教也。"（《礼记·经解》）这样的诗学论述，在中国传统典籍中比比皆是。

在古代，诗在人们生活中的地位极高，普通人通过诗表达情感和愿望，统治者也通过诗来考察民情和政绩。采诗和献诗乃成

---

① 《尚书·尧典》："帝曰：'夔，命汝典乐，教胄子……诗言志，歌永言，声依永，律和声。八音克谐，无相夺伦；神人以和。'"由此可知，此说大抵始于周代，后屡见于《庄子》《荀子》诸典籍。朱自清认为是中国诗学的"开山纲领"。

为一件"知得失，自考正"的重要手段。这再次证实，在中国，诗是有"实用"价值的。在古代，学诗、知礼可谓是人生之大事，所以孔子才教导他的儿子说："不学《诗》，无以言。"[1] 最经典的关于诗的重要性论述则是如下一段话："小子何莫学乎诗？诗可以兴，可以观，可以群，可以怨。迩之事父，远之事君。多识于鸟兽草木之名。"（《论语·阳货》）圣人古训，诗歌本身的"兴、观、群、怨"的功能，最终是用以"事父"（齐家）和"事君"（治国）的。说到底，诗非凡物，诗乃齐家治国之物也。

儒家学说主张以礼治天下，而让人知礼，莫过于学诗。这就是中国的诗学传统。要是我们认同了这一点，则谈论中国新诗与中国传统诗歌的关系就顺畅了。一百年前，我们的前辈有感于国难深重，一时救国无门，思及重铸民魂在于"诗教"，于是急切之中将一把手术刀递给了未来诗歌的改造——百年来充满争议的新诗就是这样应运而生的。由此观之，即使极端地说，新诗破坏了古典诗的"一切"（包括意境、韵味和声律），但是新诗却是非常完整地继承和维护了中国诗学的正统，这就是"诗言志"延伸过来的教化民众的传统。也许由于手术刀的操作出现了"割痕"，但是中国诗的血脉没有被割断。

中国诗学的血脉依然贯通今古，中国诗学传统并没有因白话新诗的出现而中断，而是得到了英气勃发的现代更新。这是一次传统诗学向着现代的延展。它的伟大成功在于，既使诗歌有效地

---

[1]《论语·季氏》："子尝独立，鲤趋而过庭。曰：'学《诗》乎？'对曰：'未也。''不学《诗》，无以言。'鲤退而学《诗》。"

渗入民众，基本做到言文相谐，同时令代表现代潮流的新思想、新观念顺利地进入诗中，又相当完整地保全了中国诗歌被朱自清所称道的"开山纲领"。[①]

一百年前胡适诸人发起的这场诗学巨变，乃是一场目光远大的旷世之举。其初衷是以诗救国、以诗新民，是以非凡的毅力和胆识，搬来西方的经验以为"样本"另铸新辞，而其源头则可远远地追溯到中国诗学的"诗言志"根本。这是一场史无前例的源于高远而归于宏大的诗学长征。

自由是生命线

新诗究竟为我们带来了什么？答案是，它为我们带来了千年诗坛的新气象，首先是它的自由精神。挣脱了语言上文言的枷锁，挣脱了形式上格律的镣铐，新生的诗歌好比是千回万转的一道激流，终于冲破夹岸的重峦叠嶂，来到一马平川的广阔原野。获得大解放的诗歌开始用稚嫩的嗓音，用没有任何束缚的方式传出它最初的声音。胡适在综述新诗最初的成果时认为，不仅是抒情，即使是写景的诗，"也须有解放了的诗体，方才可以写实的描画"；新诗的优长之处在于它的词汇量大，而"稍微细密一点，旧诗就不够用了"。[②]胡适特别看重新诗获得的新鲜而独立的声

---

① 康白情：《新诗底我见》，《少年中国》第 1 卷第 9 期，1920 年 3 月 15 日。

② 陈独秀：《文学革命论》，此文作于 1917 年 2 月 1 日，原载《新青年》第 2 卷第 6 号。

音,并使之与"旧词调"① 基本"切割"——他重视新诗有别于旧诗的自由独立的独特表达方式。"这时期的诗最重自由。"(朱自清:《中国新文学大系·诗集·导言》)

　　但自由不仅意味着诗歌形体的解放,而且意味着诗人人格的健全与独立,意味着觉醒的现代中国人表达新意识和新情感时有别于古代的新精神。但看此时的新诗,无疑是幼稚的、简单的,甚至是粗粝的,但它却是生机勃发的。这时的诗里出现了一个独立的新人:"我和一棵顶高的树并排立着,却没有靠着。"② 这样简单的描写是全新的。这里还有一道《小河》,胡适称"这首诗是新诗中第一首杰作",朱自清誉之为"融景入情,融情入理"之作。这首诗写的是农夫在小河中间筑堰,上流的水下不得——

　　　　一条小河,稳稳的向前流动。

　　　　经过的地方,两面全是乌黑的土,

　　　　生满了红的花,碧绿的叶,黄的实。

　　　　一个农夫背了锄来,在小河中间筑起一道堰。

---

① 胡适说:"我所知道的'新诗人'、除了会稽周氏兄弟之外、大都是从旧式的诗、词、曲里脱胎出来的。沈尹默君初作的新诗是从古乐府化出来的。……此外新潮社的几个新诗人,……傅斯年、俞平伯、康白情、……也都是从词曲里变化出来的,故他们初做的新诗都带着词或曲的意味音节。此外各报所载的新诗、也有很多带着词调的。"(《谈新诗》)胡适认为这些带着"词调"的是"一半词一半曲的过渡时代"。

② 沈尹默:《月夜》,《新青年》第 4 卷第 1 号,1918 年 1 月 15 日。

下流干了；上流的水，被堰拦着，下来不得：

不得前进，又不能退回，水只在堰前乱转。

水要保他的生命，怎须流动，便只在堰前乱转。

堰下的土，逐渐淘去，成了深潭。

水也不怨这堰，——便只是想流动，

想同从前一般，稳稳的向前流动。

一日农夫又来，土堰外筑起一道石堰。

土堰坍了，水冲着坚固的石堰，还只是乱转。[①]

"乱转"一词甚有意思，它活现了那种急切中奋勇冲决、寻求出路的情态。诗歌的生态就是如此，不断设限，不断冲破，不论是土堰，还是石堰，总要冲破。为了自由，一往无前，因为别无所求，"只想流动"，在流动中获得自由。周作人这首诗，即使不看它的内在精神，但看它的文体，也具有创新启示。作者诗前小序云："有人问，我这诗是什么体，连自己也回答不出。法国的波特莱尔提倡起来的散文诗，略略相像，不过他是用散文格式，现在却一行一行地分写了。内容大致仿那欧洲的俗歌；俗歌本来是要叶韵，现在却无韵。或者算不得诗，也未可知；但这是没有什么关系。"由此可以看出当日的先驱者那种不拘一格的自由精神。

---

① 周作人：《小河》，《新青年》第 6 卷第 2 号，1919 年 2 月 15 日。

在最初从事新诗写作的人们那里，追求自由地表达乃是共同的愿望。俞平伯说："我怀抱着两个作诗的信念：一个是自由，一个是真实。……真实和自由这两个信念，是连带而生的。因为真实便不能不自由了，惟其自由才能够有真正的真实。我宁说些老实话，不论是诗与否，而不愿作虚伪的诗：一个只占有诗底形貌，一个却占有了内心啊。"[①] 与其相似的是横空出世的郭沫若，他这样形容当年写作的激情：

当我接近惠特曼的《草叶集》的时候，正是五四运动发动的那一年，个人的郁积，民族的郁积，在这时找出了喷火口，也找出了喷火的方法。我在那时候差不多是狂了。民七民八之交，将近三四个月的期间，差不多每天都有诗兴来袭我。我抓着也就把它们写在纸上。当时宗白华在主编上海时事新报的"学灯"，他每篇都替我发表，给予了我以很大的鼓励，因而有我最初的一本诗集《女神》的集成。

但我要坦白地说一句话，自从《女神》以后，我已经不再是"诗人"了。自然，其后我也还出过好几个诗集，有《星空》，有《瓶》，有《前茅》，有《恢复》，特别像《瓶》，似乎也陶醉过好些人，但在我自己是不够味的。要从技巧的立场来说吧，或许《女神》以后的东西要高明一些，但像产生《女神》时代的那种火山爆发式的内发情感是没有了。潮

---

① 俞平伯：《冬夜·自序》，亚东图书馆，1922 年 3 月。

退后的一些微波，或甚至是死寂，有些人是特别的喜欢，但我始终是感觉着只有在最高潮时候的生命感是最够味的。[1]

　　郭沫若的《女神》最能代表"五四"时代的自由精神：自我解放、个性独立、狂飙突进、奔放激荡。他的诗歌意象是在传统中充盈着当代精神，凤凰也好，天狗也好，女神也好，都是来自古典，其内在精神却是古典所未见的完全的现代。郁达夫盛赞说，"完全脱离旧诗的羁绊自《女神》始"[2]。闻一多亦持此观点："若讲新诗，郭沫若君的诗才配称新呢，不独艺术上他的作品与旧诗相去最远，最要紧的是他的精神完全是时代的精神——二十世纪的时代的精神。"[3]郭沫若在胡适草创新诗之后出现在中国诗坛，仿佛是一个陌生的闯入者，但却是一个真正代表了新诗的时代精神的无拘无束的抒情的自我形象。但看他的天狗气吞日月的狂歌，他的凤凰涅槃的向死而生的咏唱，他的女神之再生的辛苦的创造，行文是天马行空，格式是前无古人。这就是自由的、独立的新诗。

　　自由给了诗歌以新的生命。除了郭沫若，当年还有一大批热情的歌者。他们行进在抗日战场上，在延河边，在白雪皑皑的东北平原，在层峦叠嶂的太行山山高林密的腹地……那些为自由而斗争的诗人们，他们不向世界要些什么，他们只需要一支笔，

---

① 郭沫若：《凤凰·序》，明天出版社，1944 年 6 月。

② 郁达夫：《女神之生日》，《时事新报·学灯》，1922 年 8 月 2 日。

③ 闻一多：《〈女神〉之时代精神》，《创造周报》第 4 号，1923 年 6 月。

天蓝的墨水，原稿纸。正如艾青说的，"而最重要的是发言的自由"，[1] 他们以自由的声音和姿态向着世界发言。太阳从人类死亡之流的那一边，向我们滚来，震惊沉睡的山脉；自由，向我们来了，从血的那边，从兄弟尸骸的那边，像暴风雨，像海燕。[2]

自由体诗的形式只是一个构架，它可以为诗人提供阔大的驰骋空间。而自由体诗的生命则在于诗人的自由理想的追求与表达，这正是全世界所有诗人的共同愿望。自由可以有诸多的表达方式，而新生的自由的体式无疑是其间最为顺达和亲切的方式。思想没有牢笼，自由得以飞翔。这里不妨插入一段近日发生的网络趣闻。2016 年度瑞典诺贝尔文学奖公布前，网络盛传叙利亚诗人阿多尼斯将获奖（后来证实是假新闻），腾讯文化网的记者在巴黎一家咖啡店采访了阿多尼斯。以下是采访大略：

（问：你怎么看待诗人与政治之间的距离？）答：……至于我自己，只对与自由、人类有关的政治感兴趣。（问：你也说过诗人的国度是自由，那么，你如何理解"自由"一词？在巴黎，你有敌人吗？）答：自由就好像空气，没有它，我们就无法呼吸。诗人的语言里流露出的就是自由。自由当然是有限制的，哪怕是在巴黎，不过这里仍然是一处能让我生活得很好的地方。在这里，我没有敌人，所有的人都是我的朋友，哪怕我的"敌人"也是我的朋友。我爱所有的人。

[1] 艾青：《诗论·诗人论》，三户图书社，1941 年 9 月。
[2] 以上分别是艾青《太阳》和田间《自由，向我们来了》的诗意。

我的敌人是"思想"，我的战争是"思想"的战争，我会反对一些观念和想法，但是我不与人作对。①

也巧，差不多是同时，网络上又传说，2016 年真正的获奖者是美国摇滚歌手鲍勃·迪伦。随后，又传出他拒绝受奖。② 在未经证实的声明中，这位真正的获奖者同样谈到了"自由"："瑞典科学院在给我授奖的理由中提到'诗意表达'，我的理解是'自由'。自由，这是一个能引起众多解释的词语。在西方，人们理解的仅仅是一般的自由，而我们理解却是一种更为具体的自由，他在于有权利拥有不止一双鞋，有权利吃饱饭。"

由此可见，中国新诗革命所造就的诗歌的自由体式以及它所代表的自由精神是多么可贵。它具有普泛的意义，它是诗的生命所在。所有的诗人，只要具有诗人的良心和品质，他们终将是自由的儿子。

音乐的文学

在中国传统诗学中，诗和歌本为一体，旧时的诗（词、曲）均可吟唱，于是方有流行至今的"诗歌"一词。相关典籍这样

---

① 2016 年 10 月 20 日，腾讯文化王晟发自巴黎。

② 新华社随后证实，此消息不确。鲍勃·迪伦于诺贝尔文学奖公布后确曾长达十多日未公开表态，被视为"无礼和自大"。2016 年 10 月 28 日，他电话回应说："太棒了，难以置信。"

讲到诗歌与音乐乃至与舞蹈的关系："故歌之为言也，长言之也。说之，故言之。言之不足，故长言之；长言之不足，故嗟叹之；嗟叹之不足，故不知手之舞之足之蹈之也。"（《礼记·乐记》）朱熹在这段话的注中说："今礼乐之书皆亡，学者但言其义，至于器物则不复晓，盖失其本矣。"朱熹说的"器物"，在另一处说的"名物度数"，疑指同一物事，应当是指除了作为内容的"义"之外的那些诗的因素，我理解是指与诗歌表达丰沛情感有关的那些方式。

上面的引述证实，诗歌的力量在于始发乎情，又以抒情的方式出之。长言也好，嗟叹也好，舞蹈也好，这些表现，一言以蔽之，关涉到诗的音乐性。中国古诗词是讲究声律的，这是先人有感于诗与歌密不可分的特性，倾数代之功的追求。齐永明年间是中古诗歌的转型期，沈约、谢朓等人将汉语"平上去入"四声的原理运用到诗歌创作中，为此制定了若干规约，造出了"一简之内，音韵尽殊，两句之中，轻重悉异"的声韵效果，[①] 终于完善了诗的音乐性的建构。前辈诗人、理论家经营了千余年，方才建立了中古以还近体诗的完整的声律体系。因为有了这一套严格规约，终于把中国古典诗歌送上了无可企及的巅峰。有道是，唐人"既闲新声，复晓古体，文质半取，风骚两挟，言气骨则建安为传，论宫商则太康不逮"，[②] 这就造就了诗的盛唐。

---

① 这里的叙述参看了尚永亮为《诗韵华魂——先秦汉魏六朝诗歌精选》所作前言。引号内引文见《宋书·谢灵运传论》。

② 唐人殷璠有关《河岳英灵集》的评论。

诗的盛唐的诞生，当然有很多历史的、社会的、经济的、文化的，乃至国际交流的因素，但是诗体的完备，经验的积累，尤其是诗歌律则的建立，对二诗学的完成是绝对不可忽视的原因。中国古典辉煌的出现，近体诗五、七言律绝各体的完美而缜密的建树（当然也还有仍具生命力的古风、乐府和新生的词）功不可没。但无论如何，毕竟"生不逢时"，曾经的辉煌遭遇了近代以来前所未有的生存危机的威胁。正如本文最初所描述的，为了挽救内外交困的衰微的国运，革命者寻找民族病根的结果，理所当然地要以"摧枯拉朽"的猛烈向着这个精神的和审美的"极美王国"挑战。

当日的人们普遍认为，是那些严格的格律影响了新思想的载入与传播，因此革命的第一步便是拆除格律造成的藩篱。一旦决心下了，行动最是神速。数年之间，不由得那些亲历者惊叹："那已是三代以上的事了，我们都是三代以上的人了。"[①] 笔者曾形容过当年的新诗革命者，仿佛是猴子进了古玩店，把那些精美绝伦的器皿不分青红皂白一律打翻在地，以为那些都是无价值的物件。这种扫荡性的"破坏"当然造成了伤害，也引起一阵叹息。但冷静省思并权衡利弊，这种翻天覆地的变革毕竟产生了崭新的

---

① 刘半农：《初期白话诗稿》序。原话是："那一个时期中的事，在我们身当其境的人看去似乎还近在眼前，至于年纪轻一点的人，有如民国元二年出世，而现在在高中或大学初年级读书的，就不免有些渺茫。这也无怪他们，正如甲午、戊戌、庚子诸大事故，都发生于我们出世以后的几年之中，我们现在回想，也不免有些渺茫。所以有一天，我看见陈衡哲女士，向她谈起要印这一部诗稿，她说：那已是三代以上的事了，我们都是三代以上的人了。"星云堂书店，1933 年。

诗歌形态，使得新诞生的诗歌和中国的社会现实产生了血肉相连的关联：诗，不再是文人书斋里的玩物，而是经时济世、强国新民的有用之物。他们做了前无古人的贡献。

事实非常清楚，在最初的革新者那里，严格的格律是一种需要搬开的巨石——因为它阻碍了诗歌通往日常生活的途路，也阻碍新潮语汇的进入，以及社情民意顺畅而随意的表达。这种观念甚至一直延续到如今，直至二十世纪五十至六十代："旧诗可以写一些，但是不宜在青年中提倡，因为这种体裁束缚思想，又不易学。"① 其实，不妨追问一句，那些杰出的诗人谁曾经被这种完美的体裁"束缚"了？事实是，愈是有才能的诗人，愈是能够在严格的律则面前得心应手地显示他们的才能和智慧。正如闻一多所说："越有魄力的作家，越是要戴着脚镣跳舞才跳得痛快，跳得好。只有不会跳舞的才怪脚镣碍事，只有不会作诗的才感觉得格律的束缚。对于不会作诗的，格律是表现的障碍物；对于一个作家，格律便成了表现的利器。"②

由于诗体的大解放，新诞生的诗歌一时陶醉在无障碍也不受拘束的写作狂欢之中。他们没有发现究竟失去了什么，他们只有一种获得自由的满足。但这种舍弃毕竟造成了永远的伤痛。有些中国人引为骄傲的美丽从此消失了，而且辉煌也似乎是永远不再！其实，即使是被新诗奉为范式的外国诗，它们在各自的语言中也是非常讲究诗的音乐美的。押韵、音步、句和节，都有极大

---

① 毛泽东：《关于诗的一封信》，《诗刊》创刊号，1957 年 1 月 25 日。

② 闻一多：《诗的格律》，《晨报副刊·诗镌》第 7 号，1926 年 5 月 13 日。

的声音上的安排与考究。外国诗中，如马雅可夫斯基，其诗行参差错落，却也是充满音乐性。马雅可夫斯基强调押韵的必要性："没有韵脚……诗就会分散。韵脚使你回到上一行，回想起前一行，使叙述一个思想的所有诗行共同行动。"（马雅可夫斯基：《怎么写诗》）其实，胡适在试验新诗的初期并非只是一路冲杀，他对于保持诗的特质是有考虑的。例如，他说过："诗的音节全靠两个重要分子：一是语气的自然节奏，二是每句内部所用字的自然和谐。至于句末的韵脚，气中的平仄，都是不重要的事。"（胡适：《谈新诗》）但想法是一件事，而想法是否实现又是一件事。

就这样，人们用一百年的时光赞美并享用新诗革命所带来的成果，同时也用一百年的时光念想与追慕往昔的荣光。开先是创造社的成员，以郭沫若为代表，他们"创造"最力，他们为新诗贡献了"女神"式的全新的、经典性自由体诗。紧接着也是这一些人，就在这些曾经的"芜芜"上，开始思考那种被中断的永恒之美的延续。二十世纪二十年代，创造社的中坚成员开始认真地进入新诗艺术层面的思考。郭沫若有专文研讨诗的节奏。以此为开端，他与穆木天、王独清、冯乃超、郑伯奇等，[1]以通信的方式互通诗艺理念。他们的讨论超越了草创期的"破除"的话题，改变了当初为"新"而忘"诗"的偏向，开始认真面对诗的艺术建设的庄严题目。他们开始为维护诗的审美品质而致力。他们此时

---

① 其间，郭沫若《论节奏》发表于《创造月刊》第 1 卷第 1 期，1926 年 3 月 16 日；穆木天《谭诗》、王独清《再谭诗》亦发表于同期刊物。这是一次新诗实践者密集而深入的讨论诗歌艺术的聚会。

揭起的名义是"唯美主义"。

"新月"诗人目的更为明确，那就是要为失去了格律的新诗"创格"①，要把自由得有点散漫的新诗再度格律化。他们重新谈论因为革命而被遗忘、被搁置的诸如韵脚、平仄、音节、节奏、格调、"调和的声音"等"陈旧"的话题。其实他们是在召唤诗的音乐之魂。新月的饶孟侃说："假如一首诗里面只有意义，没有调和的声音，无论它的意思多么委婉，多么新颖，我们只能算它是篇散文。"② 为此，也是新月的闻一多专文谈论诗的格律问题，指出"绝对的写实主义便是艺术的破产"，"世上只有节奏比较简单的散文，决不能没有节奏的诗"；他主张"节的匀称和句的均齐"，他明确倡导诗的"音乐的美（音节）""绘画的美（辞藻）"和"建筑的美（节的匀称和句的均齐）"。③ 为了证实他的主张，闻一多推出了示范式的作品：《死水》。

从"唯白话"到"唯诗"，历史走了一百年也没有走到。为了恢复"调和的声音"在诗中应有的地位，几代人进行着艰苦卓绝的努力。其间有创造社后期的一班人，新月的同仁，后来的卞之琳、何其芳和臧克家，直至当代痛感自由诗"无边的自由"导致诗歌语言鄙俗化的人们。要是再把二十世纪四十年代至五十年代陆续"倡导"的"民歌化"加上去，那么，这种寻求可真有点

---

① 朱自清语，《中国新文学大系·诗集·导言》。朱自清说："十五年四月一日，北京《晨报诗镌》出世，这是闻一多、徐志摩、朱湘、饶孟侃、刘梦苇、于赓虞诸氏主办的。他们要'创格'，要发现'新格式与新音节'。"

② 饶孟侃：《新诗的节奏》，《晨报副刊·诗镌》第4号，1926年4月22日。

③ 闻一多：《诗的格律》，《晨报副刊·诗镌》第7号，1926年5月13日。

"前仆后继"的壮观。当诗歌流同于口语和散文，当诗歌失去了节律和音韵所赋予的歌唱的美感，诗歌还存在吗？一百年未曾回答，一百年仍然等待回答。

推进一体化

诗歌始终独立地生存着，一个王朝的消失并不意味着诗歌的消失。同理，一个王朝的建立也未必意味着一个诗歌时代的新生。尽管中国诗史往往会以"唐诗""宋词""元曲"等朝代予以命名，但事实是，诗歌有它自己从诞生到极盛的生长周期，并不与朝代的更迭同步。唐朝消失了而唐诗依然活着。话说回来，从中国诗歌发展的事实看，一个时代的政治、经济、文化也无不隐潜地，同时也是间接地影响着（甚至一定程度地决定着）诗歌的生态。最明显的如唐、宋，还有晚清和近代。前者已为历史学家和文学史家所充分描述，而后者，正在受到注视。

其实所谓的"辛亥以来的大事"，正是指的中国新诗运动的产生与它所处的时代的决定性影响。近代以来的诗歌巨变，是应动乱而多变的时代呼唤而诞生的。在此时，诗歌可谓是"临危受命"，它不适当地承担了救国救民的重任。无独有偶，到了二十世纪四十至五十年代，一个大变局又把诗歌从"边缘"推到了"中心"。决策者大力号召文人的诗通往民间的结合与改造，新诗的民歌化成为一种主流的导向。当年一场范围宏大的辩论，其论题就是"新民歌有没有局限性"。所谓的"新民歌"，指的就是当日被推为"共产主义方向"的"大跃进民歌"。这种基本属于七言四句的体式，它是否存在局限性，乃是一个陈旧的话题，已经不用"讨论"，而人们依然陷于无尽的纠缠之中。

一个新政权的确立，有强势的行政力量推进并实现文艺（包括诗歌）的大一统。它希望创立一种与意识形态相一致的文学（诗歌）形态，特定的时代致力于推进颂歌体制的建立。在逐渐完善的"设计"中，这种诗歌从方法、形式、风格乃至用语渐趋一律化。其理论资源则是如下两点：第一，这是一种革命的现实主义与革命的浪漫主义相结合的诗歌；第二，这种诗歌是建立在民歌与古典诗歌的基础上的。大一统的诗歌冷淡并排斥"五四"新诗形成的自由传统。他们确认这种诗歌应成为肯定与歌颂现行生活秩序的"唯一正确"的方式。

诸多事实都在证明，这种意愿正在逐步成为现实。此前，在中国西北出现了一首仿照民歌体的叙事长诗，一时被树为"方向"。论者称："革命的文艺如果不学会自己的民族形式，即劳动人民所喜见乐闻的形式，哪怕内容很好，也不可能在几万万人民的头脑里把旧文艺的影响打倒、肃清。"[1] 随后又兴起一种时尚叫"三面红旗"（"总路线""大跃进""人民公社"），于是呼唤并制作了"大跃进民歌"，据说也是新方向。论者称："他们唾弃一切妨碍他们前进的旧传统、旧习惯。诗歌和劳动在社会主义、共产主义新思想的基础上重新结合起来，正是在这个意义上，新民歌

---

[1] 陆定一：《王贵与李香香》序二，生活·读书·新知联合发行所，1949 年 8 月。

可以说是群众共产主义文艺的萌芽。这是社会主义新时代的新国风。"① 这些，都是在为一种统一的诗歌作舆论准备，目标是建立和推进一种排他的大一统的单一诗歌工程。

"大跃进民歌"运动是致力于诗歌一体化的一次最集中的表现，号召举国上下"人人是诗人"，其结果是人人都用同样的词汇写同样的诗。事情开了头，接着就有无尽的跟进。到了"史无前例"的年月，诗歌在完成一体化的同时也走到了它的尽头。在"史无前例"的年代，诗歌被用来反复地、不厌倦地歌颂同一件事物、同一个人，表达同一个主题，而所有的颂歌使用的也都是同一种词语，同一种比喻，司一种调门。这一切证明，诗歌已经走向"断头路"。除非另辟蹊径，前面已无路可走。

然而，诗歌表现了它的忘情的生命力，诗的绿意在萌动着，在冰雪覆盖的荒原上，诗的春天在悄悄孕育。一旦环境改变，自由的空气从敞开的窗口吹进来，诗歌新生的芽孢就开始迸发。幸存者们从流放地一身褴褛、一身伤痕地归来，那些被剥夺了青春和阅读的青年带着他们在"知青点"昏黄的油灯下写在笔记本上的诗稿归来。在远离家乡的荒原边地，他们隐秘地传递着那些不被允许的阅读，抄家残存的诗集以及专供批判用的"封""资""修"书籍成为一代人极度饥饿、极度贫乏中的精神"补给"。就这样，他们在地下状态秘密地写作，终于接续了割断的文脉，接续了"五四"中断了的自由歌唱的传统。

---

① 郭沫若、周扬：《红旗歌谣》编者的话，红旗杂志社，1959 年 9 月。

破冰之旅

时机终于来到，二十世纪七十年代后半叶，持续了十年之久的动乱终于结束。那一年，十月的阳光分外明亮，人们打开久闭的门窗，让清新的空气吹进来。如同一百年前的际遇那样，在迎接阳光的同时，迎接了百年来的另一件"大事"——这当然不是别的，仍然是诗歌。在秋阳灿烂的北京街头，具体说是在当年北京的西单民主墙，在关于民主自由的众多言说中，赫然出现的是诗歌庄严的宣告：

历史终于给了我们机会，使我们这代人能够把埋藏在心中十年之久的歌放声唱出来，而不致再遭到雷霆的处罚。我们不能再等待了，等待就是倒退，因为历史已经前进了。

马克思指出："你们赞美大自然悦人心目的千变万化和无穷无尽的丰富宝藏，你们并不要求玫瑰花和紫罗兰散发出同样的芬香，但你们为什么却要求世界上最丰富的东西——精神只能有一种存在形式呢？我是一个幽默家，可是法律却命令我用严肃的笔调。我是一个激情的人，可是法律却指定我用谦逊的风格。没有色彩就是这种自由唯一许可的色彩。每一滴露水在太阳的照耀下都闪耀着无穷无尽的色彩。但是精神的太阳，无论它照耀着多少个体，无论它照耀着什么事物，却只准产生一种色彩，就是官方的色彩！精神的最主要的表现形式是欢乐，光明，但你们却要使阴暗成为精神的唯一合法的表现形式；精神只许披着黑色的衣服，可是自然界却没有一枝黑色的花矣。"四人帮的文化专制主义就是只准精神具有一种存在形式，即虚伪的形式；只准文坛上开一种花朵，即黑色的花朵。而今天，在血泊中升起黎明的今天，我们需要的是五彩缤纷的花朵，需要的是真正属于大自然的花朵，需要的是开放在人们内心深处的花朵。①

　　这是一纸诗歌新生的宣言书，也是一纸声讨文化专制主义的义正词严的檄文。在如上的一段话里，它引用了马克思对于当年普鲁士报刊审查制度的严词驳斥。在特殊的年代，这些引用具有鲜明的自我保护的用意，无疑也是睿智地选择了有力的批判角度。诗歌就这样与奔涌而至的思想解放的大潮紧密地联系在一起。这仿佛就是距今大约一百年前"五四"新文化启蒙运动情景的重演。历史就是如此多情，它会在行进的某一个时段以特殊的方式唤起人们的记忆，而且不失时机地重现它近似的场景。毫无疑问，《今天》为我们带来了中国诗歌复兴的新信息，也带来一场空前激烈的诗学论争。此事也是历史对人们多情的提示，它同样要我们不忘距今大约一百年前伴随着新诗诞生的那场激辩。

　　对于朦胧诗在二十世纪七十年代末的崛起，如今的中国诗歌界已经作了充分的论证，对它的价值与贡献，也作了恰如其分的评价，已经没有必要重复了。事情也许就是如此，朦胧诗的出现

---

① 《今天》编辑部：《致读者》，《今天》第 1 期，1978 年 12 月。

带来了一场巨大的诗学革新的风暴：一方面，它扫荡了把诗歌引向愚昧加偏执的时代氛围；一方面，它以自由而新鲜的写作修复了当代诗歌与"五四"传统的历史性断裂。而更重要的贡献则在于，它改变了由于特殊的战争环境以及意识形态的需要所形成的排他的一体化格局。

盗火者从奥林匹斯山上盗来了光明的火种，它点燃了中国诗歌被尘封的创造热情。它犹如一柄利斧，无畏地在坚冰之上劈开一道裂缝，让那些盈盈春水喷涌而出，不仅是现代主义或象征主义的潮流，更是思想艺术的空前大解放！它提醒我们重新认知，诗歌不仅是大众的，更是个人的，离开个人自由心灵的独特创造和独特表达，诗歌几乎就无法达到通往大众并唤起大众的目的。正如前引马克思的话所形容的，每一滴露水在太阳的照耀下都闪耀着无穷无尽的色彩，自然界不存在一种黑色的花朵，也不存在唯一的一种花朵，而是存在着千姿百态的、无穷无尽的、色彩缤纷的花朵。朦胧诗的崛起宣告了诗歌恢复它的自然生态时代的到临："从星星的弹孔里 / 将流出血红的黎明。"（北岛:《宣告——献给遇罗克》）

追求学养与人格的统一

　　闻一多先生遇难的时候，我还是一个少年。但他的牺牲给我的心灵以震撼。我来不及理解他的博大精深的学说，也来不及理解他的丰富伟美的人生。但我能够理解他对邪恶和强权的抗争，因为我和他生活在同一片天空下、同一片大地上，共同体验着濒临绝望的感受。他的那篇最后的讲演，是一篇向着黑暗宣战的檄文。闻一多的死深深地打动了我这个少年的心。在我有限的知识中，知道岳飞，知道文天祥，知道中国历史上千千万万为国家、为民众、为自己的理想义无反顾地赴死的英烈，我认定闻一多就是他们中毫无愧色的一位。

　　那时闻一多先生给予我的启发还不是诗和学术，而是他的人生追求和理想精神——他认定了一个真理，明知前面是火海刀山，他也毫不犹豫地向前走去。他就是这样在黎明到来前的最黑暗的时刻，把鲜血洒在了昆明街头。他的献身精神感动了我，使我知道什么样的人生是庄严的和崇高的。后来我年龄渐长，懂的东西也多了，才知道作为诗人、艺术家和学者的闻一多，才知道他的伟大的创造精神和海洋般的渊博。

人的一生是很短暂的，至多不过百年。但人为着未来的创造却要付出大约人生全过程的 1/3 的时间做准备，这就是学识与经验的积累和训练。待到拥有创造的可能时，人生的极限也快要到了，这是作为人谁也无法逃避的悲剧命运。闻一多创造了生命的奇迹。他把生命精练化了，他的勤奋和智慧，使他在刚及中年时，便在所涉及的领域都造出了让人惊叹的成绩，而且都体现为到达极限的状态。更为让人惊奇的是，他涉及的范围竟是那样的广泛！

最早出现的是诗人的形象。从《红烛》到《死水》，闻一多创造了当时是、现在依然是的新诗创作的经典性的作品。他的建设性的新诗理论不仅极大地影响了"新月派"的创作，而且也极大地影响了中国新诗的创作，特别是建立新诗格律的理论的提出，至今也仍然是未曾过时的理论命题。数十年后的今天，在回望中国文学百年的各种评选中，《死水》始终列名为数不多的得分最多的佳作的行列，这是历史对于闻一多贡献的肯定。

接着我们看到了作为学者的闻一多。易经、诗经、楚辞、庄子、乐府，更有唐诗。古代神话、古文字学、音韵学、民俗学……从中国文学到中国文化，很少有闻先生未曾涉猎的领域。更让人吃惊的是，闻先生还是一位艺术家。他画过素描，设计过书籍封面，还有戏剧布景。徐志摩描写过的闻先生早年的居室的特殊布置，加金边的纯黑色的四墙，体现了作为诗人的艺术家情怀，更是一段文坛佳话。

郭沫若曾经这样评价过闻一多："他的智慧若用在自然科学方面则是爱迪生、牛顿那样的人物。"这是对他的智力所能达到的一种评价。闻先生把他的智力用在艺术、诗和人文科学方面了，他创造了一般人难以达到的境界。他完成了一个全面的人：诗人和学者的统一、艺术家和爱国者的统一，质言之，是学问和做人的统一。

闻一多做学问到达了一个高境界，做人也到达了一个高境界。他做学问，到底也是为了做人。做学问的最终，也旨在改善人生，改造社会，使人类向着文明进步的方向发展。闻一多用生命写就一本大书。我们读这本大书，始终是在仰望一座高峰，这是我们用毕生的精力也无法到达的高峰。

伟大的作家、学者是社会的脊梁，在他们身上有着时代的巨大担当，学养与人格的完美统一，是历史精神的真、善、美在他们单个人生中的必然和谐，社会将因为这些敢于用生命担当的灵魂而走向更美好的新境，历史将因这些勇猛献身的赤子而充满骄傲！

博思雄辩的格调

——为《凡圣之间》序

　　易洪斌善画能文，所作奔马，飞云流火，英风烈慨；他也画虎，画人物。这里要谈的是多才多艺的易洪斌的另一种本领——散文的写作。易洪斌的散文所写的内容涉及甚广，但偏重于历史性题材。有几篇是自述性质的，记载了对父母的怀念，这些文字在叙述中抒发着深深的亲子之爱，非常感人。《凡圣之间》写父亲平常、执着而又认真的一生。其间有警语，写父亲的悄然谢世时说，死亡"在父亲沉睡之中到来，来得轻柔而又残酷，平静而又凄厉，温馨而又惆怅"，接下来的一句话是："任何向妇孺和老人出手的暴力都是卑劣的，这个死也一样，我诅咒它！"《龟虽寿》也写父母晚年的日常生活，对风格豪放的易先生来说，这些怀念父母的文字却是非常的婉转细腻的——它们表现了儿女情长的一面。

　　当然，最能体现易洪斌雄健博大的文风的，是他的那些涉及历史题材的文章，这些文章，寓深刻的哲理思考与个人兴寄于丰富的史实之中，着眼的是六视野和大胸襟的抒发。《千年等一回》最能说明作者历史知识的渊博，它从秦始皇陵寝的兵马俑说到汉唐立国以及天下兴亡的道理。旁征博引，视野开阔，纵横三千载，指归于当世。这是一篇博思雄辩的大文，充分显示出作者占有和运用史料以及缜密思考并艺术地表达这种思考的功力。这样的文章还有《他成全的是历史——回望西楚霸王项羽》，以及他那气势磅礴的一唱、再唱、三唱阳关的"阳关三叠"等等。"你可以想象，在浩瀚的塔克拉玛干大沙漠里，当朝暾乍露晨光初动之时，那衔尾前行远送东方文明的马队留下的拉长的影子如何日复一日坚韧不拔地在沙丘上缓缓移动；当落日熔金暮云合璧之际，一片苍茫中，带来域外信息的悠扬、粗犷、苍凉的驼铃声是如何穿越时空响在自己心头……这时，你真的会涌起一股要向冥冥中的历史老人，向几千年前每一个走在丝绸路上的先行者合十颂祷的强烈冲动……"这样的文字是随手拈来的，在他的文章中到处可见，都是一些很强悍的、很坚韧的文字。这些展现了历史风物和足迹的文字，很能说明易洪斌散文的基本特征：他为文有大气势，不以精细委婉见长，而追求风格的遒劲放达。

易洪斌的文章有他自身的特点，那就是进步的史观和精深的史识，以及气势磅礴的文章风格，总的说来，他是自成一家的。奔放热烈，旁征博引，汪洋恣肆，气象万千，于述事中饱含情感，这些，大抵可称为易洪斌文章的大格调。

从"史诗"到"诗史"

——读正文组诗《光辉的八一》

　　这支光荣的军队已经为正义的事业奋斗了整整 80 年，他们伴随着中国人民追求民族解放、社会进步的英勇抗争而行进在漫长的征途中，以自己的汗水和鲜血写就了一部雄伟壮丽的史诗。

　　这部史诗是由无数可歌可泣的人物和事件所组成。说不尽的艰难困苦，写不尽的碧血丹心，围追和堵截，突围和会师，进军和退却，历史的长空中呼啸着前进的呐喊和胜利的欢呼。这是多么壮阔的画面和场景！任何浩瀚的文字和卷帙，都不足以展示它的多姿与多彩。然而，面对着这部篇幅巨大的史诗性题材，正文同志却反过来要写一部"诗"的"史"——他选择了一条最具挑战性，也最险仄的路，他要用最简约精练来表现空前的博大丰富。

　　《光辉的八一》从文体上看，是由 10 首内容互异的短诗组成的一个组诗。这 10 首诗要是比喻为 10 个乐章的话，全诗就是一部雄伟壮丽的交响曲。这部交响曲的主题是中国人民解放军 80 年的建军史。10 章诗篇分别为：南昌枪声、井冈风云、长征岁月、延安灯火、命运决战、和平征途、东方巨响、精兵之路、科技强军以及新的使命。我们都知道诗是最"吝啬"的文体，当别的文体可以满纸铺陈的时候，诗却在那里字斟句酌。诗人正文的智慧与才情在博与精、繁与简之间遇到了考验。他不仅要用最少的文字表现最丰富的内容，而且这种表现还必须是鲜明、生动而充满诗性的。

人民军队从战火硝烟中走来，走进了和平建设的新时代。军队把以往的战绩和功勋留在了身后，它开始了新的使命和新的征程。这些军史的新元素，都被诗人有效地组织在他的交响乐章之中。诗人的构思将人民军队的历史作了时代性的划分，除了以重笔书写我军从小到大、从弱到强的光辉战斗历程，他非常重视在和平时代军队所进行的一系列建设性工作，以及它在应对自然灾害和保卫人民和平生活方面所立的新功。诗人在强调继承军队光荣传统的同时，以饱满的激情讴歌了军队在历史转折的新时期建树的新的功勋。从第六首开始，至第十首，他用非常可贵的一半篇幅来写战后的历史。这是《光辉的八一》的重点和新意所在。

既然采用"诗"的方式来写"史"，那么简约与精练就是首先必须遵循的原则。皇皇一部军史，上下 80 年，浴血奋战，惊天动地，这一切的多彩与繁盛，都要"装在"短短的 10 章短歌之中，这是多么"苛刻"又多么"吝啬"的要求啊！但这几乎是

"诗"的铁律，是不可违抗的。《光辉的八一》共计 10 首，每首 12 行 80 个字，每字都富有表现力！

当然先决的还是合理布局，一切都要"节省"。在写作的策略上，是点到为止，"不可久留"。例如"延安灯火"这一章，上半阕写枣园，写延河，下半阕转向外边，写青纱帐，写芦苇荡，前者是北方的大平原，后者是南方的水网地带，是暗示延安在向全中国展开。字字都金子般宝贵，一点都不敢"浪费"。

和平时期的军队，依然继承着军民一家的光荣传统。哪里有困难，不论是地震、洪水、矿难，平日里的守边、农垦，乃至类似非典突发事故，哪里需要军队就在最需要的时间地点出现，他是人民的守护神。"和平征途"仅用"无怨无悔写春秋，四海为家走天下"14 个字来概括。"播绿洲，守边卡，架彩虹，建广厦"，言简而意赅，有巨大的概括力和思想容量。传统写诗讲用典，用典最直接的好处是可以"节省"词语。《光辉的八一》作者深知此妙，不过他用的是"今典"而非古典，例如，"烽烟滚滚""霓虹灯下""沙场点兵"等。

只讲简约而不生动不行，只顾交代而缺乏诗情更不行。整个组诗的开头非常有力，最初 4 个三叠句，分别用了"稠""疾""吼""低"4 个形容词，分别通过浓度、状态、声响和高度来形容建军初始环境的险恶。战士的血如雨，不是一般的雨，是浓稠的血雨。空气中弥漫着血腥味，那是腥的风，风的飘行不是一般的急，而是"疾"（"疾"的选用让人惊喜），是一种难以言说的情状了。历史从南昌的枪声开始，所以出现了赣江的

"吼"，江面上压着乌云，情调低沉而压抑。首章始于悲怆而终于欢悦："人民有了子弟兵，光辉日子是八一"，明朗而热烈。"不靠天，不靠地，求解放，靠自己"，也明畅可诵。

写到井冈山，心情略为和缓，我们终于有机会欣赏山间的风景了。诗人用"挺"字来形容满山的翠竹，这些竹子因红军的到来而充满生机。后半句"飞瀑扬"的"扬"也十分传神，那山间的流水似乎也在播扬着什么。这些均可见诗人的文字功力。最妙的是"东方巨响"中的"出阳关，饮酒泉，走戈壁，育马兰"。其中"饮"字和"育"字把中国试验基地的地域和自然环境加以生动地烘托。这里"风啸云涌破九天"句，也是气势非凡。

组诗格式一律，是每首上下两阕，均是六行，前面四个三叠句，紧跟着是一个类似七言绝句的体式。因为句式字数都不变化，增加了写作的难度，所幸诗人运思精妙，多有奇兀章句出语惊人。"命运决战"的起句便是一例："剑似山，民为峰"，"剑似山"字面直解应当是说人民战争的长枪长矛聚成了一座巍巍高山，"民为峰"则是彰显民众的伟力——他们是山体的一个部分。而从另一个意义上看，诗人又似是在作另一种比喻：军队是剑，人民是剑的锋。我在这里有意地把"峰""锋"作了置换，是想证明诗人运思的丰富。

军队诗人和作家为中国的文艺发展繁荣作出了重大的贡献。从将军到士兵，他们的创作丰富了中国文学的内涵，全面增强了文学的整体水平。早年萧华将军作《长征组歌》，气势恢宏，曲调优美，一直传唱至今。现在我们读到的《光辉的八一》，可以看作是《长征组歌》的续篇，要是有人将其谱曲，未尝不是一段文坛佳话。

从"史诗"到"诗史"，《光辉的八一》走的是一条艰难的路。所幸，它克服了困难，取得了成功。

有一种感动叫慰藉

——读刘希全的诗

　　案头有刘希全的三本诗集，最后一本叫《慰藉》。按我的阅读习惯，由后面往前读。最先读的是《祭奠》，诗人为汶川地震而写。一开始就是一串死者的名单，从九十岁到三岁，依次排列。名单之后是亲人间撕心裂肺的对话。读到这里，我的眼睛润湿了——他的诗把我带回了那场大灾难的现场。这是诗人"一个人静静的永远的祭奠"，他几乎不用一个形容词就打动了我。

　　随后读的两首是《一次车祸》和《重复》，顾名思义，后者是前者的"重复"。两次车祸媒体都有报道，实有其事，不是虚构。《一次车祸》中，诗人再一次使用了简单排列的句式："第一辆车从一个人的身体上碾了过去。"紧接着第二行："第二辆车从一个人的身体上碾了过去。"如此简单的重复，一直排列到第十三辆车！十三辆车，所有的司机都对那一个人的"身体"熟视无睹，无一例外地从开始还是生者、后来成为死者的身上"碾过去"！直至第十四辆车出现，忍无可忍的人们用喊叫，用摇动的双手，甚至用木棍抵住了它的速度，终于避免了第十四次重复。

可是"重复"并未避免。事隔八年，在另一个时间，在另一个地点，那一场令人惨不忍睹的悲剧，却以更加触目惊心的方式"重复"了！这就是我读到的诗人的第三首诗:《重复》。也是一次车祸，一个人（开始没有死，后来）死了，另一个人活着。活着的人为了救他的同伴，先后向有可能挽救同伴生命的人下跪十三次。《重复》的写作很特别，一开始就是一字不差地"重复"《一次车祸》的开头，那次是十三次"碾过"，这次是十二次"下跪"，数字有点差别，而惊人的重复却是事实。是什么在重复？是冰冷！即使事件发生在夏夜，也还是冰冷！我们面对这样冰冷的事实，能责怪诗人笔墨的"不含蓄，不委婉"，单调、沉闷、而且是如此一再地"重复"吗？

三首诗读过，心意难平。这些充满泪水的诗篇，只能用这样的方式，只能用现在这样简单、素朴、不加任何装饰的词语和结构，用极朴实无华的言说，才能传达我们内心的伤痛以及难以掩饰的愤怒。至哀无文！这是处理这类题材适当的方式。也许是诗人长期从事新闻工作的缘故，他崇尚通过诗歌"如实说出"。这正应了通常说的"让事实说话"的道理。读者也许会觉得其中有某种欠缺，例如我们通常说的少了点"诗意"什么的。其实，这一类诗的诗意，全在言语之外。诗人此刻的"无言"，正是诗人心中的"不尽之言"。

希全习惯于用单纯来表现复杂，用近于白描的"实录"来表现丰富，他以他所擅长的方式，用来传达他内心的积郁与沉淀的激情。他的诗风恬淡而高远，清朗而简约，少夸饰而绝奢靡。他善于以表面上的不动声色，来表达内在的炽热和滚烫。他总在有意地追求并实践他认定的"朴素的诗歌"主张：要写出朴素的诗歌，删除多余的想象和比喻；删除所有的妄念和预言；我的笔迹，浓重，锐利，不让它有回旋的余地。

《报纸上说》《切换》《一天》，都有类似此类借重新闻的特点。特别是《一天》，副题是"2007 年 6 月 13 日《新京报》"，几乎就是那一日报纸标题的分行排列，却是非常真实地展现了我们日常生活的琐屑和纷繁。按照通常的理解，人们会以为诗人的着意有悖于诗的抒情习性，而这正是他刻意的追求：他要在人们的"熟视无睹"中揭示世间不应有的"忽略"，他要予以针砭的是普遍的冷漠和麻木！唤醒是更深切的抒情。

这也许就是希全把他的诗集命名为"慰藉"的缘由。诗人在后记中说："'慰藉'这个词里，有现实生活，有人生，有生命，有疼痛，有爱，有回忆，有遐思。"关注我们的日常生活，关注日常生活内中蕴含的快乐和忧伤，新生的欢娱还有令人难安的积弊，这就是诗人为自己写作确立的准则。他不能忘怀他现今生活和工作的城市，更不能忘情于生养他的那座遥远的小村落。他的一颗诗心，一半分给了城市，一半留在了乡村。他总是通过他的诗篇，寻找心灵的慰藉。

南宋村，胶东半岛偏远的一个小村庄。它是"世界上最好的村庄"：旧槐树的好，新槐花的好，母亲低头写信的好。他总是这么想着，念着，家乡、田野，那里生活着他的父辈和同辈，那里有埋葬着亲人的坟地。春天了，地面开始微湿，蜜蜂开始凌乱地飞，有时会弥漫着白色的雾气，所有的人看来都幸福，忘了昨夜的叹息和哀伤。诗人对此充满了思念。他有时会责备自己的远离，幸而他未曾遗忘："我偶尔回来，我看见／太阳正在落山／当我闻到草木气息，当我／走进屋子，并在一把木凳上坐下／我和南宋村都转悲为喜"。

不曾相忘，不曾相忘充满纷扰的昨日和今日，不曾相忘昨日的乡村和今日的城市，惦记着那里的一切，一切的欢乐和悲苦，这就是慰藉。慰藉是令人感动的。

时代呼唤诗歌的担当

诗歌是空前地活跃着并丰富着，有许多迹象都表明，当今的诗歌创作正处于史上最良好的时期。写诗的人多，作品更多，频繁举行的研讨会和首发式、层出不穷的诗集和诗刊、名目繁多的评奖和层次不同的诗歌节，在中国文艺界，诗歌可谓夺人耳目。即使是对当前诗歌激烈质疑的人，也很难无视和否认这些事实。特别是在举国哀伤的汶川以及玉树大地震中，中国诗人的声音可谓感天动地。

令人惊异的是，面对诗歌的这种局面，除了那些写诗的人在那里自我欣赏，在诗人圈子以外，却是赞誉之声甚少而不满的言谈居多。通常听人议论诗歌，有一种说法是"写诗的人比读诗的人多"，另有一种说法是"诗多，但好诗少；诗人多，但有影响的诗人少。"说的可能都是实情。但是反过来看，诗人多，诗人写的诗多，总不是坏事，这说明在商潮滚滚中还有众多的人热爱诗歌，这种热爱至少意味着一种不俗的趣味。对"读诗的人少"的议论，也要加以分析：当下丰富的传媒手段夺取了众多缺乏时间以及更缺乏耐心的受众。一般说来，在匆忙的环境中匆忙地读诗，几乎是不可能的。因此，我们原也不必为诗歌的读者少而懊丧。

但是，这一切并不能排除诗歌自身的原因。二十世纪九十年代以后，包括进入新世纪的这十年，诗歌创作的确存在一些盲点，一些误区。剖析这些盲点和误区，纠正一些偏见，共同寻求诗歌重新赢得读者信任的契机，从而释放我们的焦虑，无疑有助于新诗的前进。我本人对这一时期诗歌的评价，也持一种审慎的态度——我认为数量多、产量大并不等于质量高、影响深远——热闹并不等于繁荣。事实是，我们在造就了丰富的同时，也造就了贫乏。因此，我一直强调：慎言繁荣。

先说诗歌界重大现象的"个人化"。个人化取代群体意识，的确恢复了诗人主体的自由属性，从而使诗人的自我表现成为一种常态。诗歌创作的个人化无疑是对诗歌性质和规律的再确认。它象征着历经曲折之后的诗学认知的进步。诗人的自我省悟和内心开发没有过错，但是当这种倾向成为非此不可的潮流，其流弊就是显而易见的。诗歌个人化的成果确实被滥用并极端化了，它使一些诗人误以为诗歌的职责只在于表达个人内心的碎片，甚至形成了内心与外界的阻隔以至"短路"：相当多的诗歌忘却自身以外的世界，而只沉迷于自说自话，诗歌于是成为仅仅表现个人私语与梦呓的专用形式。

另一重大误区是在诗的语言和形式方面。新诗建立之后对于诗的音乐性与节奏感的忽视乃至取消，这已是一个历史陈案，松散而直白的语言荡涤了诗歌本有的意趣与韵味。后朦胧诗时代对口语化的片面提倡，加速了诗歌的语言平面化与粗鄙倾向，诗歌创作中充斥着"今天我去找你，你妈说你不在"之类的所谓诗句。诗歌在一些人那里已变成"最容易的"文学手段。这些所谓的口语诗把新诗仅存的一点诗意剥夺殆尽，人们有理由怀念并呼吁本来属于诗的那些优美的语言、高雅的意境、悠长的韵味，以及鲜明的节奏，这些诗的基本属性的回归。

的确，诗歌写作从来都是一种个人的行为。尊重这种写作的独特性，是维护诗的神圣感的最起码的准则。但尊重个人对于世界的独特感悟，并且尊重完全取决于个人的对于写作的处理方式，绝不意味着诗人可以忘却并且拒绝对于社会的关怀。所谓的写作的冰点或零度状态，或者所谓的"诗到语言为止"，都是一种观念的歧误。诗以个人的方式感知世界并承担对于世界的思考和启悟，诗绝对不是语言的游戏或所谓的"手艺"。诗到底是情感的，更是精神的。

中国社会从来没有像现在这样充满着活力。你可以在我们的前进中找出种种的弊端，但却无法否认它在前进这一基本事实。这是一个产生奇迹同时也产生着问题的生活现场，人们可以无视这个日益丰富的事实，但却无法否认这一丰富而又复杂的年代——它生长着有异于以往任何年代的特殊的气质或者精神。时代呼唤着诗歌的关注和承担，也期待着这一时代的精英通过他们个人的领悟，概括并展示这一时代动人的脉搏和心跳。

所有的人都无法脱离他的时代。不管你如何声称你只为未来

写作，但无可争辩的事实是，所有的写作都是当代的写作，由此
类推，所有的诗人也都只能是当代诗人。唯有忠实于当代生活的
诗人，才有可能影响于后世。而这种影响首先是因为他创造性地
保留了他所从属的时代的体温和气息，屈原如此，李白如此，陆
游也如此。一个诗人回避了他所经历的时代生活，他充其量只是
一缕飘散的云翳，时代过去了，什么也不会留下。

诗歌是做梦的事业

2010 年 6 月下旬，北京大学中国新诗研究所和首都师范大学中国诗歌研究中心联合举办"中国新诗：新世纪 10 年的回顾与反思"诗学论坛。会议的开幕式在梦端胡同 45 号院举行。梦端胡同 45 号院是清朝一位王爷的府邸，那里有千年的丁香古树。梦端这名字很奇特，不管是发端还是终端，都让人梦想，都是做梦的地方。那天我说："诗歌是做梦的事业，我们的工作是做梦"，我的发言引发了同济大学喻大翔先生的诗兴，他在会间便赋诗纪盛："楼台竹月起空山，后海丁香卷巨澜。此夜诗神吟何处，寻花踏影到梦端。"

我们开会那时，《中国新诗总系》的全部书稿已在人民文学出版社紧张地排印、校对之中。从那时到现在，几个月过去了，又到丁香蓓蕾的季节，《中国新诗总系》已经出版。此刻我想到的，也还是一个"梦"字。编撰《中国新诗总系》的工作，对于我本人，还有分卷主编孙玉石、洪子诚等先生来说，都是圆梦之举。我们从青年时代开始了诗歌梦，半个多世纪的梦想，今天终于变成了现实。

梦醒之后，一切细节却有些迷茫。此刻的心情，说是忧喜参半可能还不准确，准确地说，是忧多于喜。事情做完之后，经常想到的是，我们留下了多少"硬伤"？留下了多少遗憾？我们能补救我们的过错吗？想到这里，心中总是忐忑。就以我负责编写的二十世纪五十年代卷为例，那些作者，大都还健在，他们有的是我的前辈，有的是我的同辈，有的还是非常要好的朋友：我选了谁的诗？没选谁的诗？是疏忽了？遗忘了？还是一种坚持？他们在乎吗？我是否有愧于朋友？总之都是这样一些很"俗"的念头在折磨我。

有人说，电影是遗憾的事业。我们编书，也是遗憾的事业。其实我在编书开始之时就下了决心：排除一切人情的干扰，不征求别人的，特别是被选者本人的意见，也断然谢绝作者的自荐。我这样做，也要求各卷主编这样做。我们都来自学院和学术机构，从内心深处，是希望维护我们服膺并珍惜的那种独立的、纯粹的学院精神。记得牛汉先生曾说过，那些流行的诗选中，选一首的多半是"被照顾"的。我赞成他的意见，但我希望在这个选本中，即使只出现一首，也必须是优秀的。

这一切，当然是为了坚持学术的尊严和学者的品格。令人欣慰的是，我们大体做到了，我只举一个实例来说明。大系理论卷的主编是吴思敬先生，吴先生在诗歌理论和诗歌批评方面的杰出贡献是业界公认的，但在总字数达80多万字的理论卷中，吴先生自己的是一篇也不选。这当然不是疏忽，不是遗忘，也不是谦虚，而是一种可贵的、令人感动的坚持！

我力求完美，但也深知世上难有完美之事。这部总系就是这样希望完美，却依然留有遗憾的，令我内心不安的成果。我们尽心尽力了，但是无法尽善尽美。如果能以我们的工作为契机，引起人们谈论中国新诗的研究、整理、选编、版本以及史料等问题，促进新诗的建设和发展，那就是对我们最好的安慰。因为只有已经完成的工作，没有已经终结的思考。

正如刘福春先生说的，我们的这一场"战争"是有些悲壮的，所幸，这一切都过去了。现在，就等着我们收拾"炮火之后的残留"，好好地总结并改进这一切。建议读者能够认真阅读每一位主编所写的长篇导言，那是他们面对历史的总结和思考，更提醒大家不要忘了阅读他们所写的编后记，那里除了交代编选细节，表扬责编，还有对总主编善意的揶揄甚至"挖苦"——那些都是性情中人自然的真情流露。

岁月中那些花瓣

这肯定是一次艰难的写作。漫长的历史，曲折的道路，艰苦的斗争，再加上繁博的事件，以及关于历史功过的纷纭的评说，这样的题目足以让一般人望而却步。但是诗人的使命驱使着他，一个惊天动地的伟大叙事召唤着他，他勇敢地承担了。我知道长诗《东方的太阳》（作者谭仲池）是有准备的一次认真严肃的写作。

中国长篇政治抒情诗这一诗体，兴起于战时，盛行于二十世纪五十年代。七十年代后期渐趋低潮，却依然是一道绵延不断的长流水，依然是一道激扬壮丽的当代诗歌风景。这种写作的一般特性，总以重大的事件为抒情的轴心，因此其与现实的政治的关联极为紧切。由于这一特性，长诗写作总是涵容了众多流行的时论术语。时序变换，时过境迁，那些当日被固定在诗中的、如今变得不合时宜的用语，往往造成了诗人日后的尴尬。

正是因此，"文革"结束后政治抒情诗遭遇了众多的诟病。

但公正地说，政治抒情诗在它长时间的流行中，也意外地保留了时代特有的风貌，保留了特定的时代气息。这种源于革命时代的苏联传进的诗歌形式，由于当代众多诗人的实践，以其宏大的叙事，奔腾的气势，激情的宣泄，却造成了一个时代的诗歌奇观。

《东方的太阳》就是这样一首涉及重大政治题材的长篇抒情诗，它属于传统的颂歌一类。颂歌难写，对一个领导一个国家的执政党的颂歌尤其难写。如何在众多类似的写作中另辟蹊径，脱颖而出，则是难中之难。博学多才的谭仲池勇于承担，他敢于在政治抒情诗屡遭质疑的今天，迎难而上，而且终于创作出了值得称羡的作品。

诗人把这一曲当代最悲壮、最宏大，也最曲折的抒情长歌，置放在五千年古老文明的背景中书写。他以诗人的情怀，以对中国绵远历史和灿烂诗歌传统的熟稔，使这首长诗成为充满诗情的"史的诗"和"诗的史"。他的歌唱嵌入了中国诗歌（包括《击壤歌》和《诗经》《楚辞》在内）的古老元素，使这部长诗更显厚重和深沉。以此为起点，沿着诗歌的路径前行，诗人用华彩的笔墨，渲染这一段用理想和鲜血，也用苦斗和胜利写成的动人历史。当然，对比中国数千年历史长河中的那些刀光剑影，悲欢离合，这几十年也只是短暂的一瞬，即使只是这一瞬，其间所经历的艰难困苦，却也是令人感既唏嘘的。

作者深知，《东方的太阳》虽然写的是史，但首先必须是诗。他着意于使之通篇充满诗的氛围。许多同类的作品，往往因"史"而忘"诗"，他们满足于罗列现象，忙于说事，而往往忘了诗的根本。诗的根本是什么？是"情"，而不是"事"，尽管那些事构成了史。但这是诗的史，诗的因素是极其重要的。谭仲池落笔之初就紧紧抓住这个根本。他重视的不是那些事件的过程，而是岁月中飘洒的那些花瓣。是这些美丽的花瓣构成了历史的诗意和美。而这，正是催动和产生阅读愉悦的根本。

一部诗写的历史当然要有对于历史过程的深知和把握，但是所有这些"物质"都需要转化为"精神"，所有这些"事"都需要转化为"情"。诗人在处理这些历史事件时突出地，而且是大量地使用了抽象化的笔法。许多具体的琐碎不见了，而代之以弹性的、灵动的、能够引发丰富联想的"抽象"。颂歌始于"东方之梦"，这里有近代以来惨烈的和壮丽的历史画面，但诗人并不热心于正面的演绎和展示，他巧妙地摈弃了可能显得陈旧的言说，而把事实隐括在抽象的语词中，从而极大地诱发人飞扬的联想。

他写陈独秀和孙中山在上海共商国共合作，这原本是一件复杂的故事，而诗人却出以简约和跳动，他用的是："烽火 血迹 炼狱 悲愤 刀痕 信念 理想 哲学 忠信 坚勇"十个不连贯的词语，避免了叙事的烦冗和板滞，而给人以广阔的联想的空间。再如写毛泽东在北大求索真理（找到了"火之源"）："这火是梦之花光 / 这火是爱之月光 / 这火是夜之灯笼 / 这火是生之黎明"。这些不同形容的"火"，都指代着通常说的"光明"，却有着别样的生动和鲜明。

作者积学广博，资料丰富，视野开阔，信笔写来，举重若轻。他用语极精，选词极美，笛中杨柳，灯下剑影，戈壁雕鞍，瑶台艳香，章页间充盈着优雅高贵的氛围。长诗以"东方之梦"为首章，他写中华远古的文明，他写近代以来的民族危难，笔墨简约而含蓄，但又有巨大的涵括。在一章的小序中，他说："我相信从古到今乃至未来，它曾经的辉煌、沉浮、悲壮、雄奇，它曾经的古典、雅致、风华、文化，它曾经的磨难、担当、寻觅、探索，却永远都应是世世代代国人挥之不去的梦。"

也就在这一章里，诗人把传统的、原本可能显得肃穆的言说，出人意想地替换为"东方圣母的明眸"，以及"一道比梦想更灿烂的彩虹"等显得轻松的形容。由此可以看出诗人通过更替习用的词汇而使文本平易亲切的用心。更新颖的比喻来自他写南湖会议的笔墨：

> 从这一天　这一刻 开始
> 在世界东方　东方的中国
> 有世界上最大人群的最盛大的祈祷
> 一个创造光明的日出

从上面引用的"圣母的明眸"到这里的"盛大的祈祷"，可以觉察到的是，诗人为了摈除"熟语"，为了获得"新意"所作出的勇敢的，可谓是超常的努力。

长诗谋篇谨严，立意精心，意象绵密，用词鲜丽。他致力于在浓重的政治语境中"出语不凡"。他清醒地知道，这是诗，在这里，内容是服从于诗的表达的。正是因此，他十分注重叙述过程的诗意呈现，他会把影响诗意传达的因素减少到最低点，而把那些岁月行进中沿路撒下的、我称之为"花瓣"的内容，精心精美地展现出来。举例说，他写陈独秀"如一枝饱经风霜的秋菊"；他写李大钊的眼镜是"清澄的湖泊"；他写流产的戊戌变法是"一朵没有赶上春天就凋谢的杜鹃花"，如此等等，均让人耳目一新。

潇湘云水，君山竹泪，那里的竹溪、荷塘、石桥、簇拥着层峦叠嶂下的青瓦土墙，蛙鸣和萤火，照亮一个少年的梦。他用最美的文字写他自己的，也是毛泽东的家乡。语言的清新而不落俗套是他的优长，在他的心目中，整个革命的历史就是一部诗的历史，而诗的历史必须用诗的语言来表达。延安，"有一条诞生思想和诗歌的河流"，西柏坡"是诞生他诗歌的故地"，这些都是诗的源泉和故乡。

他把整个中国革命比喻为一场"灵与肉、血与火的涅槃"。《序诗》讲远古的太阳像一只火凤凰，光芒的翅膀划破黑暗和混沌，这里的用语和句式，不由人联想起郭沫若的《凤凰涅槃》。这也许只是一次"偶遇"，这也许竟是一个刻意而郑重的"回应"。在诗人看来，中国在历经百年国耻之后的再生，竟是又一次壮烈而辉煌的凤凰涅槃！在随后的篇章中，长诗一改前面端庄的韵调，转换了乐观、欢悦的节奏，以此迎接改变中国命运的"春潮澎湃"。诗人深情地追忆了那年、那月、那日，在北京工人体育场为诗歌《阳光，谁也不能垄断》所爆发的雷鸣般的欢呼声：

这是苏醒的大地春天的脚步声

这是飞翔的翅膀搏击巨风的声音
这是前行的航船劈波斩浪的声音

　　《东方的太阳》生动地汇聚了雄浑而壮阔的历史的脚步声，这些脚步声弥散在征途中、烽烟里，盛开成了色彩斑斓的胜利之花。这是中国民众所珍惜和深爱的岁月中的花瓣。

一切与记忆相连的都很伟大

——诗集《太阳的眼泪》读后

　　读《太阳的眼泪》(商务印书馆出版)是从读《母亲,你很伟大》开始,刘海星把伟大的颂歌献给了母亲。生育和死亡,过去与现在,母亲如月光下的河水,和缓流淌,平静安详。正是因为平常,母亲成了长长的记忆:"一切与记忆相连的都很伟大"。母亲"把岁月的记忆刻在自己的额头",这是一句非常平实的话,儿女惊心于母亲不觉间的苍老,他没有夸饰,也拒绝张扬的比喻,这是不写的"写",表达的是内心无言之痛。平常,恬静,淡淡的言辞表达着淡淡的伤感。这是刘海星诗歌给我的最初印象。

　　接着读他的《永远的大巴山》。他的经历中有一段与大巴山的情缘,这是一缕抹不去的"永远的乡情"。"连绵起伏的山脉都是黛青色的","溪水总在山崖间穿行 / 石头上长满青苔 / 像绿色的挂毯",用的也都是平常语,一样地不事张扬,一样地寓深沉于简洁宁静之中。"清水出芙蓉,天然去雕饰",也许竟是贴切的。

干净，透明，简约是他的底色。这多半与他的写作拒绝了"小圈子"有关，因为他是独立的，所以他"雪藏"了某种难得的单纯，"流派""主义""流行"都与他的写作无涉。但是，单纯和简洁并不意味着排斥技巧或者缺乏艺术性，刘海星的长处恰恰是在看似无技巧处无声地显示他的功力。他几乎不用长句，他的诗句短促，但却清丽、看似稚嫩，却让人晃眼。《森林中》写森林的"浓雾被撕成褴褛"，出语奇兀，举重若轻。《太阳的新娘》记某次在高速路上见日食奇观，"我想变成月亮／挤进火红的炉膛／和日食一同感受／灼伤的异样"，出人意想地赋予它以近似情诗的意趣，短短四句却也铿锵辉煌！

对于刘海星来说，诗歌也许只是业余，摄影更近专业，大家都知道他是一位出色的摄影家。行走在大地上，摄取那些山川湖海、人生万象，他的镜头保存了自然界的瞬息万变、雄奇秀美，但风景毕竟只是无声的叙说，他感到了这一手段的局限和缺憾。他要用文字来传达和扩充那画面的"留白"——揭示画面背后的意义和暗示，于是他找到了诗，找到了探及人的内心世界隐曲和幽微的方式。刘海星对诗歌这一形式有很高的启悟和期待："我始终认为，诗歌艺术是对人类想象力的挑战"。他写诗正是迎接并践行这种挑战。

"当所有的意象／都化为绝唱／伤痛／就是离别的嫁妆"，这诗句的确表现了某种成熟。读到这里，就知他涉足诗的领域，且对诗的真谛已深有体悟。这种体悟包括了前面述及的诗的想象性和表达情感的委婉隐曲等，除此之外，还有诗的音乐性（节奏、韵律和音响），这些被时下的新潮诗人们所忽视甚至唾弃的诗的基本特征。尤为让人感动的是，在当前诗中普泛地漂浮着语言泡沫甚至垃圾的时候，他是如此用心地选择着、锻造着那些精到的字、词、句，从而使他的文字充满了美丽的节奏、铿锵的音韵，更是保全了诗歌自有的音乐性。从这点看，"专业"为摄影的刘海星，即使在"业余"的领域，一样地表现出他素有的敬业精神。

诗中的胸襟与情怀

朱增泉诗歌创作的高潮期当在二十世纪八十年代末和九十年代。从那时以来，他一直坚持业余诗歌创作，成了一名风格卓著、成绩不俗的将军诗人，为当代的军旅诗或者说当代诗坛增添了不少的光彩。本世纪以来，他主要的精力转向散文创作，著有《战争史笔记》（五卷）等作品，但仍时有诗作问世。我以为，朱增泉的诗，无论是他写的政治抒情诗、抒情诗、抑或军旅诗，以下四个方面的共同特色是值得注意的。

博大胸襟。朱增泉的诗，无论是写于猫耳洞的独特的军旅诗，还是诸如收在集子中的《地球是一只泪眼》这样国际题材的政治抒情诗，抑或像《国风》《前夜》这样纵横捭阖的长篇政治抒情诗，均显示出作为一位革命军队高级将领、一位关注世界风云和百姓民生的诗人的博大的胸襟。正是这一种博大的胸襟，成就了朱增泉将军辉煌的诗篇，使其雄奇瑰丽、不同凡响。读他的处女诗作《山脉，我的父亲》，就感受到这种博大的胸襟。而读到组诗

《猫耳洞奇想》时，他浮想联翩，从上帝造人到地球掉泪，从埃及的法老及金字塔到古罗马斗兽场，从释迦牟尼手里的那串佛珠到孔子和《论语》以及秦始皇与万里长城，他的思想飞出了猫耳洞，翱翔于历史与宇宙之间。从这组诗里，既可以看到他博大的胸襟，又可以感受他作为一位气势非凡的诗人的浪漫情怀。

忧患意识。朱增泉关于战争与和平的诗篇，还有一些国际题材的诗篇，充满着忧患意识。作于 2002 年 1 月的短诗《巴黎公社墙》就是这么一首充满忧患意识之作。诗人在诗的开篇问道："柏林墙倒了 / 巴黎公社墙还有人记得吗？"然后，诗人笔锋一转写道："巴黎圣母院的祷告钟声 / 响了一个世纪又一个世纪 / 苦难，却比钟声更悠长……"他用巴尔扎克卷帙浩繁的《人间喜剧》和雨果的《巴黎圣母院》《悲惨世界》来描述揭示这种"比钟声更悠长"的"苦难"，然后描述巴黎公社起义的历程与失败的结局。诗人问道："今夜，起义者的歌声为何低沉、凄怆？ / 莫非起义者和神父的亡灵 / 相会在同一片墓地，正在争论 / 地狱，究竟能否通向天堂？ / 世界哟，每一道墙的崛起或倒塌 / 同人类的生存、命运、愿望和意志 / 究竟是什么关系？"这一问，问得深沉，也使诗的思想和意境升华。

平民情怀。朱增泉是位布衣将军，他的诗，可贵之处在于饱含一种平民的情怀，一种人人皆通的人情味。他在一篇题为《军旅诗"三味"》的短文中提出军旅诗应有"三味"，即：兵味、硝烟味和人情味。而其中的"人情味"尤显可贵，事实上也遍及于他的各种题材的诗篇。他的军旅诗中有一首题为《战争和我的两个女儿》，这首诗就充满一种"人情味"，诗中关于将军和两个女儿的对话，读后令人难以忘怀。还有《妻子给他邮来一声啼哭》一诗，也充满"人情味"，它写的是一位战士在猫耳洞里接到一个特殊的邮件，是妻子为了"报复"他"不寄照片不寄信"，寄来一盘录音带，"用录音带寄来一声儿子落地时的哭声"，"这无比稚嫩的哭声，哭得他 / 如痴 / 如醉 / 止不住地淌眼泪……"这种诗只能来自生活，而它所包含的"人情味"着实让人"如痴"又"如醉"。

刚健诗风。朱增泉的诗，诗句简洁、朴实、清新、刚健。这种诗，自然同那些浅唱低吟或无病呻吟的诗句不同，因为它们或来自当年南疆硝烟弥漫的猫耳洞，或来自和平岁月的练兵场，或来自将军巡视边界的哨所和旅行过的世界各地。总之，它们来自生活，因此带着浓重的"硝烟味"和"人情味"。虽然有的诗句略显平白些，有的诗句由于锤炼不够略显粗糙些，但它们仍然诗味十足，让人读起来着迷。

这大概就是二十世纪九十年代诗坛上刮起一阵"朱将军诗"旋风之重要原因。

追梦者，充实而荣耀

　　孔祥敬近来的一些诗作读了让人气清神旺且内心充实。他的创作接续了二十世纪五十年代开始的颂歌传统，又饱含当今时代的新意新质、充沛的现代精神，使我们读他的诗有故人般的亲切。他歌颂的是新时代寻梦、追梦、筑梦、圆梦之人，是那些把梦想变成现实的人。他说，桥梁，是船的梦想，又说，向往，是诗的梦想，梦想是他的新题、新意。诗，漂浮的有些久远了，让诗回到它的现实基座上来吧，让我们看看那些钢筋铁骨是如何撑起诗的梦想吧！

　　孔祥敬的诗扎实而实在，言之有物而不务空言，神采飞扬而意象沉厚。如讲近代国难，是鸦片烟灯"熏黑了孤儿寡母的晚清"；写圆明园沦落，是"雨果笔下的悲惨世界"，设想巧妙而又熨帖。他在整体颂扬中嵌入了可贵的反思精神，例如他为中国的灿烂历史而自豪，同时又指出由自豪引出的妄自尊大、闭关锁国、故步自封，"我们的民族仍陶醉在昨夜星辰之中"。他的颂歌有着鲜明的批判意识。即便是讲辉煌的文学典籍，也时露尖锐的锋芒："吴敬梓正高举带刺的长鞭，抽打科举制度下扭曲的儒林众生"。

这些诗作，气宇轩昂，可吟可诵，室内或广场朗诵效果均佳。较之时下的那些口语诗，它的好处不仅是激情飞扬，而且音韵铿锵。过去的政治抒情，意义的宣讲重于艺术的熔铸，孔氏在重视意义的同时也十分重视艺术的沉潜。"卢舍那的微笑"永恒而神秘。黄河水的由清而浑是："那披在身上的青青布衣，渐渐染成了飘逸的鹅黄。"这是对于现实场景的诗化。再如，踏青的脚印"踏出了"青春牧笛，而笛声又沿着小路"奔走"，等等，均可看出他独运的匠心。

在诗学范围内，人们一般都认可诗的"无用"论，诗一般并不直接作用于社会，它的影响是间接的、渐进的、缓慢的。孔祥敬也写我们此刻认为的"无用"的诗，但他似乎更注重"有用"的诗。《英雄归来兮》写身经百战、解甲归田、现年 87 岁的李文祥，他冒雨造访老英雄，当面读给他听，引得英雄"连连点头"。他的许多诗章都是为现场朗诵而写，他看重诗的这种"有用"。

孔祥敬把自己的诗集取名《追梦》，在于以诗寻梦，以诗证梦。个人梦，民族梦，国家梦，其立意在于把生命的过程诗化为一个追逐梦境的过程。个人事业顺遂、家庭美满是小梦境，民族和睦、国事兴隆是大梦境，人类和平、天下大同是遥远的梦境。凡夫俗子、平民百姓、祈求国泰民安，是平凡梦。有梦或无梦的人生有大不同。孔祥敬在《我们的梦永远年轻》中说：少年时把梦写给黎明，青年时把梦写给云层，中年时把梦写给天空，老年依然有梦，把梦装入信封。一生做梦，梦是永远，即使是夕阳之梦，也在期待着又一个黎明，这是何等宽广的胸襟！

他用一颗心守望边地

　　亚楠把中国西部那一大片疆域美丽而神奇的风景，以他独有的语言风格展示在我们面前。我知道，他不是单纯地写风景，他是在借此抒写他的情怀。打开他的诗集，满纸烟云，到处都是新疆和西部，也到处都是他的情、他的心、他的魂。他笔下的山川湖泊，有的我们听说或到过，更多的则是我们未曾知晓的。但毫无疑问，不论他在写什么，他总在写他自己，那些外在的风景折射出他内心的风景，而这些来自他生命深处的情思，甚至比我们看到的那些让我们震撼的动人气象更为博大，更为丰富，也更为深邃。

　　某日清晨，他登天山，但见天山"把黎明插入山谷"（黎明而能"插入"这是何等笔墨！），他深知这是山给予的启示："崇高只是一种心境""沉默并非无言"。一日向晚，他行走在伊犁河边，看风中的红柳"若即若离"地舞动，他有点忧郁："季节在忧伤中忘了归路。"在阿拉套山谷地，他看见一朵花在岩石上"休眠"（又是神来之笔！），阳光透过她的倩影，他心中猛然蹦出这诗句："把相思变成温暖。"他笔下的乌尔禾我没有到过，但我知道它可能接近古尔班通古特。寂寞而冰冷、荒凉得让人心疼的古尔班通古特，那些山梁把"岁月深处冰凉的阳光凝固成往事"。那里有无边的沙漠、戈壁与狂风，天空辽远而焦躁，但诗人坦言，"只要有云飞来，大地就会充满生机"。

他就是这样信马由缰地行走着，书写着，吟唱着，感动着自己，也感动着他人。家在天边，人在天边，诗也在天边。天边有多远？从内地到边地，说远真的是远，说近就在心中。诗人不避讳地域上的这个辽阔和遥远，他把诗集定名为：《在天边》。新疆对于有些人可能很陌生，对于有些人，可能并不陌生，对所有人而言，热爱和向往是相同的，感到它的美丽、旷远、博大和神奇也是相同的。但亚楠说："很多时候，新疆不仅仅是一个地理上的概念，在我心中，它是家园，是港湾，是相思，是一个温暖的名词，也是一段遥远的记忆。"读到了这段话，就感到了我们和亚楠之间不算遥远的差异。

我们对于新疆，充其量只是一个远游的来客，也许我们热爱，也许我们感动，也许我们也拥有，但我们对于新疆的认知往往停留在作为游客或是一般外来者的新鲜感上。我们的喜欢和欣赏，是一种由于陌生和新奇产生的冲击和震撼，我们在讲述这种感受时，难免掺杂有某种炫奇和夸饰。而新疆对于亚楠，却完全是另一种状态，新疆就是他自己，新疆就是他的家、他的心，是一种根，一种命，一种类似血亲的遗传。他写西部或写新疆，所谓的绍介，所谓的描述，均与此无缘，是血一般的流动和喷涌，是命定的"必须"，用他的话来说，他表达的是一种对于边地、对于挚爱家园的守望。

他是如此倾心于他的家园，他爱这里的一切，他从这片土地的深厚、安详、无与伦比的艰难与坚忍中，汲取生命的精神和力量。在额尔齐斯河右岸，那一个夜晚，白桦林用忧郁触摸山谷，奏响的是爱的音符，以肃穆捍卫着大山深处的尊严。他来到科古琴山，看到落叶的辉煌，任凭暴风雪粉碎激情，所有的生命却因此都学会了感恩。他写的博尔塔拉和卡拉库里我到过，我和我的朋友曾携手走过博格达峰的山间夹道，我们的脚下是冰川。此刻，诗人用一支小小的火焰，唤醒那里持久的安详，他动情地传达他独有的感受："我早已习惯了仰望，在这个世界上，我不可能还有另一种选择。"亚楠这种仰望的姿态几乎是与生俱来的。这正是我们倾心并感动于他的文字的缘由。

在最近发表的一篇文章中，亚楠自述他的创作思想："我所能够做的，即是在自己的土地上精耕细作。从地域角度上看，这里的山川、大漠、草原、绿洲，都拥有无限宽广的文化底蕴和历史纵深。由此呈现出来的神秘气息及陌生感，往往能够让人在一种全新的视野与体验中获得阅读的满足。所以，我总是朝着这一目标，虔诚地俯下身来，并让自己在认知的过程中，逐渐成为这片土地的一部分。"这里他是俯身向着大地，前面我引用了他的另一个表述，即是向着博格达的无可选择的仰望，不论俯身还是仰望，都表明他的发自内心的敬畏和谦卑。亚楠已经融入了这片土地，这里的一切，中亚的天空和沙海，西部的大漠和戈壁，绿洲、雪山、草地还有河流，都属于他，也都是他。

他为我们展开了这迷人的丰富、神奇甚至诡异的风景，他用自己的脚步丈量了这片土地，把那些风景藏进了他的记忆之中，这些记忆最终融成了他生命的一部分。我读亚楠的作品，不仅仅是一种感动，而且不由自主地产生一种"珍惜"（甚至是"吝惜"）的心情——因为美丽，更因为摆脱了清浅而耐人咀嚼的深厚——我总留着，舍不得一下子读完。散文诗从来都被认为是一种"轻"文体，它篇幅短小，体态轻盈，擅长表达那些清新优雅的内容，但亚楠却创造了另一种效果：蕴藉、深刻、粗犷，我甚至读出了沉重。长期生活在西部的诗人，他自然地形成了西部的风格和情调，旷远、深邃、坚忍，甚至还有一些感伤和悲凉。

总难忘他笔下（其实是心中）的火焰山，腾空而起，势如惊雷，劈头就是刀劈斧砍的十一个字："凝固成一种姿态，依然是火。"这十一个字，何尝不是诗人自我风格的概括，又何尝不是作者所标举的精神！火势熊熊，在荒漠上燃烧，更在历史的长空中凝结，凝结而为气势雄伟的火焰山。这犹如诗人在大地上行吟，他呼吸并汲取了这大地和天空的精华，在他的笔底凝结为文字的火焰山，透红、坚硬，如燃烧的铜！

毋庸赘言，亚楠不仅拓展了散文诗的新领域，而且创造了散文诗的新风格。精致的粗犷，优美的厚重，寓深邃思考、精神高度于雄奇秀美之中的审美追求。这就是我认为的亚楠的"新"。话题回到《在天边》上面，这是一本严肃的书，内容严肃，选编也严肃，用心极细，选文极严，寓意极深。从第一辑"家住新疆"看，1984年至1998年十余年间，选诗都是每年一首，此后稍为增多，可见他的谨严敬畏之初衷。

忆徐迟

今年，是著名诗人、翻译家、报告文学作家徐迟的百年诞辰。

我认识徐迟是在北大上学时，我是大三的普通学生，他是全国诗歌第一刊的副主编，而且是大诗人，他跑到北大学生宿舍找我。那是冬天，很厚的呢大衣，进屋时呵着寒气。他受《诗刊》主编臧克家先生之托，要我联合几位同学集体写一本中国新诗史。1958 年，那时国内还没有一本这样的书。当时全国上下敢想敢干，《诗刊》也好，我们也好，都是充满了"大跃进"的情结，"做前人从来没有做过的事"。在他的鼓励和支持下，我们终于写出了后来叫作"新诗发展概况"的书稿。此书记载了我们的幼稚和鲁莽，但更记载了徐迟对我们的信任和爱心——他成为我们几个人后来学术的启蒙人，他引领我们走上诗歌、文学研究的道路。

从上世纪五十年代末到六十年代初，因为时局的原因，我们无一例外地被驱使着做各种各样与专业无关的事。那时刚毕业的我被下放京西斋堂，徐迟他们也是漂泊无定。《诗刊》停刊了，我们无法见面，就靠通信往来。那时我在百花山下，虽然孤寂沉闷，但那里的青山秀水和四季花时倒可聊慰寂寞。我在给徐迟的信中经常写些此地风光。在我，是借以忘却内心的落寞，不想因而引发了诗人的文思；在他 也许客观上因此释放了禁锢年代久违了的诗情。徐迟给我的回信中经常离开我们的话题，发挥着他美文的擅长。记得清楚的有一次，他在恣意抒情之后特别在括弧中写下："这段文字若单独发表便是极美的散文"（大意）。

我保存了这一时期他给我的二十多封书信，它是我的珍藏，被安放在最安全隐秘的地方。但是不幸，它却无法逃脱那空前（但愿也是绝后）的"史无前例"。"文革"中我被列入另册，徐迟也消失在我的视野中（当然不是心中）。那时我白天被学生轮流批斗，批斗之外的时间，和几个"同案"被安排在北大大锅炉房烧锅炉（冬季供暖）。时间是一分一秒地难挨，恐惧是一分一秒地逼近。那个疯狂的年代什么疯狂的事都可能发生。我个人的安危已无暇顾及，倒是徐迟的那一批书信令我寝食难安。我怕无端的文祸令早已身陷危境的徐迟雪上加霜。我下了狠心，在一个寂静的夜晚焚烧了这一批书信。

我一生几乎没有太多的恐惧，无论是在一个海岛战后的夜间单人值哨，还是任何让人言怕的艰危境遇，我都未曾畏惧过。倒是那个年代，那些无时无地不作宣告破门而入的抄家，使从来不知害怕的我日夜如临深渊。我知道，徐迟写给我的那些信函，因为它们保留了人间最美好的情感，一定为那个年月所不容。我一生也极少为自己的行事后悔过，然而，那一个夜晚，在我居所的楼后，因为怯弱，我却做了最不愿做的事——焚稿，这是有生以来的一个"唯一"。正因这个"唯一"，使我始终愧对自己，也愧对我敬爱的先生。忆及此事，总有锥心之痛。以至于在他去世之后，我痛悔交加，始终临纸不能书一字。

在"革命"的年代，始终穿西装的人很少，徐迟先生是一个例外。他平时总是西装革履，正式场合打领带，一派西化的装束。徐迟美丰仪，是极有风度的。他那时担任《诗刊》副主编，经常"被下乡"，记得"大跃进"时还到过怀来的南水泉，写过诗，也写过文。我不知道在乡下他会穿什么衣服。徐迟精通英文，但他是无师自通，是"自学成才"。他告诉我，英文是靠读字典读出来的。他还告诉我，他曾在燕京大学"蹭"过课，在冰心先生的课堂，那时冰心上的是写作课。冰心还布置了作业，徐迟说，他编了一期文学副刊，得到冰心的表扬。

不知是在燕大，还是在什么地方，他认识了金克木，他们成了好友。那时金先生未婚，徐迟告诉金克木，他家乡浙江南浔出美女，何不到南浔找个妻子？一个假期，他们果然携手游了南浔。我认识金先生，但无缘拜识金师母，也不好意思向金先生求证师母到底是哪里人。徐迟的夫人陈松先生，我在武汉见过。温文娟秀，是典型的江南女子。那日拜望徐迟，他夫人亲手调制了江南甜点款待我。徐迟在武汉的家我只去过一次，是他离开《诗刊》之后的事。

但在北京，我先后住过的蔚秀园和畅春园的家，却是他经常到的。每次到京，他总住在交道口伍修权的府邸。伍修权的夫人是徐迟的姐姐，这位当年的总参谋长是他的姐夫。每次徐迟在交道口住下后，就会屈驾到寒舍来。有时有事，有时无事。我敢说，那时在北京，我的家是徐迟来的最多的地方。前些日子见到周明，他告诉我，徐迟写蔡希陶的长篇报告文学《生命之树常绿》，是在我家定下的篇名。

每次来北大，徐迟都是自己挤公共汽车。那时北京没有出租车（即使有，一般人也坐不起），来过北京的人都知道，从交道口到北大，是一条非常漫长而艰难的"长途"。但徐迟每次都是挤公共汽车来。他很得意地说，我是在武汉锻炼过的，我还怕挤车吗？他来了之后，素琰总是一碗阳春面款待他。这碗阳春面他吃得香。以后每次来，他总向素琰讨阳春面吃。尽管那时我们还不至于请不起吃别的，但他最爱的还是这碗阳春面。

"文革"结束之后，徐迟迸发了创作的激情，除了诗和散文，他还写文艺短论，这些诗文也都专注于为社会和文艺的现代化呼呼。他对于我那时的诗歌主张是赞同的，从二十世纪五十年代到"文革"结束，他一直关心着我的诗歌活动。我在诗歌的现代精神的提倡方面一直得到他的热情肯定与支持。徐迟是杨炼的舅姥爷，就是说，杨炼的奶奶是徐迟的大姐，那时杨炼已开始写诗，徐迟让杨炼送作品给我看。这样，杨炼成为我比较早认识的朦胧诗人。与此同时，他以充沛的热情开始了报告文学的写作，一篇《哥德巴赫猜想》使他享誉文坛。他在他人看来枯燥的天书般的数学方程中发现并注入了诗意和想象。这里是他阅读陈景润"猜想"的方程式后发出的感叹：

何等动人的一页又一页篇页！这些是人类思维的花朵。这些是空谷幽兰、高寒杜鹃、老林中的人参、冰山上的雪莲、绝顶上的灵芝、抽象思维的牡丹。这些数学的公式也是一种世界语言。学会这种语言就懂得它了。这里面贯穿着最严密的逻辑和自然辩证法。它是在太阳系、银河系、河外系和宇宙的秘密，原子、电子、粒子、层子的奥妙中产生的。（《哥德巴赫猜想》）

其实，在"文革"前，他在"虚构"的长篇报告文学《祁连山下》中，已经用激情的想象把诗歌引进了叙述作品。徐迟为了书写的自由空间，在《祁连山下》中有意隐去了原型常书鸿的姓名。我们从这篇充满诗情的文字中，不仅读到了历史、时代，还有绘画、音乐和地质，而且读到了诗。画家的抱负、爱情，他的献身艺术的精神成为他的抒情的主题。

在中国作家中，徐迟是富有自然科学知识的学者型的作家。八十年代他呼唤中国的现代化，其中包括了他的科学精神和环境保护意识。他写了数学家陈景润之后，接着写植物学家蔡希陶，就是出于这种对绿色的关怀。为了采访蔡希陶，周明陪他到过西双版纳。蔡希陶的热带植物园在勐腊县的葫芦岛上，罗梭江拥抱着那块绿翡翠般的岛屿。从勐仑镇再往前走，不用几公里便是老挝了。徐迟那时有惊人的精力，他为了采访那些科学家，再远再难都拦不住他的脚步。他把诗歌的灵感和想象力融汇于自然科学的王国中。在伟大的新的文艺复兴中，他想的不光是文艺的再生，而是以科学精神荡涤现代迷信。他想的比别人更远，更前卫。

　　徐迟先生出身名门，他的三位姐姐都是江南名媛。徐迟告诉我，他要以三位姐姐的故事写一部长篇。因为我们久不联系，不知这计划是否完成了。但他的学习电脑我是知道的，他八十岁开始用电脑写作，在他那一辈作家中他也是开风气之先的。人们告诉我，学会电脑之后，他自己动手录入他的全部作品。我为他高兴。本来就有些耳背的他，此时听力已严重下降。人们还告诉我，由于听力下降，他已久不会见客人，每天只是闭门以电脑写作。我十分怀念他，但我也不忍心打扰他。我只是在心中记挂着他。不论生活发生了什么，不论他在何方，在我的心目中，他是永远现代的，永远年轻的，他是永远充满活力的一棵常青树。

将青春融入时代的洪流

"要找个人的出路，先找民族的出路"。

这是杨沫小说《青春之歌》中，卢嘉川、许宁与青年同伴们对出路问题的思索和回答。二十世纪三十年代初，除夕之夜的北平，外面寒风逼人，十余位青年聚在一处热烈交谈，燃起情感与思想上的温暖篝火。他们思念沦陷的东北故乡，痛陈腐败的当局统治，愤恨日寇的侵略，欢呼红军反"围剿"的胜利，民族的生死存亡与个人的前途命运紧紧联系在一起。席间旁听的人中就有小说主人公林道静。

据说，这个难忘的除夕之夜是以作家杨沫的亲历为底本的。1933 年的除夕之夜，杨沫参加了一场进步青年聚会，深深地被他们的爱国热情和他们带来的马克思主义理论所吸引。这一晚因而成为她人生的"急转弯"。

人生的出路问题，曾经摆在我们太多人面前。这是《青春之歌》最让我感同身受的地方。我也经历过旧社会，体会过民穷国弱、受侵略受奴役的滋味，看过土豪劣绅的黑暗勾结，见过国民党反动派统治的腐败堕落，对社会一面灯红酒绿、另一面路有饿殍的现状愤愤不平。1949年我17岁，正在读中学，家里连隔日的粮食都没有，读书能读到什么时候不知道，读出来会是什么前途也不知道。当年8月，解放军千里进军福建，解放了我的家乡。我亲眼看到进城的解放军军纪严明，对老百姓体恤爱护，心底已经明确地意识到，这才是中国的希望。于是，8月底我就离家参了军，跟着大部队一起开拔向南。那是我17年来第一次离开家乡，背着行囊握着枪，走在队伍中间，天下着雨，黄泥地卷起来的泥浆溅得满身都是，心里面却晴朗得很。

阅读《青春之歌》，常常让我想到那个启程行军的日子，想起入伍之初的心情。我和林道静一样，都是在寻找个人出路的过程中，看到国家的出路所在，都是为着理想走出家门，走向更加广阔的天地。

《青春之歌》小说发表的那一年，我已经到北京读书了。身边的同学对这部小说几乎是无一例外地称赞。小说描写的北平、北京大学，北大的红楼、教室、东斋西斋，让我觉得无比亲切。杨沫写出了我们共同生活过的环境，写活了我们共同经历过的年代，她笔下的林道静、卢嘉川、江华、王晓燕、王教授等，是我们的同学、兄长、老师，更是我们的先行者。林道静的故事，就像是我们自己的故事一样。因为它体现着我们的困惑与苦闷，我们的追求与理想，我们想改变自己命运和国家命运的奋斗与抗争。那时正值革命热情高涨的年代，我们北京大学中文系55级学生集体出过一本纪念集就叫《战斗中成长》，大家都把卢嘉川、江华当作英雄偶像和先进典型来学习。《青春之歌》就像青年人的革命教科书，教导我们如何生活、如何成长、如何战斗，教导我们哪怕在小学教员的岗位上，都可以成为最英勇最前列的"战士"——关键是将自己的命运和千百万人民的命运紧密地联结在一起。

我还清晰地记得《青春之歌》中林道静最初接触到马克思主义时，如饥似渴地阅读《怎样研究新兴社会科学》《母亲》等书籍的场景。被革命的火光照耀，被理想的灯塔引领，是多么幸福的事情。青春总是天然地和理想联系在一起。很多年前，作家徐迟跟我说过：你去读一读恩格斯的《英国工人阶级状况》吧，那简直就像诗一样啊！后来我去读的时候，发现他说得一点也不夸张，那就是诗，充满诗的激情和感染力，充满理想的光辉。

现在回过头来再看，《青春之歌》的意义，既在于它以文学的方式把一个时代概括了出来，把一个时代的精神提炼了出来，做到生动地保存历史、再现历史；同时还在于，它成功塑造了一系列时代风云人物形象，这些典型环境中的典型人物成为几代青年人学习的对象，到现在还深深地激励着我们。不仅仅是《青春之歌》，像《红旗谱》《野火春风斗古城》《苦菜花》等当时脍炙人口的红色经典，都成功塑造出让人过目不忘的经典形象，半个多世纪之后再看，还觉得有力量、有感染力。这是多么了不起的事情！以梁斌、杨沫为代表的老一辈作家，虽然面对这样那样的现实困难，但他们无一例外都充满热情，甚至是超负荷地作出了无愧于时代的文学贡献，记录下时代前行的印迹。

今天，我们的时代肯定不乏英雄。脱贫攻坚、探月工程、载人航天，这么多壮举的背后怎么会没有英雄、没有理想、没有生死相许的信念？扶贫英模、科技标兵、创业先锋，这里面怎么会没有青春的身影和奋斗的旋律？如果说一代人有一代人的青春之歌，那么今天的青春之歌还有待更多的书写谱就。

青春如歌似诗，最有激情，也最有创造力。宝贵的青春不应该碌碌无为，而是要随着时代的进步而进步，要向着壮丽的未来而进步，要竭尽全力地为社会做贡献。一个人对信念的坚守、对理想的追求，会深深影响同行者甚至后来者。《青春之歌》中，江华这样评价林道静："无论谁挨着你都会被你这种热情所感动。"这份融入时代洪流的热情，这份追求理想和光明的热情，注定会感动一代又一代人。

将青春融入时代的洪流 /

他总是一派春天气象

——读绿蒂

　　一年中从元旦到春节这段时间，是北京最冷的数九寒冬。感谢海峡那边的朋友为我们带来了温暖的春意。诗集《四季风华》的开篇就是"春天记事"，很温情的："回忆是永不关闭的旋转门，轮回着流星的哀伤，轮回着野百合嘹亮清新的号角，在拥有与失落的缝隙中，在海洋与云天的交接处，孤帆漂泊等待……"读绿蒂的诗，内心总是安宁，舒缓，随性，即使是讲轮回的哀伤，即使是讲孤帆的漂泊，也总淡定，言辞温婉，有一种从容心态。在严寒感受春天，感谢他为我们送来春消息。

　　他向我们讲述春天花园的秘密。这首诗篇幅不长，内涵却是深远，层层递进，层层深入，展现着一层深似一层的风景，设思精致，犹如剥笋，直抵内心。由开阔之境，而逐渐收缩。开始是宽广的，花园很大，繁花无边：阳明山的杜鹃，西湖的红桃，荷兰的郁金香，京都的樱花。接着，他的笔锋转入僻静处，繁华背后的宁静，那里的春天有点寂寥，但却是一派远离尘嚣的清雅。这还远非他所钟情之所在，他说，我有个更隐秘的花园，仅有春天和我知晓，那里耕犁的是只属于两个人的世界。

这个来自海峡对岸的纯情诗人，他借春天写自己之所爱，他属于春天，春天是他永久的主题。在风华四季中，春天最耀眼。他有许多献给春天的诗章，除了上面提到的，还有《隔离的春天》《告别春天》《春天在说话》等，即使标题未明示，却写的也是春天，如《三月》《在有你的梦中》等。难能可贵的是，他能把古今中外众人都写滥了的题目，翻出了别样的新奇。上面引的"秘密花园"便是一例，这里的《在有你的梦中》也是一例，开头就是：春天还是来了——鸟语花香的首演还是轰动了大地的票房／温暖的绿色肌肤拥抱了草原／蝴蝶们匆忙的眷顾间／谁吹散了攀爬在阳台上所有的紫藤花……

当然四季转换，春天不会永驻。远去的跫音轻俏，深邃了天空的孤寂，而在诗人心灵的祕密花园里，春天依然播放着"迷情的惊艳"。诗人绿蒂堪称写春天的高手，这里没有诀窍，只是由于他有一座隐藏心中的"秘密花园"，那里有永驻的春天。他的许多诗章都向我们暗示这座花园的存在。在《永远的旅人》中，他再次提及这座花园，他说，"暮霭轻薄如雾，聚了又散，春天的秘密花园熟悉依然，妗似你从不曾远去。"这里终于出现一个第二人称的"你"，这令我们猜想，这个花园有"故事"，不然诗人不会屡屡忆及。这是关于春天的故事。我们细读文本，依然可以寻见这其中的雪泥鸿爪：共同的记忆以及曾经的欢笑与泪痕。

诗缘情而绮靡，有了这一点，他就会常写常新而不至于落入俗套。在风华四季中，他不仅写春，也写夏和秋，也写冬，但不论写什么，他的笔下总是春风和煦，我们总是听到他心中的"春天在说话"：风在说话，传播梅香幽远；雨在说话，洗尽大地尘嚣；钟声也在说话，祈愿一年安吉。读绿蒂，怎么读也绕不过一个"情"字，最动人的也就是他通过春天抒发的喜乐与温馨。读他的诗，我们不会感到压抑，不是说他没有哀愁与苦痛，而是他能化解，能豁达地置换。绿蒂说过，"对于偏爱风景的我，人生处处都是避风港湾。"这就说，美能使我们忘记丑，美景化为诗情最终滋养了我们的心灵。我们读他的诗，会真诚感谢他所给予我们的：人生的忧患太多，我们有时会不堪重负，绿蒂的诗会为我们减压、解困，因此我们感谢他。

绿蒂的诗不仅是纯情的，而且还是唯美的。批评家敏锐地发现了他的美学向度，他们总结他的审美格调是"雅艳"，是"古典的风雅"与"现代的惊艳"的结合（黄中模）；是"有情世界的无限禅机"（杨传珍）；而在我，最真切的感动是，他给我们的严寒送来了清朗的春温。我本人认识绿蒂少说也近20年了，每次见他总是年轻，总是青春，20年没有改变，他的诗年轻，他的人更年轻。我们的见面总是温暖，不论是在大陆，还是在台湾，他总是一派春天气象。

礼赞生命

——读王茜诗文集《十七年蝉》

读这本《十七年蝉》，第一篇就吸引了我。诗人用油画般的色彩和小夜曲般的抒情调子，向我们讲述了中国版图最北方那一片土地的特殊风情。我们的目光随着她的导引，穿越无边无际的灌木和乱云，在"一意孤行的颠簸"中，"一袭流水"从身边缓缓流过。那里伫立着做梦般沉思的马匹、羊群、干草垛，以及原木垒成的房屋、那些散发着葫芦香的木桩。

动人的远不止辽阔的北方原野带着干草气味的风景，在黑龙江源头的倒影中，还流淌着令人心碎的故事。诗人面对这样的风景发出追问：那些植物的鼻祖母兰草去了哪里？那些旅鸟、红鸭和高加索野马去了哪里？年轻诗人的声音显得有点沉重：物种灭亡的时间，在一次次季节的交替中绝望地呈现，文明的荒芜和野蛮是如何令人的哀伤接踵而至！此刻，在国土最北端的宁静中，暗藏着很少为人知晓的破碎的凄冷！

　　我读过很多诗，不少诗只是沉迷于外在景致的描绘，有的诗则不放过任何借此炫耀自己"广博"的机会。这些人把写诗当作一种技巧和知识的展示，而独独漠视了这些美丽背后的无情的事实和真切的情感。但是王茜不同，她不在意于以此证实自己的艺术实力，也不在意于把一首诗打磨得熨帖以显示自己的才能。她的那些充满灵动之气的诗篇，甚至还带着某种自然的、本色的、来不及或无意打磨的粗粝，她重视的是世事本身。

　　王茜好像总在行旅中。她摄取了很多我们难得一见的镜头和风景，但她绝不炫奇。在她所展现的画面上，她有时骑着马，有时仰天躺在草地之上，她在倾听泥土里传来的轻轻的叹息。这旅人此刻正沿着干枯的河床，从海拉尔到北极村，想着这片土地和土地上的生民，以及这些生民平凡而毫无悬念的生命，这里的呈现都带着生活原样的气味和温度。你看，这些边境小镇有着再也平凡不过的名称：宏伟商店、庆丰粮店、小布头裁缝店，还有二柱家的羊肉和热炕。这些通常景物的背后是悠长的岁月，是苍茫的人生。王茜能够从眼前景象推向遥远和古老，从那些人们熟知和常见的，推向缅邈和苍茫。

　　王茜把她的诗文集命名为《十七年蝉》，显然蕴有深意。诗人向我们介绍的是一种奇异的叫作十七年蝉的昆虫——

　　它们生活在北美洲，在地底蛰伏十七年始出，尔后附上树枝蜕皮，然后交配，而后双双死去。科学家解释，这种奇特的生活方式，为的是避免天敌的侵害并安全延续种群，因而演化出一个漫长而隐秘的生命周期。

她一定是从中看到了生命的坚忍、智慧，及其存在和行进之艰难、悲凉。她由蝉的生命悟及人的生命，她为这些奇异而又平凡的生命发出由衷的赞叹。诗人心中清楚，无论在哪里，无论是昆虫、飞禽、走兽或是人类，所有的生命都只是一个过程——从产生、生长到消亡的过程。很明显，整本《十七年蝉》都是诗人献给生命的一曲又一曲庄严的礼赞。

　　我的这些认识在她的作品中得到证实。她在题为《爱》的诗篇中，曾为一个"素未谋面但又亲近如同呼吸"的陌生姑娘的"到来和离去"而叹息：

> 一片落叶在无数落叶中飘落
> 一个秋季，在自然中到来

　　一叶知秋。由一个人的死亡，而感悟普泛的爱与被爱的真谛——爱陌生人，与那些伤害过自己的人，不由得发出感慨：爱有多么苦涩和惆怅！生命是一场猝然的相遇，一个亲吻，一次呼吸，一次降生，一次死亡，无数的秒针拖延着时辰，生命停留在诗人的文字中。

　　王茜的很多文字都如梦境和梦话，她是一个爱做梦的女孩。《爨底下村的梦》通篇弥漫着经典而异样的《野草》的风格，它写诗人与陌生人的猝然相遇，有很强的生命的自剖和隐喻："当他人弱小时，我立刻就变成了无所不在的母亲"，"我在柔软的内心中失去了自我的保护，我弱不禁风"。我以为这是《十七年蝉》

礼赞生命 /

265

中最有分量也最值得深思的一篇。

王茜的文字很潇洒，看不到刻意为文的痕迹，有点粗糙，却是清丽而含蓄。她的写作是充分随意的，有一种信马由缰的感觉，给人以阅读的愉悦。正因为此，文章也留下了一种"破碎"甚至"琐碎"的印象，至于这是优点还是缺憾，此刻我也难以断言，且留待知者明示。

岂止橡树，更有三角梅

——舒婷的《致橡树》兼及其他

鼓浪屿花荫下一座小楼

东海到了这里，接上了南海，一座秀美的城市出现在海天之间。飞机正在下降，机舱里传来亲切的闽南乡音："人生路漫漫，白鹭常相伴，厦门航空是你永远的朋友！"厦门到了。迎接我们的是阳光、浪花、海堤、帆影，还有星星点点的悠闲飞舞的白鹭。厦门被称为白鹭之岛。这城市出现过陈嘉庚，也出现过林巧稚，一个普通的男人和一个普通的女人。男人在东南亚种橡胶，一辈子省吃俭用，挣来的钱月来办教育；女人是个妇产大夫，她终身不嫁，一双手迎接过数不清的婴儿诞生。他们是伟大的平凡，也是平凡的伟大，他们是这座城市的骄傲。

鹭岛的南端隔着一道窄窄的内海，几分钟一趟的轮渡可以把客人送到鼓浪屿。诗人蔡其矫赞美说，鼓浪屿是一座海上花园。

我们现在谈论的舒婷，就住在这座花园里。她的家被绿树和鲜花所包围。登岛，沿着弯曲的山路，不用十多分钟，便到了舒婷的小楼。朋友们调侃说，不用问门牌，岛上的任何一个居民都知道舒婷的家。诗人的家很美、很静、很温馨。海浪是她昼夜伴奏的乐音，花香装扮她绵延的梦境。

鼓浪屿很多居民都是旅居海外的侨民，这些侨民从世界各地，特别是南洋——马来亚或印尼带回了不同的文化，其中包括房屋的建筑。鼓浪屿的居民把家乡建成了万国民居博物馆。舒婷的家是鼓浪屿建筑博物馆中的一座。中华路某号楼，山间一座僻静的院落。那里住着诗人一家。房屋是先人留下的，西式，两层，红砖建成。历经动乱，所幸得以留存。

舒婷的童年有温馨的母爱："你苍白的指尖理着我的双鬓，/我禁不住像儿时一样／紧紧拉住你的衣襟"，"为了一根刺我曾向你哭喊，/如今戴着荆冠，我不敢，/一声也不敢呻吟"。童年如梦般消失，小小的女子到偏僻的山村"插队"。闽西，上杭，太拔乡，砚田村。我到过她住过的小楼，楼梯窄狭，破旧，摇晃，窗口还晒着过冬的菜干。门前一道溪水，从远山流过她的门前。山那边还是山，她只能对着远山想家。

正是做梦的小小年纪，却是梦断关山。工余，她悄悄开始写诗。诗中有一只小船，搁浅在荒滩上，无望地望着大海，似乎是在写她自己："风帆已经折断／既没有绿树垂荫／连青草也不肯生长"，"无垠的大海／纵有辽阔的疆域／咫尺之内／却丧失了最后的力量"。难道真挚的爱，将随着船板一起腐烂？难道渴望飞翔的灵魂，将终生监禁在荒滩？她对生活发出了怀疑和抗议。

黑暗的天空透露出一道明艳

不知过了多久，终于获准回乡。她因失去升学的机会，只能做一名日夜守护在流水线上的女工。日子过得刻板而乏味，"我们从工厂的流水线撤下，又以流水线的队伍回家来"。她是如此不甘，希望有一片属于自己的天空。舒婷在诗中写道："不知有花朝月夕，／只因年来风雨见多"，"人在月光里容易梦游，／渴望得到也懂得温柔"。她有幸与诗相遇，她为获得这种表达内心的方式而欣慰。如饥似渴的偷偷阅读，还有蔡其矫先生开列的书单和笔记本上手抄的诗篇，聂鲁达、惠特曼，这些中外古今优秀的诗人，唤醒了她潜藏于心灵深处的诗情。幸而有了诗歌，那是她在寂寞无望中的一线生机。

新的转机在向一代人招手。崛起的一代，还有归来的一代，年轻的和年长的，他们在无边的暗黑中划出了一道闪电。闪电划破天空，露出了云层外耀眼的阳光。一代人用黑色的眼睛寻找明媚的阳光，一代人决心告别黑暗，寻找丢失在草丛的钥匙，还有夹在诗集中的三叶草。新的生活开始了，舒婷写出她的名篇《致橡树》。

伟大的时代尊重个人情感

二十世纪七十年代，劫后归来的蔡其矫，痛定思痛，曾经发

岂止橡树，更有三角梅／

出真诚的"祈求":"我祈求炎夏有风,冬日少雨;/我祈求花开有红有紫;/我祈求爱情不受讥笑,跌倒有人扶持"。曾经有过一个年代,爱情被否定和受到轻蔑,两性间美好的情感被践踏和被侮辱。一个小说家以充满反思的心情,寻找并重新确认"爱情的位置"。那年代,性别的差异受到扭曲和错位,几乎所有的女人都换上男人的装束,性感几乎等同于不洁,女人和男人没有区别。爱情受到嘲弄,爱情不仅没有位置,几乎所有的判断都指向:爱情有罪。

正是在这样的大背景下,舒婷关于自我情感的系列诗篇引起了人们的关注。她的独特的女性内心独白,以及私密性的情感的抒写,包括她的独特的审美风格——例如"美丽的忧伤",被认为是脱离了"大我"大方向的、仅仅属于自私的"小我"的情绪。依照当日的惯性和成见,人们对她的写作发出了严厉的拷问,批判者指责她的创作失去了正确性。置身这样大批判的疾风暴雨中,舒婷勇敢地向着她的批判者和更多的热爱者发出了她的"爱情宣言",这就是《致橡树》。她说,如果我爱你,绝不像攀援的凌霄花,借你的高枝炫耀自己。你是橡树,我必须是你近旁的一株木棉:

> 你有你的铜枝铁干,
>
> 像刀,像剑,
>
> 也像戟;
>
> 我有我红硕的花朵,
>
> 像沉重的叹息,

又像英勇的火炬。

我们分担寒潮、风雷、霹雳，

我们共享雾霭、流岚、虹霓。

困苦与共，休戚相关，承担，相爱，而且必须是一棵树与另一株树并肩站在一起。这样，《致橡树》就不仅是一曲无畏的"爱情宣言"，而更像是一份向着歧视妇女的异常年代宣战的一纸檄文，亦可视为女性自尊、自爱的一份"自立宣言"。

一首诗概括了一个时代，也惊动了一个时代。对于诗歌表现"小我"倾向的批判，一直伴随着对于朦胧诗长达数年的论争，而舒婷始终处于漩涡的中心。幸好是我们所有的人都赶上了一个宽容和开放的时代，不仅写作的自由受到尊重，而且书写个人的情感也受到尊重。舆论的压力得到缓解，诗人终于赢得了广泛的认同与热爱。《致橡树》也匡而成为新诗潮的经典之作。我们由此得知，所谓的文学和艺术的时代精神，并不特指作品的题材重大；即使是个人"私情"也立受到尊重。《致橡树》无愧于诞生它的伟大的时代。

日光岩下的三角梅

现在，我们的目光还是归到美丽的鼓浪屿。步出舒婷小楼的户外扶梯，从菽庄花园的海上曲径到日光岩，大约也就是半个小时的路程。鼓浪屿用花香和琴声，也用浪花和蝴蝶，用白鹭的快乐的飞舞引导我们登上了日光岩。这里有郑成功的战垒遗址，将军的目光依然深邃地望着南部亲爱的海疆。此刻，所有的窗户都垂挂着鲜艳的三角梅，从花丛中飘出的是钢琴的叮叮咚咚的声音。

这座花丛中的小岛，家家都有琴键敲打的声音。这里走出了许多优秀的钢琴家，这里不仅是诗之岛，也是琴之岛、音乐之岛。这里有遐迩闻名的钢琴博物馆。不久前，我再次访问鹭岛，在集美学村的一个集会上，我难以抑制内心的激动，我赞美这座浓荫笼罩的海上花园，我说，鼓浪屿的琴键一敲，日光岩下的三角梅就开了！

舒婷写作《致橡树》仅仅是一个开始。她不仅找到了消失了的爱情，而且肯定了爱情的价值和位置，更确立了爱情中的女性的尊严。《致橡树》只是一个开始。随后，1981 年写《惠安女子》："天生不爱倾诉苦难 / 并非苦难已经永远绝迹 / 当洞箫和琵琶在晚照中 / 唤醒普遍的忧伤 / 你把头巾一角轻轻咬在嘴里"。1983 年写《神女峰》："美丽的梦留下美丽的忧伤 /……沿着江岸 / 金光菊和女贞子的洪流 / 正煽动新的背叛 / 与其在悬崖上展览千年 / 不如在爱人肩头痛哭一晚"。

是艰难的岁月唤醒了她的诗情，是四季开花的多彩多姿的三角梅给了她美丽的灵感。她有美丽的忧伤，忧伤使她成熟。

诗美的愉悦与诗思的启迪

冰洁是活跃在诗界的实力诗人。他正是以可贵的赤子之心、多样的诗歌形式，表达了他对现实世界强烈、持续、多角度的关切及参与。从他的诗作中，读者可以深深感受到那种艺术特色的激荡，以及流淌在文字中的诗意之美。

冰洁来自湖南祁东农村，饱经沧桑的历练，使他对农村的纷繁生活和众多的自然景物有了更敏锐、更深厚的感触和心理积淀。他善于从平凡生活和劳动者身上发掘诗意，礼赞劳动者崇高的品质，善于在一片奇景的素描里，展现当前生活风貌和无限美好。

他写《农具》，"总迈着劳动的步子 / 沿着农历 / 沿着庄稼的长势 / 从一个巷子进去 / 又从另一个巷子出来"。他写《在南方》，"在南方 / 月色争不过烟雨 / 骄阳也不及春风 / 浅蓝的天空 / 白云一朵一朵 / 覆盖一块一块水田 // 在南方 / 春有蛙声秋有蝉声 / 一条江 / 逶迤在眼眉上 / 竹排 船帆 / 多像宣纸上洇染的一幅水墨 / 浓淡不一"。诗人的笔下，总是被乡愁缠绕，因而流淌着黏稠的情感。

他对故乡的眷恋，并未随时间的延续而有丝毫的减少，也并未因空间的推移而影响情感的流动。他对故乡的情感以借物寓情的手法，在绚丽的自然景观和旷达的精神上，建立起诗歌创作的审美坐标。

强烈的社会使命感和对时代的责任感，促使冰洁诗歌创作的方向从乡土诗转向政治抒情诗。他的诗歌构想宏大开阔，诗歌内容的铺展是立体建筑，呈现一种豪迈、磅礴、雄浑、苍劲的气势，充满了内在的力度美，表达了他对时代、民族、祖国、人民的独特感受和深刻思索。

冰洁在诗作上所显现的大境界、高格调、主旋律、重艺术的风采，是他生命中的内质所在，这固然是出于时代需要和诗人的责任，也是他内在的主体要求，一切都发自他内心。因此，时代呼唤与个人的强烈愿望达到了统一。

"同在五星红旗的感召下 / 用火的炽热海的深邃 / 用长江黄河的浩浩激情 // 高举镰刀和锤子 / 踏着坚实的脚步 / 并纷纷把目光放远 / 与地平线永远亲近 / 总被同一个太阳点燃黎明 / 总被同一个月亮打湿裤脚 / 一双抚摸过沧海桑田的手 / 紧握着二十四个节气的秘密 / 从八面来风中采集种子 / 从岁月的花蕊中寻找芬芳"。这首《中华儿女》是诗人冰洁在重新建构一种酣畅淋漓的时代精神的重要体现。

母爱是永恒的主题。在诗人冰洁笔下，也同样有刻骨铭心的表达，"母亲是身上的被 / 没有她 会感到寒冷 / 母亲是菜上的盐 / 没有她 生活就没有味道 /……/ 母爱似河 / 三千年不息 / 五千年不

止 / 八千年不竭"。诗人用纯真、质朴、生动的语言和通俗易懂且具有丰富内涵的比喻,体现了儿子对母亲情深似海的眷恋。

冰洁的爱情诗善于通过诸多清新、俊逸、鲜明的意象来营造神秘的意境,让读者体味到那种情景交融、混合无迹的境界。"一份真情 / 唯美了时光;温暖了你我的初心 / 欣喜一份唯美的遇见 / 你入我心 我入你眸 / 愿倾尽一世繁华 / 只为把你刻在我的心间 / 愿和你一起隐居 / 在那炊烟袅袅的世外桃源 / 吟唐宋穿越 邀天地共鸣"。这首《为你许愿》,以淡笔写浓情,描写了一见倾心的幸福时光和对未来的憧憬,美丽的山盟海誓顿时把两人的情感提高到沸点,让人顿生纸短情长、语浅味浓的赞叹。

"等风也等你 / 我在彼岸 / 描一池春水波动 / 撷一缕阳光入怀 / 裁一腔思念成梦 / 揽月明 洒凡尘 / 等云尽 等天明 / 等一个温软的月份 // 心在风中 / 誓言一朵接一朵地绽放 / 与风相拥 / 江山万紫千红"。这首《等风来》读着轻松愉悦,颇有音律之美。以情写景,以景化人,情与景,天然契合。

无论诗歌的语言形式松弛抑或紧凑,但始终保持着诗本身的意味和光辉。冰洁的诗歌,浸润着独特的人生体验、坦荡的真情和精神向度,充满了深刻的思想与撼人心魄的艺术感染力。我在他的诗歌中获得的不是明确的概念,而是一种诗美的愉悦与诗思的启迪、一种心灵被感动的满足与超越。

海滨邹鲁　左海风流

——闽派诗文丛书总序

一

　　记得那年在长安旧地，古城墙，大雁塔，兴庆宫，花萼相辉楼，遍地的秦砖汉瓦，令人遐想汉唐气象。风从潼关那边吹过来，吹皱了洒满月光的渭水，由此一路向西，向着八百里秦川的悠悠古道，咸阳，鄠县，马嵬坡，鳌屋，武功，扶风，岐山过了是凤翔，即使是秦岭深深处，空气里也飘洒着唐诗的清香。得到的是这样的一个认识：中华文明古远而悠长。后来到了河南安阳，那情景就更让人震撼了。殷墟遗址，妇好墓，新建的一座宫殿，美丽而英武的妇好是武丁的爱妃，那陈列的几只玉笄，尚留存着她鬓间悠远的香泽。那是甲骨文的故乡，小屯，一个小小的村落，四十亩的地面，遍布大大小小的深坑，无字的、刻了字的甲骨成堆地堆积在一起。"国之大事，在祀与戎。"那些公元前至少一千五百年前的古文字，刻写的是惊心动魄的时代风云。

我曾行走在安阳的淇河岸边，望着那从远古流淌至今的河水，耳边响起的是至少三千多年前、至今依然青春的歌唱："瞻彼淇奥，绿竹猗猗。有匪君子，如切如磋"，"瞻彼淇奥，绿竹青青。有匪君子，充耳琇莹"（《诗经·淇奥》）。那歌谣幽幽地传递着中华文化的悠长旷远的声音，这个伟大的文化传统是从母亲河黄河孕育、展开而流传至今的。华夏文明的发源地在中原，中原腹地有华夏母亲的心跳。

此刻说到我的家乡福建，福建地处东南海滨，古为蛮荒之地，开发较晚。福建文物之盛当然比不过中原，但福建的文化之脉同样悠远地接续于中原。都说，我们的祖先来自山西洪洞县的那棵大槐树下，也许竟是。犹记前些年曾托友人寻根问祖，问到了一个叫作"杭城试馆"的地方（其实那"杭"是"航"之误），据说我的出生地距此不远，当时瞎猜：杭城？杭州？上杭？后来得知，是航城，航行的航。历史就由此推到了三国的吴，我的祖籍长乐旧称吴航，长乐滨海，是吴国孙权制造战船的地方。航城试馆，长乐子弟来省城应试启住的旅馆。猜想，应试子弟中也许就有谢姓的远祖。

从来中原多战乱，三国之后，晋室东迁，史称衣冠南渡，文化中心逐渐东移南下，八闽大地于是蒙得泽惠。记忆中秦淮河畔乌衣巷口的芳草野花，叙说着当年王、谢两大家族的显赫，是一个证明。上面讲的今日的长乐、昔日的吴航成为当时南方的造船中心，也是一例。但无可讳言，文化重心仍在北方，汉赋唐诗，华清歌舞，也还在以古长安为中心的地域展开。那时的潼关烽烟，骊山鼙鼓，马嵬风波，也都还在遥远的地方进行。福建依然还是僻远静谧的一隅。

二

说句有点昧心的话，福建的文化繁荣还是得益于当年的动荡时势，这里讲的主要是宋代。当年北宋为避日益逼近的外族威胁，自汴梁迁都于临安，即今日的杭州。此地乃是人间天上，锦绣繁华之地。尽管君王乐不思蜀，偏安一隅，但文化中心向南偏移却是战乱造成的事实。福建和浙江是邻省，福州和杭州距离也不远，人员往来频繁，彼此是互为影响的。宋室南迁，以迄于元、明，一些重要的文学家、学者和诗人，与福建的关系密切，来往频繁。陆游、辛弃疾、曾巩等（李纲是福建人，自不在话下），均有写福建的诗文。唐宋八大家之一的曾巩，于熙宁十年出任福州知州，有诗赞过当地风光："雨过横塘水满堤，乱山高下路东西。一番桃李花开尽，惟有青青草色齐。"[1] 至于冯梦龙更是在寿宁任职多年，他的"三言"写作与此攸关。这些南下东进的文人，他们的到临有力地促进了内地与福建的文化交流。

在泉州古城，城边上有一座洛阳桥，那是南迁的官民为了寄托往日的记忆而取的名字。洛阳桥头有宋代书法家蔡襄的题字。

---

[1] 曾巩：《福州城南》，转引自危砖黄《闽都诗文名篇》，福建教育出版社，2010年6月。

蔡襄，福建仙游人。他的书法正楷端重沉着，行书温淳婉媚，为宋四家之一。泉州旧时遍植刺桐，古代西亚商人行旅多以刺桐记泉州，《马可波罗行纪》亦以此名之。刺桐港是当时世界重要的港口，也是当年国际交流的中心城市，不仅是物资交流，更重要的是文化交流，泉州当年就是一座国际化的城市。

泉州城里至今尚完好地保留着穆罕默德两位弟子三贤、四贤的墓茔，这城市各个角落遍布着寺庙和教堂。在世界各重要的宗教中，不仅是佛教和道教盛行，基督教和伊斯兰教也都盛行，彼此和平相处，互相尊重。泉州开元寺，建于武则天时代的垂拱三年。庙宇辉煌，法相庄严，大雄宝殿两侧，石柱上镌刻着朱熹撰的联句：

此地古称佛国
满街都是圣人

对联系弘一法师所书，笔力婉秀而遒劲。撰联者与书写者，一位朱熹，一位李叔同，都是与福建缘分很深的学者大师。泉州开元寺的古旧辉煌，加上这副对联的撰联者和书写者，印证了历史中的福建文化昌荣的恢宏气象。南宋偏安江南一隅，虽然彼时家国多艰，然文化的血脉还是顽健地留存并发展着。以临安为中心，沿富春江、钱塘江一线、环太湖三角洲，在中原文明的基础上融入了江南文化明媚浪漫的因素，延续并繁衍了中华文明以达于极致。

记得还有一首诗，作者是南宋诗人吕祖谦，该诗描述了当时八闽大地动人的文化景观。吕祖谦家世显赫，先祖吕蒙正、吕夷简、吕公弼、吕公著都当过当朝宰相，吕祖谦的父亲吕大器曾在福州任职，吕祖谦本人随父在闽求学，他是南宋孝宗时代杰出的思想家和历史学家。他这首诗，题为《送朱叔赐赴闽中幕府》，以朴素的语言称颂当日闽中的学术风气，在他的笔下，当时、后来，甚至现在，这里总是书香盈巷，书声琅琅：

> 路逢十客九衿青，
>
> 半是同窗旧弟兄。
>
> 最忆市桥灯火静，
>
> 巷南巷北读书声。

由此可见八闽当时文事之盛。在中国文化领域，福建真的没辜负这片锦绣山水，它有力地承继并拓展了悠久的华夏文明。地理环境的特殊也间接促成了文化的繁荣。福建境内西北环山，东南滨海，山是秀丽，水是柔婉，亦有雄奇，亦有湍急，四季苍绿竟也是花开四季，构成一幅四时多姿多彩的活画图。山地交通不便，因此方言复杂，为了沟通，普通话流行，无论妇孺均能使用，这也间接促进了福建教育的发展，记得上世纪五十年代中国高考，福建考生的成绩令全国为之瞩目。都说福建人善应试，其实乃是教育普及的结果。山间少良田，海边多风沙，福建人为此走南洋谋生者多，这也促进了涵容多种文化的宽广胸怀和外向型性格的形成，福建人从来多奇思，出奇才，不保守。

三

这种局面延续到近代。第一次鸦片战争失败，割地赔款，屈辱的中国被迫打开国门，签订南京条约，广州、厦门、福州、宁波、上海五城市辟为通商口岸。五口通商中福建占有两地。外国使节、商人和传教士的到来，带来了与中国传统文明迥异的西方文明，客观上扩大了国人的心胸和视野，福建人对包括基督教在内的"舶来品"并不拒绝，不仅接受，且涵容之，扩展之，最终反过来丰富了自身，从而有力地促进了东西方文化的融会。以泉州为例，它在东西方文化的广泛交流中不仅保全了一座东方的"佛国"，而且成功地完成了作为当年世界多种文化互惠互容的典型。"满街都是圣人"，这圣人不仅是信佛的人，而且泛指有文化的读书人，是学有专攻的学问人。

其实早在先辈下南洋谋生开始，福建人就开始了这种促进东西方文化交流的历史。早先出洋的那些人，他们以自己的智慧和汗水，为当地的开发和建设贡献力量，促进了与原住民的融合。我有幸访问过遥远的沙捞越，那里有一座叫作诗巫的城市，就是福建乡亲一手建起的"新福州"——乡亲们几乎把一座完整的福州城搬到了加里曼丹的海天之间。福建人在海外挣了钱回家盖房，盖的房子，便是他们喜欢的外国洋房的模样，现在厦门的鼓浪屿，就是这样一座"搬来的"建筑博物馆。

　　陈嘉庚就是这样成功为一位伟人，他挣了钱，省吃俭用，在家乡盖学堂，办教育，集美学村就是他的杰作。有趣的是他为自己设计的墓园——鳌园。那里的闽南石雕，镌刻的是系统的西方文明的理念和习俗，从刷牙洗脸等卫生习惯开始，应有尽有，他的"以夷为师"是发自内心的自然而然。在福建人宽广的胸怀中，可以有自己的信仰，也尊重他人的信仰，基督教的教堂可以在边远的山区和海滨见到。在我曾经驻防过的石城半岛，一个远离大陆的偏远荒凉的渔村，那里也有一座精致的教堂，也有一位默默传布福音的外国传教士。

　　最早的一批留学生中有福建人。严复早年就是赴英留学的留学生，1879年（清光绪五年）毕业于英国格林尼茨皇家海军学院。他学的是船政，后来当了北洋水师学堂的总教习。严复学贯中西，业通文理。他又是翻译家，首译《天演论》《原富》等到中国来，在译界以倡"信、达、雅"为翻译三原则而赢得普遍的尊敬。他是首任的北京大学校长。他和林则徐一样，是封闭社会中最早睁眼向外看的中国人。像严复这样的福建人并非"罕见"，乃是一种"常见"。说到与严复同为福建闽侯人的林纾，都说他在五四运动中是保守派，但他却是比严复还早的一位翻译家，可谓是中国翻译界的第一人。他不懂外文，却通过他人的口述，翻译了一百七十余部小说，著名的《巴黎茶花女轶事》，就是他的译作。他是一个奇迹。

　　还有陈季同，也是一位奇人。他也是船政学堂的第一批学员，1875年，以"在学堂多年，西学最优"被船政局录用，后又与严复、马建忠、刘步蟾、林泰曾、邓世昌、萨镇冰等被派往英国学习。他精通多国语言，能以法文写作，著作有《黄裳客传奇》等多种，他的法文著作被译成英、德、意、西、丹麦等多国文字。陈季同在海外影响甚大，罗曼·罗兰的日记中曾详细记述其当时所见的美好印象①。据相关专家评述，由于陈季同的学术贡献，中国新文学的历史，为之要往前推进若干年。陈季同是早期能以外文创作文学作品的中国人，到了现代，还有林语堂，他也是除中文以外能用英文写作的中国人。

四

回到开元寺朱熹的那副对联上来，朱熹诞生于福建尤溪，他一生的大部分时间都在福建各地居住和游走，著述、讲学、办书院。在福建，他完成了作为中国儒学重镇的朱子学说的体系。他的祖籍虽然不是福建，却是福建大地诞生和培育的儿子。福建始终认他为乡亲、乡贤，他是福建的骄傲。福建尤溪县志载有关于朱熹的传说，宋高宗建炎四年（1130 年）农历九月十五日，朱熹诞生，诞生地有文山、公山，是日两山同时起火，草木烬处，现

---

① 罗曼·罗兰当时是法国巴黎高师时学生，是陈季同这场演讲的听众。他在 1889 年 2 月 18 日的日记中记述了当时的情景："他身着漂亮的紫色长袍，高贵地坐在椅子上。他有一副饱满的面容，年轻而快活，面带微笑，露出漂亮的牙齿。他身体健壮，声音低沉有力又清晰明快。这是一次风趣幽默的精彩演讲，出自一个男人和高贵种族之口，非常法国化，但更有中国味。在微笑和客气的外表下，我感到他内心的轻蔑，他自知高我们一等，把法国公众视作小孩……听众情绪热烈，喝下全部迷魂汤，疯狂鼓掌。"

出"文""公"二字，宣告了一代名儒"朱文公"的诞生。

史书记载，福建在唐以前还是"化外之境"，唐代五十多名闽籍进士，除个别人如欧阳詹外，大都表现平平。进入宋代，形势大变："福建默默地积蓄了一千多年的惊人能量，突然爆发。一向受中原地区忽视的蛮荒之地，转瞬间成为文化高度繁荣的地区。在科举考试中，福建士子的出众表现，让人大惊失色。美国学者贾志扬依据全国地方志统计，两宋合计 28933 名进士，福建占 7144 名，排名第一。宋代的闽北文化极其发达，台湾学者陈正祥《中国文化地理》统计，仅浦城一县就出了 122 位进士，4个状元，8个宰相。"[1]

重要的不是这些数字，而是由于朱熹的出现，福建诞生了自己的学术思想界的领袖人物，并由此形成了自己的学派——朱子学派。这个学派的影响跨越了时空界限，不仅属于江南，而且属于全国，宋以后，它成为元、明、清至民国的主流意识形态，支配中国社会达六七个世纪。史传，朱熹不是横空出世的，在他之前，已有号称南剑三先生的本土学界先驱人物：将乐人杨时、沙县人罗从彦、延平人李侗。杨时曾问学于程颢、程颐，学成辞归，程颢顾座中人曰："吾道南矣！"南剑三先生中的李侗，朱熹二十四岁时问学于他，三十三岁正式向李侗行弟子礼。与此同时，朱熹本人也成为杨时的三传弟子。道统入闽，闽学的地位骤然上升，岂是偶然？

---

[1] 引文见 2014 年福州耕读书院成立大会所印发材料：《朱熹简历及其在教育方面的贡献》。

有史册统计，当时福建官、民办书院有案可查的达百所之多①，其间不乏朱熹亲自授课、亲自题匾，或由他的亲传弟子讲学的学堂和书院。其著者如福州城门的濂江书院，有朱熹题匾"文明气象"；福州洪塘的云程书院，明林静斋讲学处，林氏五兄弟科甲联登，"兄弟两会魁，三代四进士"，被称为历代出文人官人的摇篮；福州鳌峰书院，堪称东南第一学府，康熙御赐"三山养秀"匾，乾隆御题"澜清学海"匾；闽侯竹林书院，南宋孝宗乾道年间朱熹所建，祀竹林七贤，朱熹避禁"伪学"时在此讲学，书院一时名声大噪，凡此等等。福建办学的传统由此形成大气象，这足以回答为何福建地处偏僻而该地文化水准每每领先于别处的原因。

综合起来说，首先，福建虽然地处国之东南，但受惠于历史上晋、宋两朝政治经济中心南移，得到中原文化的浸润，加上博大的海洋的吞吐涵容，在闭关锁国的长时期中，福建先民早已漂洋过海，开展了卓有成效的经济文化的国际交流，影响所及，使它一时气势恢宏，蔚成奇观。及至近代，国门开放，西洋文化大量涌入，多种文化在这里融会贯通，福建首得风气之先，出现了众多有别于内地的旷世奇才。

这方面，可圈可点者多，远的如明朝的李贽，近世如辜鸿铭。李贽，晋江人，回族。以"异端"自居，招收女弟子，猛烈抨击孔孟之道，痛斥孔子"无学无术"，也激烈批判宋明理学，

---

① 参见《福建百家书院历史资料》。此资料主要参考金银珍、凌宇著《书院·福建》一书编制，又经福建师大徐心希及闽都民俗研究所范丽琴补充建议定稿。

认为"存天理，灭人欲"是虚伪说教。最后死于监狱，是一个奇人。辜鸿铭，福建同安人，出生于南洋。早年留学英、德、法诸国，精通包括拉丁、希腊在内的多种语言。他是第一个将《论语》《中庸》译成英语的中国人，也是唯一拖着长辫给学生上课的北大教授。他是民国学界一道奇特的风景。此类奇才，史中屡见，邵武有严羽，崇安有柳永，他们的学问人生均具传奇性，也都是本地"特产"。

五

纵观八闽文运，每能于平凡处见奇崛，于淡泊处显神韵，气势恢宏而临危受命者若林则徐，缠绵悱恻而慷慨赴死者若林旭、林觉民，细究其因，不外上述。这篇长文的开头，我写了篇名，八个大字："海滨邹鲁，左海风流"。意在以此概括福建的文采飞扬的非凡气势。从历史看，先南洋而接踵西洋，因江南而际会中原，加上宋以后出现的以朱熹为代表的学界翘楚，其影响绵延至今，使福建文化能置身于浩浩中华文明之中而独显其优势与魅力。本文以上所列举的那些人和事，都是闽山闽水育就的奇花异果，他们在各个时期，均能以自己的方式彰显时代的风貌。

近年来，闽省宣传部门领导关注有特色的地域文化建设，举凡整理出版八闽文库之类的大型文献丛书，出版总数三十余卷的闽派文艺批评家的文集，召开相关的专门研讨与诗歌集会，以及出版现在这套闽派诗文总集，都是令人欣慰的可喜可贺之事。就福建而言，其文化的自成特色是事实，但闽学是否有"派"？尚是存疑待考。去岁榕城开会，此会曰闽派文艺评论家的聚会，我当时就对吾闽之文艺批评是否有"派"置疑，谓，曰闽籍即可，曰闽派则未必。但不论如何，闽江水自分水关悠悠南下，过崇安、邵武，沿途纳松溪、建溪、富屯溪诸水而汇于南平，而后经福州浩浩东流入海，又何尝不是激流一派？姑言之，信之可也。

闽省郭风、何为、蔡其矫三先生，师辈人也，素所敬仰。郭风先生为人宽厚谦和，有长者风，他是上世纪四十年代最早发表拙作的前辈，多年扶植，素未谋面。时隔三十余年后，八十年代初期，我与刘心武、李陀、孔捷生联袂访闽，郭先生亲赴义序机场迎迓，语及旧事，方感知遇恩重。何为先生文雅睿智，他的美文我十分喜欢，也影响了我，前年拜谒上杭临江楼，先生之大文在焉！诵文思人，在心中默念先生之为文为人。蔡其矫先生也是福建山水造就的一位奇才，集激情的革命者与浪漫诗人于一身，在思想禁锢的年代，敢于喊出"少女万岁"的，国中能有几人？唯独蔡先生做到了。闽派诗文集能由郭、何、蔡三先生文集领衔，自能充分展现当代福建文坛的实绩，实为至幸。

闽派诗文总集编成有日，文集编委会命撰序文于我，乡情为重，不遑轻忽！旁置冗务，溽暑伏案，日致数言，乱章叠句，方成此篇。内中涉及文史故典颇多，案边尤缺参阅资料，谬误错乱之处难免，期待方家指谬，是所至幸。

今天，我们从容面对新旧诗的"百年和解"

写诗虽变得容易，但新诗不能等同于说话

朝花周刊：新诗一百年从哪一年算起，没有准确的说法。您是用模糊的看法，或者一百年，或者一百多年。您如何评价这百年里新诗的发展？

谢冕：新诗的出现是一个实验的过程。朱自清讲"胡适之氏是第一个'尝试'新诗的人，起手是民国五年七月"，他把起点放在 1916 年，是从胡适最初的试验开始算的。说 1916 年"起手"意味着新诗诞生未尝不可，但我更注重《新青年》1917 年发表胡适的八首白话诗和 1918 年发表胡适、沈尹默、刘半农三人的诗九首这两个时间节点。所以，对于新诗的百年起点，我采取了模糊叙述的方式，有时我甚至把叙述往前推移到晚清的"诗界革命"。

百年的实践，最值得称道的是中国诗歌从此打破严格的格律

的束缚，放弃格律化和文言写作的诉求，开始以白话为工具的自由诗的写作。去掉格律之后的诗歌，仿佛是鸟儿张开了飞翔的翅膀，可以无拘束地展开想象的空间，使中国人的诗歌思维得到无限的展开。新诗的最大贡献在于：可以接纳和表现现代世界的信息、知识和思想，以及开放的与世界沟通的现代人的情感。这是新诗革命带来的最好的结果。

至于有些负面的影响，就是中国诗歌告别古典之后，传统的诗歌韵味有了减弱甚至基本消失的趋向，人们为求"新"而忘"诗"，为用"白话"而忘记"诗"。新是新了，却是诗意没了。因为用了白话而把诗的本质给忘了。

新诗诞生之后，写作变得容易了，但是古代诗人那种对于词语的刻苦锤炼的功夫，那种"苦吟"的功夫却没有了。另一负面的结果是去掉格律之后，诗的音乐性也削弱了。诗可以不用格律，但不能没有作为音乐性的核心的节奏感。我们不妨反问，当新诗等同于日常说话，那还是诗吗？

新诗一百年，仍属于几千年诗传统的一部分

朝花周刊：新诗走过百年，是否也意味着我们应该重新认识新诗与古典诗歌的关系？新诗与旧诗共存，是融合还是和解、共舞？

谢冕：应该是和解，而且期待着共舞。在中国，诗分新、旧，是由于中国特有的国情。清末民初，列强虎视，国势艰危。

有识之士探求救亡图存的道理，锁定于中国旧文化阻碍了中国的发展的认识，于是决心变革文学以适应世界潮流，遂有新文学革命之举。新诗革命走在了文化革新的前面。

当时的看法认为，以文言写作的旧体诗词是阻碍中国前进的根源。新诗就是以旧体诗为假想敌而进行的一番革命。废格律，立自由体，以白话代替文言，这就是新诗革命。当年的人们对于旧文化和旧诗词的情绪是激进的和对立的。

其实，中国的诗歌传统并没有因新诗的出现而中断。中国诗歌的血脉是"诗言志"。中国传统的诗学强调，诗可以"经夫妇，成孝敬，厚人伦，美教化，移风俗。"（《诗大序》）在中国，诗不仅是审美的，而且是实用的，中国诗学从来看重诗对于世道人心的影响。五四新诗完全沿袭了这个传统，它志在弃旧图新，救亡图存，从诗入手，并以诗的方式改造人心，进而改变国运。传统没有断流。要说中国诗的传统，传统只有一个，自古到今，没有变，也没有断流。

而且从语言的骄傲度看，中国诗使用的语言一直是汉语，这也是一贯的。当然，在时代的跟进中，社会生活有了变化，使用的汉语随之有了变化，但汉语依旧是汉语，是从古代汉语到现代汉语的渐变的过程。白话入诗，是以现代化为主的一种因时而变的自然。新诗发展已经一百年，形成了新的传统，但这个传统属于几千年传统的一部分。中国诗歌几千年的传统如长江，如黄河，发源于巴颜喀拉山脉，曲折蜿蜒，奔流到海，从未断流。

中国传统诗歌的影响巨大而深远。就诗的形态说，虽然新旧有别，但是血缘仍在，依旧血脉贯通。新诗是从旧诗变过来的，正如唐诗是从六朝诗变过来的一样，所以它们不是敌人，而是同胞兄弟，是共有一个母亲。中国文化的源头是长江黄河，中国诗的源头是《诗经》和《楚辞》。新旧既然同源，当然可以互补、并存。

当前的选择只能是以新为主，强调新诗向旧诗学习它的长处。我本人对此持开放、包容的态度，我不反对有兴趣的人写旧体诗。从目前的情况看，写旧体诗的人很多，有许多倡导旧体诗歌的团体，起了很好的作用，培养了人们的兴趣。但我希望新的旧体诗必须继承固有的声韵格律传统，可以有变，但基本的规律要遵从。百年之后的今天，我们已有一个从容冷静的心境来讨论新旧诗之间的亲缘关系的问题。我们可以冷静下来，消解对立情绪，从而实现我称之为的新旧诗的"百年和解"。

至于诗的标准问题，这比较复杂。我的基本看法是，标准不能定于一尊，应当宽泛一些。需要坚持的是，诗必须是诗，诗不能混同于文。形象一些说，诗是跳舞，文是走路。胡适当年说"要使作诗如作文"，是误导。

维护白话新诗的自由精神，"变"应是"恒常"状态

朝花周刊：您说过自己一辈子只做了一件事，就是研究新诗。在新诗的发展进程上，新诗理论建设起到何种作用？百年新诗的理论建设又有什么具体成果？

谢冕：我小时候梦想做诗人，但是后来发现诗人并不是容易当的。一是本身缺乏才情，二是发现时代不对。在我的青年时代，那时对诗的理解很狭窄，限制太多，后来这种倾向愈演愈烈，诗流为标语口号。既然如此，我只能选择放弃。诗人是当不了了，因为总有一个诗人的梦，就转而研究起诗歌来了。研究诗歌，那是到了北大之后的事。理论的基础，专业的训练，加上一种机遇，我就成了一个专心做诗歌批评的人了。

中国新诗的产生和发展很有趣，是理论先行，创作跟进。是先有理论、后有诗的实践，这种奇异现象，其产生原因是社会发展的需要。新诗的首倡者是胡适。他当年在美国留学，接触了西方的诗歌，有感于中国传统诗歌对于自由表达的束缚，深感诗应当破格律，弃文言，用白话写诗。有了这种理念，于是开始"尝试"。胡适和他的朋友们是按照自己的"预设"来创作的。胡适把自己最初的诗集取名《尝试集》，强调的即是"试验"（尝试）的意思。白话新诗最初的样本是外国诗，胡适甚至把译诗也当成了自己的创作，并且收到自己的诗集中。为了新诗的建设，他们尽量排除中国传统诗歌的影响（即所谓的"去旧词调"），按照翻译过来的外国诗的样子写。

新诗的灵魂是从内容到形式彻底的自由而摈弃格律的规范，近百年间不断有人想恢复或部分恢复传统诗词的格律形式，闻一多、徐志摩、臧克家、何其芳等，都试验过或提倡过"新格律"，也取得了一些成果，但因为有悖于新诗的自由精神，很难被普遍认可。对此，我本人的态度是，所谓的"新格律诗"，有心人不妨试试，但不宜提倡。维护白话新诗的自由精神是当今以及以后的第一要义。

新诗最初是按照西方诗歌的理论进行自身建设的，它最初并不讳言这一点。百年来经历过几代人的实践，新诗的理论建设已经形成自身传统，可以说已经自立。北大中国新诗研究所为了纪念百年新诗的理论成果，编辑了《中国新诗总系》，计六卷，约四百万字。这是我们对新诗的理论及史料的一次总结，也是我们对于中国新诗一百年的一个纪念。

朝花周刊：您对新诗未来发展有何期许？下个百年的新诗，依旧是"新"诗吗？

谢冕：最近有人质疑新诗的命名，希望改变名称。质疑者认为，百年前的"新"，放到现在已不再"新"了，新诗不能永远地"新"下去。他们希望另铸新词以代替它，例如用"现代汉诗"等等。但我却不主张改变新诗的名称。我以为对于中国的古典诗歌而言，新诗是一种新的诗歌形态，它代表中国诗歌新的一个完整的阶段。对于几千年的"旧诗"而言，"新诗"总共才及百年，是一个始终仍在尝试和完善的过程。

新诗的"变"应该是"恒常"的状态，我们并不奢望新诗就此"定格"。四十多年前新诗潮崛起的时候，我们办过《诗探索》，这个理论刊物现在还在办。对于新诗而言，探索、新变是它的常态，它永远在探索的途中。

有些诗正离我们远去

有些诗正在离我们远去。它不再关心这土地和土地上面的故事，它们用似是而非的深奥掩饰浅薄和贫乏。当严肃和诚实变成遥远的事实的时候，人们对这些诗冷淡便是自然而然的。

对于写诗的人来说，受众的冷淡是一场灾难。遗憾的是那些沉溺于自恋的人们并未觉察到这一悲剧的事实。他们一味地写那些遥远而又空玄的诗。假设的、未能兑现的未来的承诺使他们执迷不悟，他们在孤独和寂寞中变得固执了。他们并不拷问自己，只是一味地抱怨别人。这就造成了一种循环：受众因他们的与己无关而冷淡；他们因这种冷淡而更为与世隔绝。

新诗自八十年代以来的进步有目共睹。这一时期的实践和论争把中国新诗的整体水平大大推进了。它使所有的写作者获得了一个艰难的起跑线，所有成熟的和不成熟的写作者，必须无一例外地置身于这个起点进行竞技。高水平的赛事产生的优胜者当然也是高水平的。

但世上的事也许就是这样，越是大跨度地向前，存在的问题也就越突出。新诗在前十年的进步并不能抵消它在十年中积攒下来的负效应。对当前的诗感到失望的不仅有曾经反对过新诗潮，而且现在还在死守固有观念的那些人，而且包括主张对新诗宽容和变革，并且坚定地为新诗的现代化呼吁的更多的人。他们面对那些对自己、对别人都是言不及义的诗，失望之余不得不加以拒绝。

我感到有时读诗使人痛苦。不是因为那诗写的是痛苦，而仅仅因为它与痛苦无关，也与欢乐无关，或者说，它与我们的心情和感受无关。我们无法进入诗人的世界。那里的形象和意象拒人于门外。那些宣称不为今天也不为明天写作的人应当明白，要是他们的诗连今天的人都感到失望，很难想象会让后人欣赏。声称只为未来写诗而对现实连看上一眼也不愿的人总让人怀疑他的诗的可靠性。

这一看法，是有感于当前诗歌的通病而发，并不是对当前诗歌所已达到或未曾达到的总的评价。事实上，八十年代以来的诗歌创造了一个时代的辉煌，这意思前面已说过了。我们现在需要一种勇气面对新诗探索前进中的歧误。

似水流年

童年没有色彩

我来到这个世界，世界以贫穷和忧患迎我。五岁，1937年，略有记忆，耳边依稀听得枪炮声和哭喊声，从遥远的北方传来。紧接着是离乱的岁月，为躲避敌机的轰炸，也为了寻找少花钱的学校，从这个小学换到那个小学：化民小学、梅坞小学、麦顶小学、独青小学、仓山中心小学，我的童年就这样在不断的迁徙（真正的名称应当是福州方言"跑反"）中，在无穷的灾难中诞生并度过。现在的孩子都说童年是金色的，我的童年没有色彩，要有，那只能是灰色，甚至是黑色的。

有幸在小学的最后两年遇见李兆雄先生。在我的心目中，李先生是上苍派来的天使。他教我们语文，课余也教我们唱歌，开始唱"山那边好地方"，后来也悄悄地唱"你是灯塔"，也唱圣歌。他是一位充满爱心的基督徒，他内心善良也包容（尽管他信教，但他从不向我们"说教"）。圣诞节，李先生会和我们一起庆祝平安夜，请我们吃糖果。

艰难年代催人早熟。贫穷、饥饿、随时都可能失学的危机，多子女的家庭，我从小就分担着母亲的忧愁。要是饭桌上有几颗土豆，我会给自己挑最小的那颗。假日的"远足"是童年少有的欢愉，但因缺少零花钱，我总是托词回避。我用阅读诗篇来驱走内心的悲苦。诗歌于是成了抚慰心灵的朋友。

钟楼，以及老榕树

很快就到了上中学的时分。1945 年，抗日战争结束，我该上中学了。家境如此，加上物价疯涨，我根本交不起昂贵的学费。李先生于是介绍我进三一中学。五口通商之后，外国商人和传教士涌入福州，他们办教堂也办医院和学校，三一中学是当年英国圣公会办的一所教会学校。学校的前身是圣马可学院。万拔文校长是一位诗人，我们的英文校歌是万校长作的词曲。万拔文回国，学校建钟楼纪念他，名曰：思万楼。此楼至今犹存。三一是一所贵族学校，战乱，时艰，钞票不管用了，学费以大米代现金。李兆雄老师的大哥李兆铨先生当了我的担保人，他以校董的身份为我申请减免学费。就这样，拼拼凑凑，跌跌撞撞，我终于完成了初中学业。

我怀念这所学校，怀念这里的钟楼、教堂，还有小学部操场那棵老榕树。数十年远去，我不忘这一切。那年学校邀我为学校题词，我写的是："钟声犹在耳，此树最多情"。这十个字，现在镌刻立碑于老榕树下。2021 年，如今正式命名的福州外国语学校，建立以校友命名的特色班揭幕仪式，有以我和陈景润分别命名的班。我在致词中说：三一以足球名校，我不会足球；三一以外语名校，我不会外语；但我享受了她博大的爱心，以及她给予我的心灵自由。

在三一，余钟藩先生在语文课堂上以福州方音吟诵《论语·侍坐章》，数十年余音如缕，他让我在迷人的音韵中体悟并赞美人生的真境界。是他和他的朋友林仲铉先生引导我走上文学之路。记得我还因书写清楚，与同班好友陶诚，曾被黎怀英先生选中为他抄写他创作的长篇小说，受到最初的文学熏陶。我发表的第一篇作品是初中二年级的作文，是由于余先生的评语而受到鼓舞的，它于是成了我文学道路的起点。

炮车隆隆向南

那一年的夏天非常炎热，太阳如一盆火球，照着这座南中国海滨城市。1949 年，8 月 17 日清晨，枪声稀疏之后，进城的解放军快步跑过我家后门的山道。这一年我十七岁，是刚上完高中一年级课业的学生。我走上街头，大街两旁整齐地躺满和衣而卧、长途奔驰和激战之后的士兵。他们赢得了一座城市，可是他们却和衣睡在街头。火一般的太阳晒着，汗水，泥垢，甚至还有血迹，就这样，他们听不到欢呼胜利的声音，更听不到获得解放的民众的称赞和感谢，他们沉睡在路边。

这情景我从未见过。我见过旧时的军队，但他们不睡街头。这露宿街头的场面使我受到震撼。1949年，福州解放。部队没有停留，他们继续向南，福州之后是厦门，厦门之后就是台湾。新中国在向我们招手！我听到理想召唤的声音。我不再忍受每年、每学期艰难筹集学费的悲苦，我也不愿重复毕业即失业的老路，我要寻找光明新生之路。也是这一年，我在《星闽日报》发表向家乡和亲人告别的文字：新中国在向我招手，我走进了革命的行列！

炮车隆隆向南，步兵拥着炮车跑步向南。南国的雨季，泥泞的公路，卡车和炮车的轮胎卷起的泥浆，溅满我不合身的军衣。步枪，子弹，手榴弹，干粮袋，还有我的日记本和诗集，这是我全部的装备。我把父母的泪痕和牵挂留在了身后，我把心爱的书籍请父亲代我保管。我开始了另一种，也是全新的生活。我在军队的职务是文艺工作队队员和文化教员。我几乎全部的时间都生活在基层连队。

最初的领悟

野战军28军83师文艺工作队是连级的建制，极盛时有二百多人。一部分成员是上海战役后从当地文艺团体参军的大学生，大部分则是像我这样福州解放后加入部队的中学生，甚至是小学生。后来文工队整编，我被分配到连队，直至复员。在文工队，我被安排在编导组。我开始为适应需要写简单的演出材料：短剧、对口唱、快板、数来宝和歌曲等。这是平时。遇到行军或战时，我的任务是行走在战士的队列中用扩音器以歌声和口号鼓舞士兵。

这样，我原先所受到的书本上的文学被"搁置"。我那时做的是最普通的文艺普及工作。文艺为基层服务，文艺为士兵和战争服务，这就是我当日所受到的革命文艺的启蒙与认知。我于是了解和领悟，当日文艺方针中的"普及"或者"思想性"，较之"提高"或者"艺术性"，为什么总是"第一"而非"第二"的简单而朴素的道理。

在连队，我的职务介乎士兵与干部之间，直至离队，我的最高级别是副排级。那时的士兵，大多来自解放了的农村，一部分来自投诚过来的旧军人，他们都是文盲或半文盲的文化程度。我的任务是教他们识字和普及最基本的文化。办墙报、教唱歌、组织周末的连队晚会，写通讯报道等等，都是我的日常工作。

岛上读书石

南日岛，现在从地图看去，像是撒在兴化湾上的一串明珠，当日却曾是残酷的战场。我所属的步兵 249 团一个加强连，在一次十数倍于我的偷袭中全军覆没，其中有我的几位朋友。南日岛告急，战斗就是号令，我们匆匆收拾识字课本和黑板，日夜兼程奔上了南日岛。总共十几个村庄的小岛，一下子住进了一个加强团，渔民们推卸门板，让出本来就不宽绰的住房给军队。我们的工作是挖坑道，死守阵地。

再战金门，解放台湾！是当时最紧迫的任务。但突然爆发的朝鲜战争，迫使我们把进军的脚步锁定在那一年，那一月，那一日。数十年后我与诗人痖弦相聚于台南成功大学的大榕树下，痖弦指着操场远处的一排平房对我说，"那时我住在那里，司马中原和朱西宁也住在那里。我们日夜挖坑道，怕你们打过来！"痖弦知道我的经历，他笑着对我说这话。我回应他："那时我在南日岛，也是日夜挖坑道，也怕你们打过来！"这就是"相逢一笑"，一笑间化解了昔日的恩仇。

记得那里有一位美丽的、脸上有雀斑的渔家少妇，记得那里有一块我曾在风浪平静时读诗写作的巨石，记得巨石背后就是我当日驻守的村庄——那时战事危急，一住经年，居然不知村名。以后几次登岛寻觅记忆，只有海鸥在戏吻浪花，只有刻着死去士兵的碑石屹立无语。往事悠悠，竟然不留丝毫痕迹，包括我曾经患难与共的村庄。

仓山梅林

转眼到了 1955 年，我奉命复员，而且不解释原因。事后得知，是部队要正式实行军衔制，我因为有二哥在台湾谋生，被认为是"海外关系"，不宜留队。记得是连里的司务长陪我吃了一顿告别饭，我领了三百余元复员金。记得我将它分作三份，我给母亲 120 元，报答她养育之恩；再以 120 元，买了一只走私进来的二手瑞士表；其余三分之一留作自用。

回到家乡福州，房舍犹在，父母老了。我要开始新的生活。感谢那时有一位女友陪我散步，说不上爱情，爱情是一个渺茫的梦。我投书寻求职业，石沉大海；我于是决心以自己的实力，投身高考。

老屋背后有一座梅花山（现已荡然无存）。一片梅林，冬日梅花盛开，冷香氤氲，很是迷人。我约了也想同时应试的中学同班同学张炯（他也参军了）一起复习功课。全部的高中学业，我们自学完成。报考填志愿时，我坚持"非北大莫属"，我代他填写志愿：北大、北大、第三还是北大！结果我们同时被北大中文系录取，还是同一个班，学号也是连着的。

我用一个小女孩在草地上吹蒲公英的画面，来形容我与这所大学的相会的偶然，也是必然的机缘。如同当初选择军旅生涯而誓不回头的决绝，我选择北京大学也是永世不易的决绝。1949 和 1955 这两年的同一个日子：8 月 29 日，是我人生两次重大的日子，第一个"8·29"，我投笔从戎，第二个"8·29"，我负笈北上——我无悔地选择了自己的道路！通常都要填写工作履历，我的表格除了"北大"，剩下都是空格。1955 年至 1960 年，大学本科五年，1960 以后，直至离休，以至于今，我的经历只有"北京大学"四个字。

遥寄东海

在北大，美丽的日子很短暂，动荡的日子很绵长。那年秋天，在东操场，露天的全校迎新大会。大家端了自己的小木凳来到会场。记得是时任教务长的周培源先生致欢迎词（记忆如此，也可能有误，可能是严仁赓先生。）说："我们聚天下英才而育之"。听了，有一种发自内心的感动和自豪！这种自豪感，开始乃是有点浅薄的虚荣。后来相知深了，才知道是科学民主，是兼容并包，是学术独立，是思想自由，归根结底，是挥之不去的报国情怀，根深蒂固的北大精神！

1955年：莫斯科大学模式，苏式五分制，五好班，三好生，劳卫制，还有布拉吉和交谊舞。

1956年：百花时代，乍暖还寒的早春时节，以及马寅初校长那微醺的、带着浓重的绍兴口音的元旦祝词。他说的什么不重要，重要的是那随性的、自在的、比任何言说都丰富的、神游物外的洒脱！马校长说话之后，是盛大的除夕舞会，大饭厅乐曲荡漾，彻夜狂欢！短暂的、稍纵即逝的欢乐！

1956年，《北大诗刊》之后，我们创办《红楼》。我在这里结识了林昭、张元勋和沈泽宜。《红楼》创刊号封面，用的是国画"山雨欲来风满楼"。鬼遣神差，一语成谶，却是一个不祥的预言。其实此前，风已起自青萍之末：最早是"我们夫妇之间"（这里有意不用书名号，者的是对萧也牧的小说《我们夫妇之间》的批判）；紧接着是红楼梦案，胡适案；而后是大张旗鼓的胡风案。到了我们写作《遥寄东海》，则已是一派狂风暴雨的气象了。《遥寄东海》是我和张炯两人合作，一人一段，细心一读，便知真的是"各表一方"。此文记述了我们当年的兴奋与惶惑，甚至惊悸。抒情文字的背后，竟是斑斑泪痕。

春天的约会

乐声中断，舞会散场，岁月凌厉。前面说过，我没有童年，也许更可以说，我没有青春。17 岁正是人生做梦的花季，我为一个信念，辞别父母，尘封心爱的诗集和课本，把自己寄托给生死磨炼。23 岁求学京华，天真烂漫，踌躇满志，天高地阔！随之而来的是事与愿违：批判与被批判，改造与被改造，斗争与被斗争。白专道路，个人主义，螺丝钉，以及无休止的"年年讲、月月讲、天天讲"！少有的欢愉，太多的凄厉。当然有一代宗师传经授道的教诲之恩，当然有风雨同舟、悲欢与共的友谊和爱情。然而，不可回避的事实是：我们为此付出了全部青春的代价。

一段悲情的文字记下了我当日的心情：那是一个肃杀的秋日，斋堂川的树叶已开始凋零，河边开始凝冰。满山的酸枣开始成熟，我们上山采了许多酸枣，算是对这个秋天的纪念。别了朋友，前路茫茫，何日再见？我们没有想象，其实，再丰富的想象力，我们也不会想到，随之而来的长达十年之的风狂雨暴！亲爱的朋友们，我们都是百花时代的弃儿，我们当日享有的，只有斋堂川中的那份别离秋寒。（这一段文字，见我为 1956 级同学纪念

册《此世今生未名情》所写的前言:《我们曾赴春天的约会》)

那一段历史，我们不堪回首，有人讳莫如深，也不愿重提。不提也罢，留下这一片长长的"空白"，供后人咨嗟和凭吊！有过这经历，我于是沉默。友朋聚会，我不愿谈论"苦难"。在应当享受青春的岁月，我们被剥夺了青春。

悠悠此心

我写过许多文字，从小学开始记日记，为的是，练习写作，记述时事。每个字都是稚嫩，每个字也都是自由。每日一记，"风雨无阻"，从不间断。只有那不允许自由的年月，因为安全没有保障，惊恐，我被迫中断了这种书写。甚至，为自保，也为不拖累他人，武斗年月，趁着夜黑风高，我在12公寓屋后，悄悄焚烧了徐迟先生给我的十多封文字优美的信件。我愧对恩师。

我的所有文字，不论浅薄还是谬误，甚至软弱和"卑微"，我坚持"一字不改"。那年编文集，我重申此议，他们也都尊重。但后来，我提出要求：我只想改一个字。几位主编（高秀芹、刘福春、孙民乐）不答应，于是不改。

伟大的人创造历史，一般的人只能生活在历史中。我的许多文字，记载了我的幼稚和肤浅，当然也有后来的成熟。那就是我的生命历程的记述，真实，没有伪饰。在生命的行进中，我可能犹豫，懦怯，隐忍，甚至被迫"世故"，这就是真我，活生生的这个人。为此之故，我不想改写自己写过的任何一个字。也许，

似水流年 /

这就是在近百年复杂多变而又历经艰险的历史中，活过来的一个真实的人。

庸常经历庸常人

不知不觉的，人就老了。我觉得我不应该老，我还能思考和表达思考，还要享受生命的欢愉，我还想和我爱的以及爱我的人一起享受人间的温情，我还要做更多的自己喜欢做的事。然而，岁月已经向我发出警号。我是一个凡事喜欢自己动手、不愿麻烦他人的人。只要我能，我会尽力帮助别人。平生不喜与人争，亦不善辩，最大的"优点"是不树敌，而且有一手"硬功"，我能"化敌为友"——我说过，鲁迅在世，一定会为我扼腕，甚而愤怒。然而，我只能是如此这般的我。

在日常生活中，我是个"好人"，随和，极少对人说"不"，尽管我内心对邪恶和不公洞若观火。只要我能，我就会尽力去做。但我曾经为自己立下了若干个"不"：不庆生日，不写自传，不开关于自己的会，也不编文集。这些"不"，坚持了许多年，但不幸正在被一一攻破，守不住了。那天老孟（老孟即孟繁华。在圈子内，无论师生，大家都如此"尊称"。"关于这事"，此处从略）认真地对我说："关于这事，先生你不能说不，这不是你个人的事！"既然如此，我只能从众。例如现在这篇文字，也是学生"布置"的"作业"。

这不是矫情，是自省，是一种对自己冷静的"评估"和"定位"——一个普通的知识分子，一个平常的学者，庸常的经历造就的一个庸常的人。多年前，我曾认真地说过，世间三立：立德、立功、立言，我都做不到，凭什么要让人记住？

一生只做一件事

一生只做一件事，一件事用尽一生的心力。这是我对自己一生所做的总结。我幼时爱读，而后读诗，且试着学诗，后来自觉地关闭了成为诗人的通道。作诗不成，退而研究诗。诗歌伴我一生。在大学，我学业平平，有一点勤勉，也有一些悟性，但终究只是一个庸常之人。而学问却总是认真地做。研究诗歌，特别是研究中国新诗，我有"发言权"。而我的"发言权"，却是用一生的阅读、积累、辨析和思考取得的。因为我学过、思过、辨析过，故我敢于判断，也敢于立论。

学海浩荡，我所能掬于手中的，只是其中的一瓢水！到了晚近，我才顿悟，一个人不可能穷尽所有的学问。一般人能做的，往往只是沧海一粟！在近代学者中，我最倾心和景仰的是王国维和闻一多，他们一生短暂，而学问却做得惊天动地。从甲骨文到《诗经》、楚辞、唐诗，文学史，学术史，理论和创作，闻先生还有艺术。他们把短暂的人生浓缩在宏伟的学术中，匆忙，却辉煌，如火之燃烧，更似雷电之闪过天际。我惭愧，我比他们年寿徒增，论成就却是天地之差！